機巧のテロリスト

北のSLBMを阻止せよ

数多久遠（あまた くおん）

祥伝社文庫

目次

プロローグ　秋田沖　5
第一章　市ケ谷　9
第二章　伊豆諸島、豊後水道　69
第三章　南洋　254
エピローグ　横須賀　366

本書関連地図

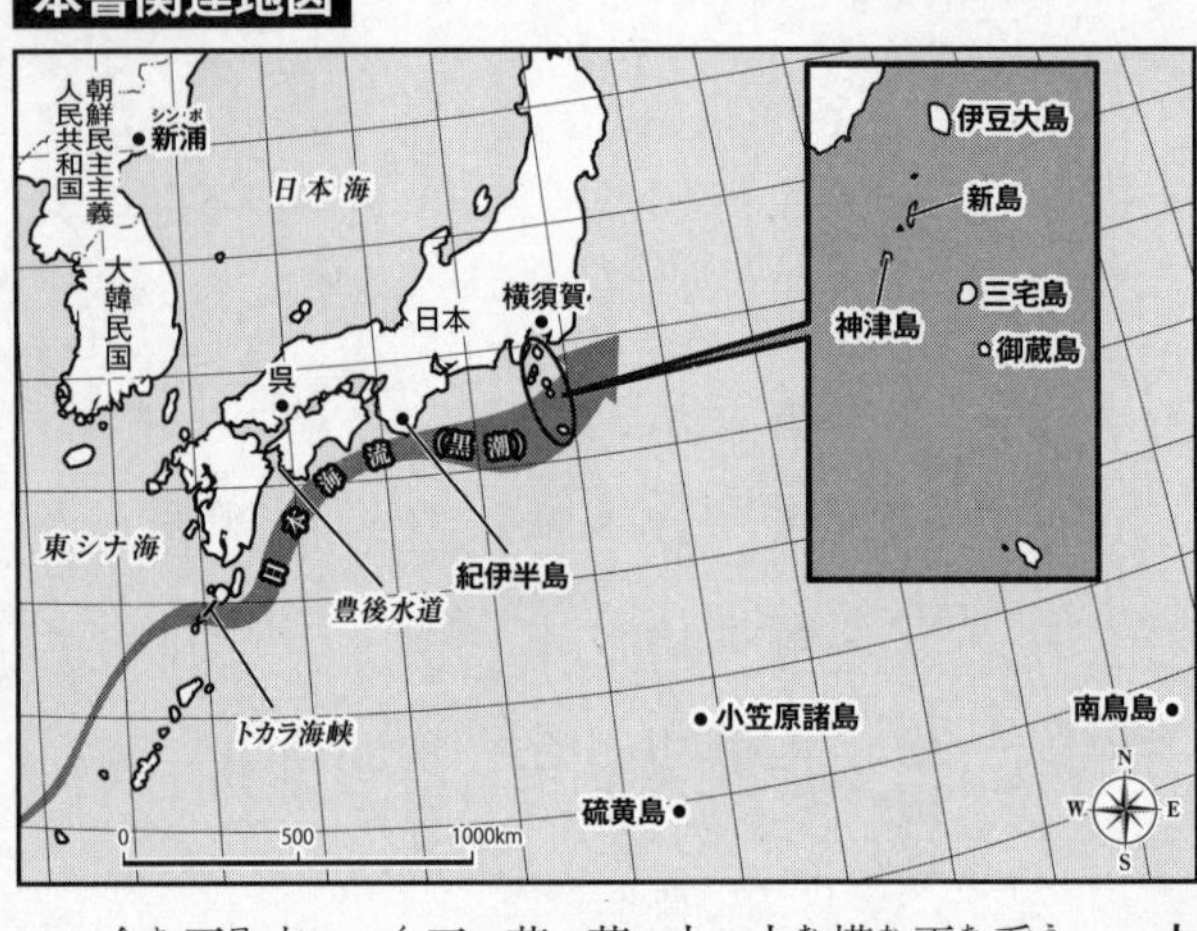

本書の主な登場人物

采女一嘉（うねめかずよし）……三等海佐。自衛隊情報本部。
玉井幸太（たまいこうた）……二等陸佐。同。
樺山敏一（かばやまとしかず）……一等陸佐。同統合情報部部長。
大越保（おおごしたもつ）……一等海尉。水中処分員（EOD）。
大越紗雪（さゆき）……その妹。水族館勤務。
茉莉邑知美（まりむらともみ）……海士長。大越の部下。
茂田宗佑（もだそうすけ）……三等海佐。掃海艦ひらど艦長。
三杉鉄郎（みすぎてつろう）……一等海尉。特別警備隊小隊長。
楠耀司（くすのきようじ）……一等海佐。特別警備隊隊長。
李九（リグ）……脱北者。
王教安（ワンギョアン）……朝鮮人民軍戦略軍大佐。
金運亨（キムウニョン）……貨物船『ワイズマイト』船長。

地図／三潮社

プロローグ　秋田（あきた）沖

一月一八日　一六時四〇分

豊田（とよだ）は、巡視船『でわ』の船長席で顎（あご）をさすっていた。伸びてきた鬚（ひげ）が気になる。照明の落とされたブリッジに赤橙（せきとう）の光がわずかに差し込んでいる。夕日は男鹿（おが）の山影に沈み、空だけが血のような色に染まっていた。その色は急速にどす黒いものに変わっている。もう明るい星は目に付いていた。

全長七九メートルの巡視船は、日本海の荒波に激しく揺さぶられている。海面から一〇メートルもの高さにある船橋（せんきょう）の窓には、波しぶきが容赦（ようしゃ）なく打ち付けていた。潮気がなければ、とうの昔に凍り付いている。

第二管区海上保安本部は、東北周辺の海を管轄としている。豊かな漁場を多くかかえる海域なため、操業する漁船が多い。それに合わせ、巡視船も多く配備されていた。しかし、秋田（あきた）海上保安部に所属する巡視船艇は、巡視船『しんざん』が退役したため、『でわ』と港内用巡視艇の『すぎかぜ』しかない。冬の日本海に出ることのできる船は『でわ』だけだ。

当然、多忙を極める。今日も、朝から東奔西走、ならぬ南奔北走していた。

豊田は、その状況で、不審漂流物の確認に向かわされていた。漁船から通報があったためだ。ドラム缶をまとめたようなものが漂流しているらしい。

ドラム缶程度の漂流物は、それこそ山のように流れている。いちいち確認に行くほどのものかと思ったが、漂流物が大きく、衝突したら危険だと通報があったらしい。ただ、漁船が発見したことから考えても、それなりに大きな漂流物の可能性はあった。

「船長、そろそろ通報のあった地点です」

「通報では、旗竿らしき物に赤い布が結わえられているそうだ。かなり暗くなってきている。赤外線捜索監視装置も使用しろ」

不審船事件の教訓を基に建造された『でわ』は、暗視用の赤外線捜索監視装置だけでなく、四〇ミリ機関砲や画像を記録できる遠隔監視採証装置を備えている。それらは、こうした漂流物の捜索でも威力を発揮する。

豊田は、船を低速航行させ、捜索活動にあたらせた。不審船を追尾するため高速性を重視した船体は、低速では揺れやすい。困難な捜索活動が一時間ほど続いた一七時四〇分、問題の漂流物が発見された。船橋内に報告の声が響く。

「旗竿の下に複数のドラム缶らしきものが見えます。正三角形の形で中央に三個、その周り、各辺の中央に各一個。合計六個のドラム缶が束(たば)ねられています。周囲の三個は密閉されているもよう。中央三個のうち二個は蓋(ふた)がされ太いパイプのようなものが突き出しています。残り一個は蓋がありません」

　正確であることが求められる報告は、時として分かりにくいものになる。ただ、構造を考えればイメージすることができた。まず三個のドラム缶をまとめ、その外側にドラム缶二つに接するように三個のドラム缶を取り付けたのだろう。構造的に最も強固にできる形だった。

　遠隔監視採証装置のズーム機能を使い、漂流物を確認する。単にドラム缶が流れ出したものではないようだ。しっかりと固定されたドラム缶は、相応の大きさになる。小型漁船が衝突すれば、大変なことになる。有毒物質が入っている可能性もあった。

「ドラム缶なのは間違いないか？」

「はい。形状は間違いなくドラム缶です。朝鮮(ちょうせん)語らしき文字が見えますが、かすれていて判読できません」

　ドラム缶ならば、接近すること自体に危険はないと思われた。

「よし、接近して確認する。ただのドラム缶なら、ロープをかけて曳航(えいこう)するぞ。左舷側に寄せろ」

　豊田は、風と波を読み、船を接近させた。豊田自身も身を乗り出すようにして、投光器に照らされた漂流物を睨む。まばゆい灯りの中、なにかが一瞬だけ動いたように見えた。

豊田が、見間違いかと思った時、叫ぶような報告の声が響いた。

「人です。蓋のないドラム缶内部に人が入っているもよう！」

「なに？」

「間違いありません。手を振っています」

ドラム缶は、筏がわりなのだろうか。朝鮮語が書かれているのならば、脱北者かもしれなかった。敵対意図もなさそうだ。

「救難艇を下ろせ。漂流者の収容準備。それと、無線で秋田と二管本部に報告。第一報は、漂流者の発見と収容予定だけでいい」

脱北者だとしたら、この荒れた冬の日本海を越えて来たことになる。無謀きわまる行為だった。

「こんな自殺行為をしても、逃げ出したい状況だったのか？」

豊田は、ドラム缶の中で弱々しく動き続ける手を見ながら、独りごちた。

第一章　市ケ谷

二月二日　〇八時四五分

采女一嘉三等海佐は、制服の上着を椅子の背もたれにかけ、一リットル入りのアイスコーヒーパックを机の上に置いた。腰を下ろすなりパックを開き、そのまま口を付ける。

「おはようございます。寒い中を歩いて来たのに、よくがぶ飲みできますね。腹を壊しますよ」

右隣の席に座ったのは、部の雑用を一手に引き受けている庶務係の是枝二等空曹だ。采女は急な異動で着任したばかりだ。正規の席が用意できるまで、この席、庶務係の隣で我慢してくれと言われている。

「冗談じゃない。冷却水を入れなきゃメルトダウンする」

采女は、紙パックを乱暴に置くと、ペン立てに入れてあったうちわに手を伸ばす。

「脂肪のおかげで保温性能が高すぎなんですね」

采女のウエストは、胸回りよりも太かった。

「エネルギー効率も良くない。運動不足だったからな。体を動かそうとしても、動力よりも熱になるほうが多いんだろうさ」

采女は、つい先日まで潜水艦に乗艦していた。潜水艦は、食事がうまいと言われる海自の中でも最良だと評判だ。おまけに、狭すぎて運動することも困難ときている。相当に自制しないと太ってしまう。ところが、采女は、ストレスを食事で紛(まぎ)らわすタイプだった。結果として、体重は一〇〇キロ近くまで増えていた。市ヶ谷(いちがや)にある情報本部勤務となった今は、日々ダイエットに励(はげ)んでいる。アイスコーヒーも、もちろん無糖だ。

「お父さんの様子は如何(いかが)でしたか？」

「抗がん剤の副作用がつらいみたいだな。昔は、今の俺と大差ない体格だったのに、ずいぶんとやせていたよ」

采女の父親は、胃がんを患(わずら)っていた。他の臓器にも転移し、医者からは、もってあと三カ月だと宣告されている。

「急ぎで新幹線の手配とかが必要なら言って下さい。やりますから」

「もう少しもちそうだったが、急変する可能性もあるらしい。その時は頼む」

急な異動で陸上勤務となった理由は、父親の病気だった。長男としては、もしもの時には実家に戻りたい。しかし、潜水艦勤務者は、出港はまだしも、家族に帰港の予定を告げることもできない。海に出てしまえば、個人的な連絡手段さえない。水上艦では艦内に

Wi-fi（ワイファイ）が設けられるようにもなってきているが、潜水艦では隠密行動が絶対な上、水中からでは回線が繋がらない。

死に至る可能性が高い病気なので、以前から異動希望を出してあった。しかし、三等海佐ともなると調整は容易ではない。やっと決まった異動先が、ここ、市ヶ谷にある情報本部だった。

情報本部は、自衛隊情報機能の中枢（ちゅうすう）だ。それだけに大所帯で、構成人員は、三幕（さんばく）とも言われる陸海空の三自衛隊から集められている。采女の隣は空白の是枝だったし、慣れない情報本部業務の教育担当は二等陸佐だった。

「おはようございます」

目の前を通り過ぎざまに声をかけてきたのは、その教育担当者、玉井幸太（たまいこうた）二佐だ。采女と是枝は、そろって「おはようございます」と返した。

自衛隊では、丁寧（ていねい）すぎる言葉は、むしろNGだ。世間で思われているような「自分は……」というような表現は使わず、言葉は、簡潔明瞭が良しとされる。その上、階級社会であり、上下関係は厳格。階級が上位、さらに職務上でも教育担当の玉井が、「ございます」というのは本来おかしい。しかし、玉井は昔からそれで通していたようだ。命令口調は性に合わないと言っていた。辛い仕事ほど、命じるのではなく自分で体を動かしたいらしい。

体重は、采女と同じくらいだろう。ただし、体脂肪率には大きな違いがある。玉井本人は、ジム通いなどしていないと言っていた。ジョギングと腕立てなどの簡単な筋トレだけだという。しかし、その言葉が信じ難いほど筋肉質だ。情報本部の所属ではなく、習志野の空挺団勤務だと言ったほうが信じてもらえるだろう。そのくせ、顔つきは柔和で言葉は丁寧だった。気は優しくて力持ちというやつだ。

「玉井二佐、それに采女三佐も、一〇時に集合がかかってます。資料を読んでおくようにと、部長からメールが入ってます」

是枝が、自分の席に向かおうとした玉井を呼び止めていた。

「何の話題ですか？」

「先々週、秋田県沖で海上保安庁に保護された脱北者家族から聞き取り調査ができたそうです。その証言内容についての資料が添付されていました」

「分析する価値のある証言が得られたんですね」

是枝は肯いて答えた。

「家族のうち父親は、弾道ミサイルの製造に携わっていたエンジニアだそうです。新型の潜水艦発射弾道ミサイルを一年三カ月ほど製造していたと証言しています。作戦の予定があるとも聞かされていたそうです」

「なるほど。それなら統合情報部の出番ですね」

統合情報部の仕事は、動態情報の分析と配布だ。動態情報とは、自衛隊の部隊運用に直結する緊急に処理が必要な情報とされている。軍事・防衛に関わる情報は、その全てが、自衛隊の部隊運用に関係している。しかし、新兵器の開発状況など、部隊が実際にそれを気にしなければならないのは数年先になるものも多い。そうした情報は、情報本部でも、別の部が担当することになる。

今回の脱北者情報では、実戦配備向けのＳＬＢＭを、作戦用として製造していたという点が重要だった。証言の真偽は問題になるだろうが、もし本当ならば、至急対策を練る必要がある。統合情報部は、そのための動態情報を作成しなければならない。

玉井が自分の席に向かうと、采女はパソコンを立ち上げ、メールに目を通す。脱北者家族は、日本の漁船に発見され、海保が保護した後、病院で治療を受けていた。

十七歳の娘は、韓国のテレビドラマを好んでいたようだ。ＤＶＤを譲ってくれた友人が逮捕されたことを知り、娘の逮捕も時間の問題と見て、両親は慌てて脱北を決めたらしい。

妻と娘は、それぞれドラム缶の中に入っていた。呼吸口をもうけた蓋がされていたため、船酔いによる嘔吐で、激しい脱水に見舞われ衰弱していたものの、命に別状はなかった。技術者だという父親は、最後に乗り込む都合上、蓋ができず、かぶった海水をドラム缶用の手回しポンプで排水していたようだ。脱水、衰弱に加えて低体温で危険な状態だったが、やっと会話が可能になったらしい。

彼は、政府が行なった聞き取りに対して、最大射程が四〇〇〇キロに及ぶ新型のSLBMを、四〇発も急造したと証言した。近々実施する作戦用だと聞かされていたようだ。搭載した弾頭は、二種類あったらしいが、その種別、核やその他の大量破壊兵器なのか、通常弾頭なのかは分からないという。

「SLBMを四〇発も？」

「怪しいですよね。ろくな潜水艦もないのに」

采女の独り言に反応してきたのは、隣で何やら荷造りを始めた是枝だ。北朝鮮に実用に耐えるレベルの弾道ミサイル潜水艦がないことは、空曹の是枝にも分かることだった。

北朝鮮は、SLBMの開発を進めると同時に、それを搭載するSSBの開発にも力を入れてはいる。SSBの開発は、北東部の港湾都市、新浦で行なわれていた。SLBMを最大で四発搭載可能なSSBが作られていることは確認されていた。

しかし、その性能は、現代の一線級潜水艦とはほど遠い。特に潜水艦を警戒する対潜哨戒網を突破するために重要な静粛性が不十分だとみられていた。

SSBがなければ、SLBMがあっても役に立たない。弾丸があっても、銃がないようなものだ。その銃は、火縄銃以上に再装塡が難しいものだからだ。

SSBは出航の際に予備のSLBMを積んではいない。SLBMを発射するミサイル発射筒は、ミサイルの保管、運搬、発射を兼ねている。港に戻らなければ再装塡ができない。四〇発のＳＬＢＭを本気で運用するならば、新型のＳＳＢを最低でも数隻（せき）保有していないと、ただの無駄でしかなかった。

脱北した技術者、李九（リグ）が製造していたＳＬＢＭは、北極星三号を改良したものらしい。原型となった北極星三号は、二〇一九年の一〇月に発射実験が行なわれたＳＬＢＭで、全長約九メートル、直径約一メートル四〇センチから五〇センチとみられている。潜水艦内に収めるため、かなりずんぐりむっくりな形状をしている。

李九が作らされていた新型が、二〇二〇年の一〇月に行なわれた軍事パレードに登場した北極星四号と同じものなのかは、製造にあたっていた彼にも知らされていなかったようだ。最も問題となる射程は、二倍に延伸されているという。北朝鮮のミサイル技術の進展は著（いちじる）しい。最大射程を四〇〇〇キロに倍増させたことは、奇異ではない。だが、搭載するＳＳＢがないにもかかわらず、四〇発も製造することは、普通に考えればありえないことだった。

「嘘（うそ）をついているか、知らされていた情報が不正確だった可能性が高いな。そうでなければ……」

「嘘じゃあないんじゃないですか？」

采女が呟（つぶや）くと、是枝は手を動かしながら言った。

「佐渡のレーダーサイトに勤務してたことがあるんで、よくフェリーに乗りましたけど、冬の日本海は、大型のフェリーでもきつかったですよ。ドラム缶を束ねただけなんて、無謀にもほどがあります。生きて日本にたどり着けただけでも、奇跡みたいなものじゃないですか？」

「そうだな」

　采女の水上艦勤務は、幹部任官直後の遠洋航海くらいだ。それでも、荒れた冬の海の怖さは分かっている。李九は、北朝鮮に留まるより、脱出行のほうが助かる可能性が高いと考えたのだろう。断言はできないものの、意図的に嘘をついているとは思えない。

「だとすると、不正確な情報が与えられていたか、何かを誤解している可能性が高い……か」

　采女は、そう呟きながら、資料を丹念に読み込んだ。情報本部に着任し、初めての仕事らしい仕事だった。会議までに、頭にたたき込んでおく必要があった。

二月二日　一一時一〇分

　会議から戻ると、采女三等海佐は、手に持っていた資料を机の上に放り投げた。メールで配られたものをプリントし、ダブルクリップで束ねたものだ。

「荒れてますね。どうしました」

　パソコン作業の手を止めて声をかけてきたのは是枝二曹だ。

「ここに来て、初めての仕事らしい仕事だと思ったんだがな」

「会議に呼ばれたんですから、仕事は振られたんですよね？」

「どうでもいい仕事だよ！」

　采女は、乱暴に腰を下ろすと、腕を組んで背もたれに体重を預けた。

「どうでもよくはないですよ」

　同じく会議から戻った玉井二等陸佐が、異論を唱えた。資料と自分の椅子を持って庶務用の作業台に移動しようとしていた。椅子は、それなりの重量がありそうな代物だったが、クマさんのあだ名を持つ玉井は、軽々と持ち上げていた。

「是枝二曹、ここの作業台を借りますよ。二人だけのチームなので、会議室を取るのは難しいんです」

「どうぞどうぞ。席を外したほうがいいですか？」

「いえ、構いませんよ。むしろ知恵を拝借したいくらいです」

「空がらみですか」

　二等陸佐と三等海佐が、空曹に知恵を借りるとなれば、普通は航空関係だと思うだろう。だが、今回は違った。

「いえ。頭の体操です」

采女は、腕組みをしたまま二人のやりとりを見ていた。是枝は、面食らった顔で目をしばたたいていた。

「どういうことですか？」

采女は、質問に答えてやる気にはなれなかった。

「脱北の状況を考えれば、証言の信頼性は高いと考えられます」

玉井の説明は、是枝の言っていたことと同じだった。危険度の高い脱北方法だったことを考えれば、李九（リグ）が嘘をついているとは考え難い。

「しかし、その証言内容は、今まで得られていた情報から乖離（かいり）しています」

「潜水艦の能力ですか？」

「そうです。北朝鮮は、実用レベルの弾道ミサイル潜水艦（SSB）を保有していません」

玉井は、資料にある北朝鮮ＳＳＢの想像図を示した。

「潜水艦発射弾道ミサイル（SLBM）は、通常、垂直に発射されます。そのため、アメリカやロシアは、巨大な弾道ミサイル原子力潜水艦（SSBN）の船体部に、ＳＬＢＭを垂直に搭載しています。北朝鮮のＳＳＢは、次第に大型化してきていますが、それでも船体部にＳＬＢＭを収められるほど大きくありません。ですから、船体から上部に突き出した艦橋部（セイル）から船体部を貫くようにＳＬＢＭを搭載しています」

彼は、紙をめくって潜水艦を写した古い写真を示した。

「この写真は、ゴルフ型潜水艦。初就役は一九五八年です。同様のSLBM搭載レイアウトを持つ旧ソ連の潜水艦です。北朝鮮は、これをスクラップとして買い取り、リバースエンジニアリング、つまり分解、解析することで設計、製造技術を育成する方法で、SSBを開発してきました。初期の北朝鮮SSBは、SLBMを一発ないし二発しか搭載できないものだったようです。最新のものは四発搭載が可能と見られています」

「四〇発という証言が正しければ、最新型潜水艦が一〇隻必要だってことですね」

是枝の言葉に、玉井が肯いた。

「そうです。もちろん、弾薬には予備を持つことを考慮しても、相当数の潜水艦がなければ、四〇発というのは無意味な数字です。新型が一隻、初期の型が一隻あるとしても、最大で六発のSLBMしか搭載できません。それに……」

玉井は、太平洋の地図を出した。ワシントンD.C.とサンフランシスコの二カ所を中心とした半径四〇〇〇キロの図が描かれている。

「SLBMの射程が四〇〇〇キロだとすると、北朝鮮のSSBは、この円内に入れなければアメリカ本土を攻撃できません」

サンフランシスコだけでなく、シアトルやロサンジェルスといった都市を目標とする場合でも、北朝鮮SSBは、太平洋を半分以上越え、ハワイよりも東に進出しなければならない。ワシントンD.C.やニューヨークなどの東部都市を目標とするならサンフランシスコ近海まで接近する必要がある。

「ですが、北朝鮮の潜水艦にそんなことは不可能です」

「相当にうるさいらしいですね」

是枝は、采女に視線を向けてきた。北朝鮮潜水艦の能力を本当の意味で知っているのは采女だ。

「あんなのは潜水艦じゃない。潜る(もぐ)音楽隊だ。聞けたもんじゃないがな」

北朝鮮の潜水艦は、弾道ミサイルを搭載するSSBに限らず、全ての型が、海自潜水艦と同様のディーゼル・エレクトリック方式と呼ばれるものだ。ディーゼルエンジンで発電し、その電気でモーターを回転させて推進する。バッテリーに蓄電することで、潜航中は、ディーゼルエンジンを使用せずに航行できる。

北朝鮮の潜水艦は、モーターだけで潜行している時でも、その騒音を捉え(とら)ることができた。ディーゼルエンジンを使用し、蓄電している時は、なおさらだ。

潜水艦の捜索は、基本的に音によって行なわれる。水中では電波が通らないからだ。そのため、潜水艦に最も必要とされる能力は静粛性、つまり音を出さないことなのだ。この点で、北朝鮮の潜水艦は、実用性があるとは言えなかった。新浦(シンポ)で建造された潜水艦が、沿岸を離れて日本海に出てくれば、たちどころに海上自衛隊に捕捉される。

「改善は行なわれているでしょうが、まだ当分の間は、北朝鮮の潜水艦が気付かれることなく、ハワイを越えて東太平洋に行くことは不可能です。日本海を抜け、太平洋に出ることさえ不可能でしょう」

是枝は、玉井の言葉に肯いた。それでも、鳩が豆鉄砲を食らったような目は変わっていなかった。

「それは分かりましたけど、どうしてそれが、頭の体操に繋がるんですか？」

「何かがおかしいということです。やはり李九が嘘をついているのか、彼の聞かされていた話がおかしいのか」

「なるほど」

とは言ったものの、是枝の表情は変わらない。玉井は、まだ重要なことを話していなかった。

「そのため、部長は、分析班を三つに分けました。一つは、何らかの理由で李九が嘘をついている場合。つまり、彼がスパイであり、北朝鮮の情報機関が作成した偽情報で、日米、場合によっては韓国に誤った行動をさせようとしている場合です。脱北の手段を考慮すれば、この可能性は低いでしょう。ですが、複数の技術者を脱北に仕向け、今のところ彼だけが成功しているという可能性はゼロとは言えません」

「まあ、ゼロとは言えないですね」

「この分析には、人的情報（ヒューミント）に関する知識が必要なので、少数のベテラン部員が当たることになっています」

当然、采女たちが行なうべき仕事ではない。

「二つ目は、彼が誤った情報を与えられ、誤った認識を持っている場合です。彼が作っていたものは、実際にはＳＬＢＭではない何か別のものだった可能性が考えられますし、ＳＬＢＭだったとしても、四〇発もの数はなかった可能性もあります。現状では、この可能性が最も高いと思われます。いくつかの可能性が考えられますし、かなり詳細に行なわれた聞き取り調査の矛盾点を洗い出す作業もしなければなりません。とにかく手がかかることもあり、今回の分析に関わる人員の大多数がこの二つ目の分析班に配置されました」

「ということは、お二人は三つ目の分析班ということですか？」

「そうです」

「三つ目の分析班は、何をするんです？」

是枝の疑問に、采女は思わず毒を吐いてしまった。

「だから言ったじゃないか、どうでもいい仕事だってな」

「采女三佐……」

呆（あき）れ顔をしているかと思った玉井の顔は、少し悲しげだった。

「確かに、私たちの仕事が、正鵠（せいこく）を射（い）たものになる可能性は低いでしょう。でも、統合情報部としては必要な仕事なんです。采女三佐は、是枝二曹のやっている庶務の仕事もどうでもいい仕事だって言うんですか？」

「それとこれとは……」

玉井は、痛いところを突いてきていた。どうしても語尾が曖昧（あいまい）になってしまう。

「同じですよ。いくら可能性がゼロに近いと言っても、李九の証言が正しい場合の分析だってやらなければならないんです。それも添えた分析結果を報告する必要があるんです」

采女は、再び口を閉ざして椅子を軋（きし）ませた。

「なるほど。お二人の仕事が頭の体操なことも、采女三佐が荒れている理由も理解できましたよ」

「それに、特に指示は受けていませんけど、多分これは采女三佐のＯＪＴ（オン・ザ・ジョブ・トレーニング）なんです」

「俺……私のですか？」

口調が口調なので、調子が狂ってしまうが、玉井は階級上位だ。采女は慌てて言い直した。

「ええ。確かに報告結果は重要視されるものにはならないでしょう。でも、そんな仕事だからこそ、部長は、采女三佐の初仕事としてちょうどいいと考えたんでしょう。報告のまとめ方の練習をしなさいということじゃないかと思っています」

確かに、部長はそういう配慮をしてくれたのかもしれなかった。

「というわけで、李九証言のポイントを整理しましょう」

玉井は、明るい声でそう言い、議論の前提を挙げた。

「北朝鮮は、射程四〇〇〇キロに及ぶ新型ＳＬＢＭ四〇発を保有しています。そして、これを近々何らかの作戦に投入する可能性がある。基本的には、これだけです。李九は、ＳＬＢＭの製造に携わっていただけなので、ＳＳＢについては何も知らないということでした」

采女たちの仕事は、この情報が正しい場合、どのような可能性がありうるかを考えることだった。その可能性が限りなくゼロに近くとも、分析しなければならない。

ＯＪＴならＯＪＴで仕方なかった。これをこなさなければ、まともな仕事は任せてもらえない。采女は、気を取り直して、思考を李九証言に集中させた。

「目標が、米本土じゃないってことはありませんか？」

最初に口を開いたのは、是枝だ。玉井は、このチームに是枝も加えるつもりのようだ。報告をまとめることをＯＪＴとして行なうなら、知識が少ない分、その知識に囚われない是枝を加えることがちょうどよいと思ったのかもしれない。

「どうだろうな」

采女も、思考をリセットして考え直した。

「目標が米本土でないとしても、日本はありえない。北朝鮮沿岸から発射することは可能だが、ＳＬＢＭにすることはコストの増大を招くだけで、メリットが何もない。効果という点では陸上から発射される弾道ミサイルと何ら変わりがない」

「でも、ＳＬＢＭは、基本的に第二撃用戦力ですよね？　策源地攻撃で破壊されないためにＳＬＢＭにしている可能性があるんじゃないですか？」

　ＳＬＢＭを保有する目的は、地上のミサイル基地が敵の第一撃で破壊されても、反撃のための第二撃能力を維持するためとされていることが多い。

「残念ながら、日本はおろか、アメリカでも北朝鮮の弾道ミサイル発射能力を潰すという意味での策源地攻撃能力は十分じゃない。移動式発射機は、山をくりぬいた坑道などに隠されている。第二撃用戦力としても陸上から発射する弾道ミサイルのほうがコストパフォーマンスは高い。それに射程四〇〇〇キロは、無駄に長すぎる。ただ、ディプレスト弾道で射撃することで、イージスによる迎撃をされないようにという可能性はあるだろうな。それでも、陸上から撃ったほうがコスパがいいのは変わらないが」

　弾道ミサイルの飛翔方法には、大きく分けて三つある。基本は、最小エネルギー弾道と呼ばれる、最も射程の長くなる飛翔方法だ。テニスのロビングのように、極端な山なり弾道で飛翔させる方法がロフテッド弾道、逆に野球のライナーのような極端に低い軌道を飛翔させる方法がディプレスト弾道だ。長射程の弾道ミサイルをディプレスト弾道で飛翔させると、各国で開発が進められている高速滑空弾と同様に、弾道ミサイルであっても宇宙空間に飛び出さず、大気圏内を飛翔する。そのため、高度七〇キロ以上の宇宙空間でしか迎撃のできないイージスを突破することができるのだ。

行き詰まってはいないものの、是枝と采女の思考実験に光明は見えていなかった。それを見て取ったのか、それまで無言だった玉井が口を開いた。

「四〇発ということに、注目してみたらどうですか？」

確かに、SLBMの性能よりも奇異なのは四〇発という数だ。思考の起点としては、適切かもしれない。

「少なくとも、四〇発というSLBMに見合うSSBがないことは間違いない」

采女が、断言すると、是枝はこともなげに言った。

「それなら、SSBを使わない作戦ってことですね」

「あぁ？」

あまりのばからしさに、思わず声が漏れた。たぶん、自分の顔つきも口調と同様に険しいものになっているだろう。

「バカにできない意見だと思いますよ。我々の議論の前提は、あくまで李九証言が正しいということを前提にしなければなりません。四〇発ものSLBMがあるのなら、それを運用するプラットフォームがあると考えなければなりません。それがSSBなのかどうか階級上位だからというだけではなかった。玉井は、口数こそ多くなかったが、彼の言葉に反論することは難しかった。采女は苦し紛れに問いただした。

「しかし、どんなプラットフォームがあるというのですか？」

玉井は、和やかに答えた。

「それを考えるのが、我々の仕事です」

頭の体操のために加えられた是枝は、思いつくままに案を挙げた。

「発射試験は、水中プラットフォームを使っているケースがありますよね？」

北朝鮮のSLBM発射実験は、水中に構築した固定プラットフォームを使って行なわれるケースが多い。潜水艦からSLBMを発射することが危険なためだ。

潜水艦の事故は、原因が判然としなかったり、公表されないことが大半だ。それでも、一九八六年に発生した旧ソ連の原子力潜水艦K－219の沈没事故は、ミサイル発射筒内の爆発が原因だったことが確実視されている。陸上であっても、ロケットの発射事故は多い。水中から大型のミサイルを発射すること自体が危険なのだ。

「そうだが、あれは水中にあるというだけで、地上の固定発射施設と変わらない。あんなものでSLBMを運用する意味がない。戦術的な価値は、海岸線近くに地上発射施設を設置することと同じ。無駄なコストがかかるだけだ」

「水中プラットフォームが動けばいいんですが……」

「動いたら潜水艦だろう」

「韓国で捕まった特殊潜航艇みたいなものならどうですか。失敗して捕まっていますが、工作員の潜入に使われているって話ですよね？」

北朝鮮は、ヨノ型、サンオ型などの特殊潜航艇を運用している。全長が二〇から三〇メートルの小型の潜水艇で、主な用途は工作員の潜入支援だ。工作員を回収するため、韓国の海岸に近寄った際に座礁（ざしょう）したことから、一九九六年には江陵（カンヌン）浸透事件が発生している。その結果、北朝鮮兵士を追って、二カ月も山中を捜索することになった。漁網に絡まって航行不能になった潜水艇が自沈したユーゴ型潜水艇浸透事件も一九九八年に起きている。

「あれは、航洋性が低すぎて、沿岸での運用が基本だ。せいぜい日本海を渡ってくる程度しかできない。それに、改造するにもサイズが小さすぎる。全長一〇メートル近いＳＬＢＭを搭載することは無理だ。外部搭載、というか曳航（えいこう）するならできるかもしれないが、静粛性も低いから、やはり北朝鮮の沿岸から離れるのは無理だろう」

「ＳＳＢじゃない。水中プラットフォームじゃ意味がない。特殊潜航艇ではＳＬＢＭを運べそうにない……」

自由気ままに発想を口にしていた是枝も、ネタが尽きてきたようだった。采女も考えてはみるものの、知識が思考を縛ってしまうのか、案らしい案も浮かんでこない。

「SLBMって、運ぶにはなかなか難しい大きさなんですねぇ。作戦に使うっていうことでしたけど、輸出用ってことはないんでしょうか。北朝鮮の貨物船が、輸出用の武器を運んでたってことで拿捕(だほ)されることがありますよね」

テレビニュースで報じられることは少ないが、北朝鮮が制裁逃れの武器輸出を図り、それが世界各地で拿捕されることは珍しくない。それに地上発射式の準中距離弾道ミサイル(MRBM)であるノドンは、イランやパキスタンなどに輸出され、それぞれシャハブ3、ガウリとして配備されていることは知られた事実だ。

「その可能性はありますが、輸出については別のチームが検討します。我々は、あくまでも李九の証言が正しい、つまり北朝鮮が射程四〇〇〇キロの新型SLBM四〇発を使用し、何らかの作戦を行なう可能性があることを前提に考えなければなりません」

「そうでしたね。それなら、貨物船で水中プラットフォームを運んでいって、沈めて来るとかどうですか？」

采女は、思わず嘆息して口を開く。

「コーストガードは、マヌケじゃないぞ」

「コーストガードって、アメリカの沿岸警備隊のことですよね。アメリカの沿岸にいるものなんじゃないですか？」

「バカを言うな。今はいなくなったが、かつては硫黄島(いおうとう)や南鳥島(みなみとりしま)にも地上系電波航法システムの局があったくらいだ。確か、今でも横田に支部がある。名前こそ沿岸がついているが、世界中の公海が活動範囲だぞ。北朝鮮の船は、自動船舶識別装置(Automatic Identification System)を切っていることが普通だが、衛星や航空機で追跡できる。アメリカに近づく前に臨検される」

「そうですか。イルカでも調教して、アメリカの沿岸まで引っ張って行ってもらいますか」

流石に采女も苦笑せざるをえなかった。

「犬ぞりみたいな多頭立てにすれば、できるかもな。浮かべなければいけないが、イルカやシャチならできるかも……」

冗談に冗談で返した采女の口は、そこまで言いかけて止まってしまった。頭の中で、何かがひらめいた。

「どうしました?」

玉井は、怪訝な顔で采女を見つめていた。

「海幕に行ってきます。調べないと……」

采女は、立ち上がると背もたれに掛けたままにしてあった上着に手を伸ばした。

「イルカは必要ないかもしれません」

二月二日　二三時二〇分

樺山敏一一等陸佐は、私物をバッグに入れ終え、窓際に歩み寄った。流石に、そろそろ帰宅しないと、タクシーで帰るか、この部屋で寝袋を使用することになる。全館空調がなされていても、ガラスの間近まで寄ると、冷気を感じた。吐いた息で視界が白く曇る。五十を過ぎたが、将官に上がれる見込みはない。そろそろ退官後の身の振り方を真剣に考え始めていた。それでも、まだ引き締まった体を維持している。不健康な生活にならざるをえない職場だからこそ、食事のコントロールは重要だった。

樺山は、情報本部の統合情報部を預かっている。情報本部は、防衛省の重要機関の一つとして、市ヶ谷地区に居を構えていた。ひときわ秘匿を要する組織の性格から、専用の棟を持っている。統幕（統合幕僚監部）や陸海空の三幕が入るA棟の隣に、半分ほどの高さで建っているC棟がそれだ。おかげで、統合情報部の部長という要職であっても、執務室からの眺めには、さほどの価値はない。窓の外には、四ツ谷駅に続くビル群が、街灯と窓から漏れる灯りに浮かんでいた。

執務室の入り口は開け放ってあった。部員が報告に入りやすくするためだ。樺山にとっても、近づいて来る物音で心構えができる。

「玉井です。報告があります。よろしいでしょうか」

玉井二等陸佐が、机の上に置かれたバッグを見て、申し訳なさそうに言った。

「構わん。何だ」

玉井の後ろには、着任したばかりの采女三等海佐が続いていた。手には、丸めた地図らしきものを持っている。二人には、今朝の会議で、さほど重要ではなさそうな分析任務を課してあった。新着任者の采女を慣れさせるために、ちょうどよい仕事として割り振ったものだ。この時間に報告をしなければならないような仕事ではないはずだった。樺山は、思わず目を細めた。

「李九(リグ)証言の件です。私たち二名では足りない可能性が出てきたので、報告に参りました」

樺山は、席に戻って腰を下ろす。玉井と采女は、眼前に並んで立った。見上げると、重量感だけは一級品の二人だった。

「説明しろ」

そう促(うなが)すと、玉井は采女に視線を向けた。どうやら、玉井よりも采女が報告の必要性を感じているようだ。

「射程四〇〇〇キロに及ぶ潜水艦発射弾道ミサイル(SLBM)四〇発があれば、アメリカを抑止(よくし)しうる作戦が可能かもしれません」

「問題は、運搬手段のはずだ。どうやって運ぶ?」

樺山の問いに、采女は肯いて言葉を続けた。

「運びません。運んでもらいます」

采女は、ふざけた答えを返すとともに、机の上に太平洋の地図を広げた。洋上に、長さと方向の異なる矢印が無数に描かれていた。日本周辺を見ると、日本海には南西に向けた矢印が目立つ。太平洋側は三陸沖を南に向かう矢印と、西日本の南岸を東進するものが顕著だった。

「海流か？」

「はい。太平洋全体の海流図です。ただし、海流は年や季節などによって変わります。これは、標準的な流れを描いたものです」

樺山は、無言のまま海流図を睨んだ。采女は、「運んでもらいます」と言っていた。当然、海流に運んでもらうということだろう。アメリカ近傍に向かう太平洋の流れは、北太平洋海流だ。西日本の南岸を東行する黒潮が、三陸沖を南下してくる親潮とぶつかり、太平洋に押し出されるようにして黒潮続流、北太平洋海流となる。そして、北アメリカ大陸に遮られ、北に向かうアラスカ海流と南に向かうカリフォルニア海流に分かれていた。

自然の流れで兵器を運搬する。その戦術は、戦史を学んだ者にとって、あまりにも有名な戦例を連想させた。

「風船爆弾か」

思わず呟きが漏れた。風船爆弾は、太平洋戦争の末期、気球に爆弾を搭載し、ジェット気流に乗せて日本からアメリカを直接攻撃しようとした兵器だ。采女は、北朝鮮が海流を利用し、風船爆弾と同じことを狙うと言いたいのだろう。

「風船爆弾は、効果がなかったはずだ。ろくに到達できなかったんじゃないのか？」

「風船爆弾は、放たれた九三〇〇発のうち、一〇〇〇発前後が、アメリカに到達しています。自然現象の利用は、データがあれば、有効な方法です」

「詳しいな」

「部長と同じように、風船爆弾のことを思い出したので調べました。効果がなかったのは、アメリカの人口密度が低かったためです。人口の絶対数は日本の三倍ですが、国土は三〇倍もあります。人口密度は一〇分の一でしかない。そんなところに、どこに落ちるか分からない爆弾を落としたところで効果はありません。実際の被害は、死傷者が数人出ただけのようです。当時も、それは分かっていたことで、風船爆弾の狙いは心理的効果でした。しかし、こいつは最後まで海流まかせじゃありません。近海まで行けばＳＬＢＭとして作動させられます」

「射程内まで流れ着けば、狙った場所に着弾させられるというわけか」

「はい」

風船爆弾は、今でこそ笑い話のように思われている。しかし、当時は違った。もちろん起死回生の手段と思われていたわけではないものの、少しでも効果があるのならと、藁をも摑む思いで実行された、至極真面目な作戦だったのだろう。日本は、そこまで追い込まれていた。

それは今の北朝鮮も同じだ。経済封鎖が続き、国際社会から孤立している。そして、国家体制の存続は、米軍の脅威に打ち震えている。ひとたび米軍が動けば、地図上から北朝鮮という国は消滅するだろう。

北朝鮮には、確実性が低くとも、有効なら実施するという動機はある。しかし、今実行するかといえば別問題だ。アメリカは、世界中で課題と直面している。瀬戸際外交を続ける北朝鮮が、瀬戸際を見誤らなければ、アメリカにも北朝鮮に手を出す余力はない。SLBMでアメリカを攻撃すれば、完全に瀬戸際を越える。

「射程内までたどり着けたとしても、北朝鮮が今アメリカを攻撃するとは考え難いぞ。弾頭が核であっても、散発的なSLBMの攻撃だけで、アメリカは滅亡しない。地上から消え去るのは北朝鮮のほうだ。まさに自殺行為でしかない。彼らの望みは、体制の永続のはずだ」

樺山の指摘に、采女は肯くと、かすかに不敵な笑みを見せた。

「仰るとおりです。ですが、最初に申し上げたとおり、可能性があるのはアメリカを抑止しうる作戦です」

樺山は、采女を睨み付けた。どうやら、単に海流で移動するだけではないようだ。

「詳しく話せ」

「名前がないと説明しにくいので、こいつのことは仮称『特殊機雷』と呼びます。機雷のように動作すると思われるので」

そう言うと、采女は、手書きのポンチ絵を机の上に広げた。どうやら、動作モードが変化する機雷だと言いたいらしい。

「内部にSLBMを収めた特殊機雷は、海中に投下されると、浮遊機雷のように海面下を漂い、海流に流されます。SLBMの射程は四〇〇〇キロです。北太平洋海流に乗れば、半年から一年後には、かなりの高確率で、ロスなどの西海岸を攻撃可能な位置まで到達できるはずです」

沿岸から離れ、大洋上を漂っているだけなら、船などに衝突する可能性はきわめて低い。それに北太平洋海流は大きな流れだった。そう簡単に流れから外れることもないだろう。

采女はポンチ絵の隣に、アメリカの白地図を出した。ワシントンD.C.とニューヨークを中心にして四〇〇〇キロの円が描かれていた。

「北朝鮮とすれば、目標は、できれば東海岸の都市に定めたいはずです。カリフォルニア海流に乗り、バハ・カリフォルニア半島から数百キロの位置まで行けば、ワシントンD.C.は射程内に入ります。四〇〇〇という数字が正確ならば、ニューヨークを狙うのは難しそうです。ロスやカリフォルニアまで一〇〇〇キロ程度まで近づかないとニューヨークまで届きません。ただ……」

北朝鮮は、李九が製造していたというSLBMの発射実験を行なっていない。設計上での射程が四〇〇〇キロでも、そのとおりになるとは限らない。短くなる可能性が高いが、予想以上の性能が出ることもある。

「参考程度だな」

「はい。四五〇〇キロ程度飛翔する可能性を、考えておくべきだと思います」

樺山が無言のまま肯くと、采女は説明を続けた。

「特殊機雷は、アメリカにとって脅威になりえます。問題は、これを使って抑止効果を発揮させるならば、ある程度自由なタイミングで、十分な可能性を持って、十分な威力で攻撃できなければならないということです」

「アメリカの近海まで到達させるのに時間がかかるということか?」

采女は、かすかに首を振った。

「いえ、その問題は、クリアしうると思っています。時間が必須である以上、事前に到達させておけばいいんです」

采女はポンチ絵を指さした。

「アメリカ近海まで到達したら、自動か、あるいは指令によって特殊機雷を沈降させ、沈底機雷か短係止(たんけいし)機雷のような状態にするのではないかと予想しました」

「機雷については詳しくない。説明しろ」

　樺山の言葉に、采女は、驚いたような顔を見せた。情報本部の部長とはいえ、陸自出身だ。何でも知っていると思われても無理があった。そこに、玉井が一枚の紙を差し出した。機雷の種別が描かれた模式図だ。必要になることを見越して持ってきたのだろう。

「あ、ありがとうございます」

　采女は、玉井に礼を言うとその模式図を指し示した。

「沈底機雷は、その名のとおり、海底に沈んだ状態で横たわる機雷です。機雷の中では、最も原始的なものです。構造が単純で安価なため、現代でも有用ですが、当然ながらきわめて浅い海域でしか使用できません」

　樺山が肯くと、采女は、その隣に描かれた、海底から線が延び、その上に機雷らしきものが描かれた図を示した。

「特殊機雷の動作とは違うものも、一応、説明しておきます。浅海域(せんかいいき)でしか有効でないという沈底機雷の弱点を克服(こくふく)するために作られたのが係維(けいい)機雷です。海底に沈んだ錘(おもり)とワイヤーで繋がれた浮力を持った機雷で構成されています。これによって、ある程度水深のある海域でも、海面下に機雷を漂わせることができるようになりました。コストも沈底機雷と大差ありません。ちなみに、悪天候や腐食が原因で、このワイヤーが切れると、機雷部が海面上に浮き上がって海流に流されます。これは浮流機雷と呼んで、最初から浮いた状態とされる浮遊機雷と区別されています。特殊機雷の海中投入後は、浮遊機雷状態です」

樺山は、肯いて先を促す。図にはもう一種類の機雷が描かれていた。係維機雷と似ているが、ワイヤーが短い。係維機雷の機雷部分は水面近くを漂っていたが、残りの一種類では、機雷に相当する部分が海底近くに留まっていた。

「残りのこれが短係止機雷です。敷設（ふせつ）されると、名前のとおり、錘とワイヤーで短く係止された状態で缶体（かんたい）と呼ばれる部分が海中に浮遊します。この缶体の中に、魚雷などの誘導兵器が入れられています。機雷の中でも脅威度が高く、アメリカのキャプター機雷、ロシアのＰＭＴ－１機雷などが有名です。海上自衛隊の保有している九一式機雷やそれをさらに強化した一五式機雷なども、この短係止機雷です。九一式機雷と一五式機雷は、魚雷を流用したキャプター機雷などと異なり、浮力を利用して完全に無音のまま目標まで誘導されます。推進力が浮力であるため、魚雷ほど攻撃範囲は広くないものの、全く音を出さないことから、目標に気づかれることがありません。結果として、回避行動を取られることがなく、高確率で目標を撃破できます。ですが、こうした高性能機雷は、必然的に高価格になります。必ずしもコストパフォーマンスがよいとは言えないものになってしまいました。現に、アメリカは、とうの昔にキャプター機雷の調達を止めてしまっています」

「機雷については分かった。だが、ＳＬＢＭを入れるとなると、その特殊機雷とやらは、従来の機雷とは全く違うものになるな。大きさも相当でかくなる」

「はい。艦船や潜水艦を狙うものではないため、機雷と呼ぶことも不適切かもしれません。しかし、形状や海中での動作を考えると機雷と呼ぶのがよいと考えました」

「名前はどうでもいい。説明を続けろ。沈底機雷か短係止機雷のような状態になるという話だったが？」

「分かりました」

采女は、最初に示したポンチ絵を樺山の眼前に持ってきた。

「沈底にせよ、短係止にせよ、重要なのは海底で留まるということです。以後は移動しません。海底にある特殊機雷に音響コマンドを送れば、缶体を再浮上させ、ＳＬＢＭの射程内にある目標を、必要な時に攻撃できます」

「つまり、沈底した潜水艦と同じということか」

「そうです」

「沈んでいる位置は、どうやって把握する？」

「特殊機雷に自動で報告させます。まず、位置の把握をＧＰＳで計測します。恐らく中国のＧＰＳにあたる北斗システムを使用するでしょう。十分な精度で把握できるはずです。その位置情報を衛星か潜水艦が通信として使用する超長波、もしくは長波で送信するのではないかと思っています」

「使える通信衛星はあるのか？」

その質問に答えたのは玉井だった。

「ダミー企業を使い、契約している可能性はあります。ですが、不確定です。超長波通信の可能性のほうが高いでしょう」

「音響コマンドは、どうやって送るんだ？　北朝鮮の潜水艦が到達できる位置ではないぞ」

「海中では、音はかなりの遠方まで到達します。さすがに極東域からでは難しいですが、太平洋を航行する商船からなら送信できるはずです。それに、アメリカ国内にいる工作員を使えば、もっと簡単です。プレジャーボートに乗り、釣り糸の先に水中スピーカーを付けて垂らせば確実です」

樺山は、腕組みをして思考を巡(めぐ)らせた。采女の説明は筋が通っていた。技術的には可能に思えた。玉井もそう思ったからこそ報告に来たはずだ。だが、これほど大それた作戦を本当に実行するのかどうかは疑問だった。それに、一つ気になっていることもあった。

「ＳＬＢＭが四〇発あるという話は、どう関係する？」

采女は、待ってましたとばかりに、口角(こうかく)を上げた。

「それこそ、公算的兵器である機雷ならではです。先ほども説明したように、誘導能力のある高性能機雷は、コストパフォーマンスが悪いことから、必ずしもよい評価にはなりません。元来の機雷は、きわめて原始的なものでも、調達価格が一〇〇〇億円を超える高価な護衛艦や、それこそ一兆円を超える超大型空母ですら、沈められる可能性があります。そのかわり、悪く言えば〝下手(へた)な鉄砲数撃ちゃ当たる〟です」

一般的な砲弾や自由落下の爆弾が公算的兵器だ。これらは一定の散布界内に着弾する。その散布界と目標の大きさから、効果を与えられる十分な公算となるだけの砲弾、爆弾を投射することで、命中を期待することになる。機雷も同じだった。効果を与えられるだけの、十分な密度となるように機雷を敷設することで、効果を期待する。

樺山が言葉を消化するのを待ってくれたのだろう。ややあって、采女が言葉を続けた。

「流れ着く場所が海流まかせですから、ＳＬＢＭを搭載し、高価にならざるをえない特殊機雷であっても同じです。米本土を攻撃可能な範囲に、ある程度の数量が流れ着く公算となるだけの特殊機雷を投入するはずです。どうしても数は必要なんです」

「コストパフォーマンスが悪いと言ったばかり……とは言えないか」

「はい」

采女は、我が意を得たりと肯いた。

「コストはかかります。ですが、それを上回るパフォーマンスがあれば、価値はあります。アメリカ本土への核を含めたＮＢＣ兵器攻撃ならば、抑止力として機能します」

大量破壊兵器には、核、生物兵器、化学兵器の三種類がある。これらの頭文字(Nuclear,Biological,Chemical)をとってNBC兵器と呼ばれることが多い。NBC兵器をアメリカ本土に撃ち込む能力を持ち、アメリカの北朝鮮への軍事力行使を抑止する。それは、北朝鮮にとっての悲願だろう。

「ただし、核弾頭は簡単に量産できるものではありません。北朝鮮がこの作戦に四〇発もの核を投入するとは思えません。ですが、抑止のために公表する可能性を考えれば少数の核は使っていると思われます。そもそも、化学兵器ではそれほど大きな被害は発生させられません。生物兵器は、起爆タイミングがずれ、上空で爆発してしまった場合には、実体的な被害が発生しない可能性もあります。恐らく、ほとんどはダーティーボムではないかと推測しています」

ダーティーボムは、少量の爆薬の周囲に、拡散しやすいよう粉末状にした核廃棄物を詰めたものだ。核廃棄物を都市の上空でばらまけば、広範囲に核汚染が発生する。都市の真ん中で、原発事故が発生したと思えばいい。その経済的被害は甚大だ。

「なるほど。概略は理解した。問題は……どうやったら北太平洋海流に乗せられるというんだ?」

「黒潮に乗せれば、その先は黒潮続流を経由して北太平洋海流になります」

「どうやって黒潮に乗せる?　場所は?　太平洋側まで出てくるのか?　そこまでの運搬

手段は？」

「李九の証言だけでは、そこまで読めません」

「では、他の情報を探せ。危険があることは理解したが、詰めが甘い。これだけでは統幕に報告することはできん。慌てさせるだけだ」

采女は唇を噛んで押し黙っていた。玉井が一歩進み出てくる。

「私にも危険度は理解できましたが、詰めるためには、専門知識が足りません」

玉井は暗に、海自出身の幕僚をチームに加えて欲しいと言っていた。この段階で報告に来たのは、そのためのようだ。

「いいだろう。樋口と戸倉を使え」

「もう一つ、お願いがあります」

そう言うと、玉井は采女に視線を送った。はっとしたような顔で采女が口を開く。

「海流による特殊機雷の漂流予測を海幕にあるシミュレーターを使って行ないたいと思います」

「いいだろう。俺の名前で支援要請しろ」

「ありがとうございます。さらに検討を進め、報告します」

玉井は采女をつれて引き揚げていった。

樺山は、二人の報告を反芻する。にわかには信じがたかった。だが、反論もし難い。二人に指示したように、追加検討が必要なのは間違いなかった。それに、一つ気になることがあった。樺山は、玉井が席に戻る頃合いをみて、電話をかけた。

「俺だ。先ほどの報告を他の班にも流しておけ。お前たちの推論が出てくることを狙い、北から意図的に流された情報の可能性もある」

樺山は、まぶたを閉じて独りごちた。

「思った以上に、大きな話になりそうだな」

二月二日　一三時五〇分
玉井は、樋口三等海佐と戸倉一等海尉を引き連れて、庶務用の作業台にやってきた。帰宅直前の樺山に報告して連れてきた戦力だ。二人とも、妙な顔をしていた。こんな時間にかき集められ、何が始まるのかという緊張と深夜に及ぶことが確実になったことによるうんざり感がないまぜになった顔だった。作業台では、采女が軽快にキーボードを叩いていた。

「もう出来ますか？」

「プリントします」

采女がキーボードをひときわ強く叩いて立ち上がった。部屋の中央に置かれたプリンターに向かい、出力された紙を差し出してくる。玉井は、さっと目を通す。

「大丈夫でしょう。形式的な依頼文書なので、総括の専決です」

簡単な内容の文書は、部長名で出されるものでも、下級者が決裁できることになっている。この内容の依頼文書ならば、部のナンバー2である総括が専決の権限を持っていた。

全ての文書に目を通していたら、部長が三人必要になるだろう。采女は、席を立って決裁に向かった。玉井は、その奥に座っている庶務係の是枝二曹に声をかける。

「是枝二曹。こんな時間ですが、采女三佐が作成している海幕への依頼文書は、今日のうちに送達して下さい。明日の朝から作業を始めたいので」

「例の件ですね。先に話を通しておきます。出来上がったら直接持って行きます」

それが最も早いだろう。

「助かります」

玉井は、樋口と戸倉に作業台の前に座るよう勧め、自分も反対側に腰を下ろした。

「采女三佐が文書を作っている間に、こちらのチームで分析している内容を説明しておきます」

玉井は、部長の樺山に報告した内容を二人に話した。

「本当にそんな可能性が？」

樋口は、長身で線の細い制服の似合う男だ。自衛艦隊司令部での情報職勤務に続き、情報本部にやってきた。艦艇での現場経験と情報職をバランスよく経験している。樺山から、たびたび海自関係の特命仕事を命じられていた。

「まだ分かりません。部長が言うように、まだ詰めの甘い分析です。明日からそれを詰めなければなりません。今日のうちにお二人も考えておいて下さい」

「明日からの作業は、具体的に何をすればいいのでしょうか？」

戸倉は、情報本部に着任して半年ほど経ったところだ。着任したばかりの采女が、すでにふてぶてしいのと対照に、戸倉はいまだにおどおどした感じが抜けない。下手をすれば、庶務である是枝の仕事に手を出しそうなくらいだ。

「海幕が持っているシミュレーターを使い、海流による特殊機雷の漂流予測を行なうことが一つ。これによって、どのあたりに特殊機雷を投入すれば、アメリカ本土を攻撃できる可能性が高くなるのか算出します」

そう言うと、戸倉の表情が明るくなった。

「あ、それなら私にやらせて下さい。同じシステムを使ったことがあるのでできると思います」

「それは適任ですね。ではシミュレーションは戸倉一尉にお願いしましょう」

資料を睨んでいた樋口が面を上げ口を開く。

「もう一つは、黒潮までの運搬手段検討ですか？」

「そうです。シミュレーション結果にもよりますが、北朝鮮が、どこまで、どのような手段で運ぶのか検討しなければなりません」

樋口は、玉井の言葉に肯いた。

「その前に、特殊機雷の仕様と形状などを検討する必要がありますね」

「采女三佐と協力して実施して下さい。私も手伝いますが、潜水艦発射弾道ミサイル（SLBM）にも機雷にも詳しくありません」

そこまで話すと采女が戻って来た。

「決裁が下りた。あとは頼む」

バインダーに挟み込んだ決裁済みの文書を是枝に手渡す。自衛隊でも電子決裁が導入されることにはなっているものの、関係規則が改正されるまでは、スタンプラリーが続いていた。

「了解しました。もう連絡済みです。任せて下さい」

是枝に文書発行、自衛隊でいうところの発簡（はっかん）作業を任せると、采女は作業台に戻ってきた。

作業は、深夜二時過ぎまで続いた。家路につくことができたのは是枝だけだった。

二月三日　一四時〇〇分

玉井二佐は、海幕から戻ってくる戸倉一尉を待っていた。采女三佐と樋口三佐も到着している。ドタバタし始めたのは昨日の深夜だ。まだ一二時間少々しか経過していない。まだへばっている顔はなかった。

「今から出るそうです」

戸倉からの電話を受けた是枝二曹が、口にする。海幕は、情報本部の入るC棟の隣にあるA棟に入っている。A棟は市ヶ谷で最も大きな庁舎だ。

「では、全員がそろったところで、ここまでの経過を確認する打ち合わせをしましょう。各自、進捗(しんちょく)を報告できるように準備して下さい」

采女と樋口に指示を出し、玉井も話すべき内容を頭の中で整理した。五分ほどで戸倉が到着し、ミーティングを開始する。かなり急いで来たのだろう。彼の息は荒かった。

「シミュレーターに必要なデータを入力する作業は終わりました。現在プログラムを走らせています。特殊機雷を海流の中心に投入すると仮定して、ワシントンD.C.とロサンジエルスを中心とした半径四〇〇〇キロ圏内に到達する可能性を算出させています」

玉井は、肯いた。潜水艦発射弾道ミサイル(SLBM)をワシントンD.C.に着弾させるには、メキシコにあるバハ・カリフォルニア半島から数百キロの位置まで流れ着かなければならない。その可能性は高くないだろう。だが、ロサンジェルスを狙える範囲に流れ着く可能性は、かなり大きくなりそうだった。東日本大震災の震災ガレキは、三陸沖の親潮から黒潮続流に乗り移り、北太平洋海流を経て、アラスカ海流に乗ったものが、アラスカを含むアメリカやカナダ沿岸に、震災から半年以上も経った後に漂着している。

「シミュレートする投入場所は、四カ所です。第一は、房総半島の東二〇〇キロでダイレクトに黒潮続流に乗せられる地点。第二、第三は、目標海域への到達確率に悪影響を与えそうな海域を通過した場所ということで設定しています。第二が、伊豆諸島の東五〇キロ。第三が屋久島と口之島の間、トカラ海峡の北西五〇キロです」

狭く、浅い海峡通過時には海流が乱れる。島の先に、渦巻きのような流れが起きることもある。難所を越えれば海流も安定して流れるため、確率は大きく変動しないのだろう。

「第四は、第三と比較するためと、北朝鮮から最も近い黒潮の流路ということで、トカラ海峡の西北西八〇キロとしました。第二と第三の距離があるので、中間地点として紀伊半島沖を加えることも可能です。また、奄美の西の東シナ海でのシミュレートも考えましたが、これらを加えると、余分に時間がかかります」

「今の四カ所の結果が出るのはいつごろの見込みですか？」

「今日の一九時過ぎになるはずです」

戸倉の答えを聞き、玉井は采女を見た。

「今のところは、これでどうでしょう」

「それでいいと思います。結果次第で付け加えればいい」

玉井は肯いて、戸倉の報告を終わらせた。あとは、シミュレーションの結果待ちだ。次の報告をさせるため、視線を樋口に向ける。

「では、目標海域の水深はどうでしたか？」

「アメリカの沿岸も、日本と同じように大陸棚が非常に狭く、一気に深くなっています。特に、地震の多いカリフォルニア州沖は、すぐに水深四〇〇〇メートルを超えます。その南、バハ・カリフォルニア半島沖や北のシアトルなどがあるワシントン、オレゴン州沖はそれほどではないものの、二〇〇〇メートルを超える場所も少なくありません。カリフォルニア州沖に流れて行く可能性が高いことを考えると、特殊機雷の耐圧深度は、余力を持たせることも考慮して、五〇〇〇メートルはあるでしょう。気圧にして五〇〇気圧。一平方センチメートルあたり五〇〇キロの重量が乗っている状態と同じです。ただし、東太平洋の水深については、あまり詳細なデータがありません。念のため、在日米海軍に照会をかけています」

「五〇〇〇と考えておけば十分だろう。それ以前に、北朝鮮が持っている高張力鋼のデータが十分じゃない。どのみち、多めのマージンを設けざるをえない」

そう言ったのは、ＳＬＢＭを水圧から守る缶体について検討していた采女だった。

「どうだったんですか？」

「潜水艦用の高張力鋼として参照したデータは、一九九八年に発生したユーゴ型潜水艇浸透事件と一九九六年に発生したサンオ型潜水艦による江陵浸透事件で得られたものだ。だが、ミサイル開発の状況を見ても、北朝鮮の素材分野の能力も向上しているだろう。サンオ型潜水艦に使用されていた高張力鋼データの一五パーセント増しで考えている。耐圧深度五〇〇として缶体の耐圧殻の厚みを考えると……七〇ミリは必要だな」

采女は、高張力鋼の強度グラフを見ながら言った。

「そうなると、缶体だけでも相当の重量になりますね」

玉井は、李九証言を基に、缶体内に入れるべきSLBM以外の構成品、バッテリーや管制装置について検討していた。次は玉井の番だった。

「李九証言では、新型SLBMは、全長約九メートル五〇センチ、直径約一メートル五〇センチです。北極星三号を改良したもので、直径は変わりませんが、全長をわずかながら延長しています。パレードに登場した北極星四号にきわめて近いサイズです。同一の可能性もあります。ミサイル全長が延長されている分、コールドロンチに使用するブースターを小型化したようです」

コールドロンチというのは、ミサイルを発射する際の方式の一つだ。最初は、ミサイル本体の推進薬に点火せず、コールドロンチ用のブースターでミサイルを水面の上まで放り上げる。そこでミサイル本体の推進薬に点火する方式だ。技術的には難しくなるが、潜水艦が浮上することなくミサイルを発射できるため、SLBMでは標準的な発射方式となっている。コールドロンチ方式としない場合、潜水艦のミサイル発射筒内でミサイル本体の推進薬に点火するホットロンチ方式になる。その場合、トラブルが発生した時に、潜水艦の危険性が極めて高くなってしまう。特殊機雷は、再浮上するとはいえ、半水没状態ならば、コールドロンチも必須だろうと分析していた。

「北極星三号の発射の際に、北朝鮮は製造段階と発射直後に水面から飛び出した写真を公開しています。その写真と李九の証言から、このサイズはほぼ間違いないと思われます。そして、このSLBMを内蔵し、特殊機雷とするためには、この他に制御装置、位置標定のための北斗システムセンサー、水中マイク（ハイドロフォン）、無線装置、そして電源が必要です。それらをSLBMと同じ直径の中に収めるとすると、内部構成品の全長は一二メートルから一三メートルになります」

玉井の言葉に、采女が呟くように言った。

「それを、厚さ七〇ミリ以上の高張力鋼製の耐圧缶体で包むわけか。缶体は、直径一メートル七〇センチ以上、全長一三から一四メートルというところだな。重量は計算してみないと分からないが、相当に重い代物（しろもの）になる」

「かなり大きなフロートを付けないと、浮きませんね。それに、超長波用のフローティングアンテナもかさばります」

采女の見解を樋口が補足する。口こそ開かないものの、戸倉も肯いていた。海自出身者がこぞって同じ意見になるのなら、間違いないだろう。そうなると、その先も読めてくるはずだ。玉井は、三人に問いかけた。

「潜水艦や工作船で東シナ海まで曳航してくることは可能ですか?」

「無理だ」

采女は即答した。樋口と戸倉も同意見のようだ。

「残る可能性は、商船しかありませんね」

「それも、貨物船だけだ」

采女は、さらに絞ってきた。

「特殊機雷がこれだけ大きいと、商船でも、一隻の船で多数の曳航はできない。船底に曳航索を取り付けても、異常な引き波（ウェーキ）が出る。海保や哨戒機（しょうかいき）の監視フライトで不審だとして報告されるはずだ。内部に積み込むしかない。タンカーや万景峰（マンギョンボン）号のような貨客船では無理だ」

「コンテナ船かバラ積み貨物船ですね」

樋口がさらに絞り込む。

「バラ積み貨物船というのは、どんな船ですか?」

「バラで積むのでバラ積みです。穀物や鉄鉱石を運ぶものが代表的です」

玉井にも、どんな船なのか理解できた。巨大な船倉に、小麦やトウモロコシを積み込んだ写真を見たことがある。

「それも、クレーン付きのやつですね」

戸倉も補足意見を口にする。

それは玉井にも理解できた。洋上で、巨大な特殊機雷を海中に投入するためには、クレーンが必須だろう。

「かなり絞り込めましたね。北朝鮮が運航する該当船舶をチェックして、所在と運航状況を調べる作業が必要ですか……」

「俺と樋口三佐でやります」

買って出た采女に、玉井は「お願いします」と告げた。采女と樋口の分析作業は、現段階ではもう十分だった。それに、海自出身者でなければ、船の確認方法が分からない。

「では、部長への経過報告は私がやっておきましょう。戸倉一尉は、引き続きシミュレーションをお願いします」

二月三日　二三時三〇分

そろそろ帰宅しようとしたところで、統合情報部部長である樺山の執務室に近づく足音が響いた。重量を感じさせる低い音と、床に映った大きな影で、誰かは見当が付く。昨日に続き、遅い時間にやってきた二人組に、樺山は嫌な予感に包まれた。

「裏付けと言えるものがあったのか？」

樺山は、組み合わせた掌(てのひら)に言葉を吹き込むようにして独りごちた。

「部長、例の件で報告があります。よろしいでしょうか？」

口調は普段の玉井と変わりなかった。しかし、その声色(こわいろ)には、日中の経過報告までにはなかった切迫したものが感じられた。

「入れ」

玉井に続いて采女が入ってくる。二人は横並びに執務机の前に立った。

「昼に報告したとおり、クレーン付きのコンテナ船とバラ積み貨物船について調べました。北朝鮮船籍のものと、事実上北朝鮮が運航していると思われる船をチェックしたところ、怪しい船がありました」

そこまで玉井が口にすると、采女がプリントした写真を差し出してきた。

「北朝鮮籍のバラ積み貨物船『ワイズマイト』号です」

写真の隅には一月三〇日一六四〇と、撮影日時が書かれていた。

「上海(シャンハイ)に寄港後、東シナ海からトカラ海峡、屋久島と口之島の間を抜け、太平洋に出ています。この写真は、トカラ海峡通峡前のものです。鹿屋(かのや)の第一航空群に所属するＰ－３

が撮影しました。通常の監視フライトの中で撮影しています」

「トカラ海峡は、黒潮の流路だな？」

　樺山の問いに、玉井は「はい」と答えて報告を続けた。

「ほとんどの北朝鮮船舶と同様に自動船舶識別装置は切られています。しかし、行先旗として チリ国旗が掲げられているので、バルパライソ、サンアントニオなどの貿易港を目指していると思われます」

「行先旗というのは、当てになるのか？」

「通常は、虚偽の旗を掲げることはないそうです。船尾に国籍旗、船首に社旗、一番高いマストに行先旗を掲揚することが国際的なルールとなっています。それに、航路と行先旗が矛盾していれば、怪しまれます。行先旗としてチリ国旗を掲げている間は、チリに向けて航行すると思われます」

「それもそうだな。だが、チリは、北朝鮮と貿易を続けているのか？」

「はい。度重なる北朝鮮への制裁強化で、取引量は落ちていますが、チリだけでなくブラジルなどの南米諸国には北朝鮮との貿易を続けている国があります」

「つまり、表向きは異状ではないということだな？」

「はい」

　玉井は、言うべきことを言い切ったというように、息をついた。樺山は、視線を采女に向けて問いを重ねる。核心に迫る報告があるのは、采女のはずだった。

「では、特異事象は何だ？」

采女は、一歩踏み出すと、もう一枚の写真を差し出した。同じ貨物船、『ワイズマイト』のようだった。だが、わずかに違いがあった。先ほどの写真と異なり、船底の赤い塗料の部分が見えていた。撮影日時は一月三一日〇七二〇となっている。最初の写真から一四時間以上経過している。

「同じく、第一航空群のＰ－１が撮影したものです」

「喫水が浅くなっているのか……」

「はい」

采女は、同意を示す言葉を発しただけだった。喫水が浅くなったということは、船が軽くなったということだ。港で積み荷を降ろせば、当然喫水は浅くなる。しかし、この写真はトカラ海峡の通過後に撮影したという。

「何かを海中に投入する以外に、喫水が浅くなる理由はあるか？」

物理現象は樺山にも理解できる。しかし、船舶運用は素人よりはマシというレベルだった。

「バラスト水を捨てれば、喫水は浅くなります。しかしここを見て下さい」

そう言って、采女は写真の船首を示した。

「この、前方に突き出した部分は、バルバスバウと呼ばれる船首構造です。造波抵抗を減らし、燃費を向上させるためのものですが、喫水が適切でないと、造波抵抗を低減する効果が不十分となります。喫水が浅く、船体が軽いほうが燃費がよいと思われるかもしれませんが、写真のように船底の赤く塗装された部分が露出しているような状態では、抵抗が増えてしまいます。バラストは、船を安定させることが主目的ですが、バルバスバウを装備した船では、ある程度重くすることで燃費の改善を図ることも可能になります」

「つまり、バラスト水を捨てたとしたら、燃費を悪化させたということだな?」

「そうです。ありえません」

采女は、三枚目の写真を差し出した。

「先ほどの写真から、さらに二六時間後です」

日時は、二月一日〇九一〇となっていた。

そこには、最初の写真のように、喫水が深くなり、船底の赤い塗装部分が海面下に没した『ワイズマイト』が写っていた。バラスト水を注入し、喫水を戻したのだ。

「トカラ海峡通過時に、何かを海中に投入した……か」

「はい。そう推測するのが妥当だと思われます。『ワイズマイト』は、夜間にトカラ海峡を抜けました。海自の監視フライトが、基本的に日中に行なわれることを踏まえ、通峡時間を調整したのだと思われます」

采女の報告に、驚きを隠せずにいると、玉井も追い打ちをかけてきた。

「もう一つ、海幕で実施していたシミュレーションの結果です」

日本周辺の黒潮に特殊機雷を投入した場合、潜水艦発射弾道ミサイル（SLBM）でワシントンD.C.とロサンジェルスを狙い撃てる可能性が表にしてあった。

「トカラ海峡の通峡後なら、ワシントンD.C.を狙うこともできそうだな」

一基の特殊機雷が、ワシントンD.C.を狙い撃てるバハ・カリフォルニア半島沿岸に到達する可能性は、トカラ海峡通峡前は三パーセントしかなかったが、通峡後では九パーセントまで上昇していた。四〇基もの特殊機雷を投入したのであれば、かなりの高確率でワシントンD.C.を狙えることになる。ロサンジェルスならば通峡前であっても確実と言えた。

『ワイズマイト』は、トカラ海峡の通峡時に特殊機雷を海中に投入した可能性が高かった。つまり、このまま放置すれば、北朝鮮は、確実にロサンジェルスを攻撃可能となる。ワシントンD.C.を攻撃できる可能性も、少なからずあると言ってよかった。

『ワイズマイト』の情報が加わったことで、分析の妥当性は強化された。加えて、この写真は、事態がすでに進行していることを示していた。

しかし、樺山の胸中では、いくら北朝鮮でも、本当にそんなことをするのかという疑念が消えなかった。とはいえ、事態が進行中ならば、対処を考えざるをえない。

「明日の会議で報告する。だが、引き続き情報収集が必要だ。対処行動を取るには、まだ弱い。対処の準備を始める必要があるが、確たる裏付けがなければ、本格的な動きは取れないだろう」

樺山は、采女の目を見つめた。海自に行なわせる調査活動だ。海上自衛官のほうが適任だろう。

「あまりおおっぴらに動きたくはないが、海中に投入されたブツを回収して調べるとしたら、何隻必要だ？」

采女は首を振った。

「数がいても意味はありません」

「イージス艦だろうが、『いずも』だろうが、ソナーは積んでいたはずだろう？」

「潜水艦捜索用のソナーは積んでます。しかし、今捜索しなければならないものは、潜水艦と比べたら非常に小型です。潜水艦を捜索できるソナーの能力では感度が足りません。しかも、自ら音を発することもないため、アクティブソナーでなければなりません」

「だろうな」

ソナーには、大別して二種類ある。目標が立てる音を探知するパッシブソナーと、ソナーから音を出し、目標で反射してきた音を探知するアクティブソナーだ。漂っているだけの特殊機雷を探知するためには、アクティブソナーが必要だった。

「その上、ソナーにとって最悪のコンディションの中、海面直下で捜索しなければなりません。東日本大震災による津波被害の後、海自は総出で救援にあたりましたが、護衛艦は陸地に近寄ることさえできませんでした。津波で多数のコンテナなどが流出しており、浸水し、中性浮力で海面直下に漂っている漂流物は、護衛艦のソナーでは発見できなかったためです。必要なのは、あの流出したガレキの間を縫って救援に駆けつけ、流された生存者や遺体を捜索した艦船です」

樺山は、震災時の災害派遣を思い出した。あの時、樺山は、統合任務部隊の指揮を執った東北総監部にいた。大型の護衛艦が沖に控えてヘリや小型の搭載艇を使って活動する中、沿岸まで接近して被災者救助を行なっていた艦船があった。

「掃海部隊か」

掃海部隊は、敷設された機雷を除去する部隊だ。専用の掃海艦艇を装備し、機雷の敷設された危険な海域に進出して機雷の掃海、掃討を行なう。敵艦と戦闘する能力はほとんどない。その代わり、機雷掃海・掃討という極めて危険度の高い任務を遂行している。

「はい。捜索も回収も、彼ら以外には不可能です」

掃海艦艇が装備するソナーは、直径一メートルにも満たない機雷でさえも捉えることができる。北朝鮮が海中に投入したかもしれない特殊機雷を捜索することも可能なはずだった。同時に、爆発の危険がある機雷を処理する能力も持っている。

「分かった。掃海部隊を調査任務に投入してもらえるように至急調整しよう。お前は現地に進出しろ」

統合情報部は、部隊を統合運用する統幕の目であり耳でもある。情報収集のために、部隊を動かす必要がある場合も、統幕を通じてそれが可能だった。

しかし、部隊を動かすということは、敵に我がほうの意図を悟られる危険を孕む。樺山は、調査活動が及ぼす影響を考えた。

「こちらの動きを悟られるのはまずいな」

「そう思います」

采女は、日本周辺の海底地形図を広げた。

「もし北朝鮮が我々の対処行動を察知すれば、アメリカを目標とすることを諦め、日本南岸で特殊機雷を沈降させ、いつでもＳＬＢＭ発射が可能な作動待機状態にするかもしれません。太平洋側で、この特殊機雷が作動待機状態に入れば、日本は北西側の北朝鮮から発射されるミサイルと、太平洋側のＳＬＢＭに挟撃される危険に晒されることになります。一方でしたら、弾道ミサイル防衛で相応に対処できますが、挟撃は危険です。太平洋側には大陸棚がほとんどありません。深海に沈んでしまった場合、大戦時に沈んだ大型艦艇でさえ見つけるのは困難なくらいです。この特殊機雷を探し出すことはほぼ不可能でしょう。沈降前に位置を把握することが絶対に必要です」

爆撃などの攻撃作戦では、本来の目標を攻撃することが困難な場合、実行が容易な第二目標、第三目標を定めておくことが多い。広島への原爆投下の際、第二目標は小倉、第三目標は長崎だったし、長崎への原爆投下の際は、第一目標だった小倉が、視界不良で正確な爆撃ができなかったことから、第二目標だった長崎に投下されている。

特殊機雷の第一目標はアメリカだ。しかし、日本が対処を始めたことが露見すれば、特殊機雷が処分されてしまうことを恐れ、第二目標への攻撃に切り替えるだろう。第二目標は、間違いなく日本のはずだった。

「そうだな。掃海部隊を使うとしても少数か。米軍も……ダメだな」

在日米軍の動きは、彼らを監視しているインターネットHPに、即座に掲載されている。北朝鮮も、当然それをチェックしているだろう。わざわざスパイを送り込むまでもなく詳細な情報が手に入るのだ。

「はい。佐世保にはアヴェンジャー級掃海艦が四隻いますが、動き出せば、すぐに北朝鮮にも知られます。それに……」

樺山は、片手を上げて采女の言葉を遮った。

「分かっている。北朝鮮はもちろんだが、当分は、アメリカにも秘匿したまま動いたほうがいいな」

「はい」

答えたのは玉井だった。

「アメリカは、何としてでも特殊機雷の接近を阻みたいはずです。たとえ日本近海で特殊機雷が沈降することになっても」

この特殊機雷に関しては、同盟関係にあるとはいえ、日米の利害は対立する。日本としては、特殊機雷がアメリカ近海に流れ着くことも、日本近海で沈降することも、共にまずかった。しかし、アメリカにとっては、異なる可能性が高い。

樺山は、未来に思いを巡らせた。自衛隊は、北朝鮮に察知されず、アメリカにも感づかれないまま、この特殊機雷を捜索、調査し、対処しなければならなかった。

統合情報部の任務は、情報の分析と配布だ。しかし、その先の部隊の行動を予測し、次に必要とされる動きのために、情報の収集・分析を進めておかなければならない。

「四〇発か……」

四〇発ものSLBMが、采女たちが分析したように、機雷のように海面上を浮遊しているのならば、その全てを発見することは、全掃海部隊を投入したとしても、相当に困難だろう。

SLBMは、ミサイルとしては大型だが、それを缶体と呼ばれる防水ケースに入れたとしても、潜水艦と比べればはるかに小型だ。おまけに、波間に漂っていることもあって、通常の護衛艦では発見もできないという。

他にソナーを搭載している艦艇として潜水艦があるが、現代の潜水艦は基本的にパッシブソナーが主力だ。自ら音を出すことで捜索範囲の何倍もの距離から存在を察知されるアクティブソナーは、隠密行動が絶対の潜水艦にとってデメリットの方が遥かに大きいからだ。そのため、艦艇用のアクティブソナーを搭載していない潜水艦もある。自衛艦隊に支援を依頼しても、鼻で笑われて終わりだろう。

掃海部隊ならば、一つ一つの特殊機雷を発見することは可能だという。一発の特殊機雷を回収、調査する段階ならそれでいい。しかし、本格的に処理をする段になってから、掃海部隊を総動員したところで、全ての特殊機雷を発見、処理できるとは思えなかった。

樺山は、嘆息した。どうすれば、脅威(きょうい)を完全に排除できるのか、そのプランがなければ、そのために必要な情報を、どの程度急ぎで、どこまでの精度で集めなければならないか判断できない。

「発見できないのなら、情報を奪うしかないか……」

樺山の呟きに、玉井と釆女は怪訝な顔を見せていた。

「お前らの予想では、この特殊機雷は、自律的に作動するだけじゃなかったな?」

「はい。黒潮は時に大蛇行するなど、年ごとに流路が大きく異なりますし、日々刻々と変化しています。むしろ、意図したとおりに流れない可能性のほうが高い以上、特殊機雷は、GPS、恐らく中国の北斗システムだと思いますが、それで位置測定し、定期的に報告して、沈降コマンドを受け取るようになっているはずです。海岸に漂着して調査されるなんてことは、絶対に防ぎたいはずです」

　采女の言葉を聞き、樺山は肯いた。

「それなら、指揮所はどこだ？」

　呼び水に、玉井が答える。

「『ワイズマイト』は、敷設艦兼指揮艦ということですね」

「そうだ。上級部隊として、本国でも作戦状況はモニターしているだろうが、投入後に予想外のトラブルが発生する可能性もあるはずだ。現地指揮所がないとは考えられない。それに、『ワイズマイト』が、沈降後に発射のための音響コマンドを与える役も負っているかもしれない。指揮所は、日本国内の陸上にあるかもしれないが、通信設備が大がかりになることを考えれば、その可能性は低いだろう」

　そう言うと、樺山は、玉井に向き直って指示を飛ばした。

「この『ワイズマイト』とやらが指揮艦かどうか分析しろ。その上で、お前は、こいつを押さえる作戦の調整に入れ。実行は統幕だが、プランを立ててあれば、すぐに動けるはずだ。『ワイズマイト』が指揮艦なら、こいつの戦闘指揮所(CIC)(Combat Information Center)には、浮遊している特殊機雷の位置情報がある。それを確保しなければ、四〇基もの特殊機雷は処理できないぞ」

二人が部屋を飛び出して行くと、樺山は、帰宅のためにバッグに詰めてあった荷物を引っ張り出した。

四〇基もの特殊機雷が日本の近海を漂っている。それは、核弾頭を搭載したＳＬＢＭを内蔵しているかもしれない。危険性を考えれば、一つ残らず処理しなければならなかった。

ところが、その特殊機雷を発見することは困難ときている。そのため、樺山は二つのことを目指さなければならなかった。まずは特殊機雷を一発でも発見、確保し、その仕様の詳細を確認すること。もう一つは、指揮艦でもある『ワイズマイト』を確保し、浮遊している特殊機雷の位置情報を手に入れることだ。

この二つが達成できなければ、特殊機雷が引き揚げ困難な深海に沈み、ＳＬＢＭを発射する潜水艦と変わらぬ脅威となってしまうかもしれなかった。

「帰るのは、当分先になりそうだな……」

第二章　伊豆諸島、豊後水道

二月四日　二〇時〇〇分

横須賀市には自衛隊官舎が多数ある。その一つ、長浦宿舎の一室で、大越保一等海尉は、安物のソファに身を沈めていた。すぐ脇のキッチンからは、妻の秋江が夕食後の洗い物をする音が響いている。官舎の作りは、一言で言えば昭和の団地だ。別室にいても、キッチンの様子は、よく分かる。

ザッピングしていたテレビから、政府が、先月漂着した脱北者から聞き取り調査を行なっているというニュースが流れた。反射的に、リモコンのボタンを押す手を止める。防衛省内には、裏付け調査などで苦労している者もいるかもしれない。しかし、大越にとっては人ごとだった。自分の仕事には、関係してきそうにない。

大越は、掃海艦『ひらど』の処分長として、四名の水中処分員を束ねる立場にある。水中処分員は、ＥＯＤ（Explosive Ordnance Disposal diver）とも呼ばれ、海中に潜り、直接機雷の処理を行なうことが仕事だ。

中国ならば、尖閣周辺に機雷を敷設するかもしれないものの、北朝鮮がらみで自分の仕事が忙しくなるとは、今の情勢では考えられなかった。

とはいえ、過去に縁がなかったわけではない。むしろ、自衛隊による掃海の歴史と北朝鮮は関係が深い。朝鮮戦争の折、アメリカが実施した仁川上陸作戦など、いくつかの着上陸作戦が計画され、北朝鮮はそれを警戒していた。そのため、作戦を阻害する目的で、北朝鮮は、多数の係維機雷を敷設した。朝鮮戦争後、係維索が切れたことによって発生した浮流機雷が、日本海側に多数漂着している。

係維機雷は単純な構造で安価な上、現代でも有効だ。アメリカが北朝鮮を攻撃すれば、再び同じことが起きないとも限らない。それだけではない、今日ではそれ以上の可能性も考えられる。北朝鮮沿岸の機雷除去に、自衛隊がかり出される可能性も十分に考えられた。

それに、朝鮮戦争時、まだ占領下にあった日本は、国連軍という名の実質米軍の要求に基づき、特別掃海隊を編成して朝鮮半島沿岸の機雷除去にあたったこともある。作戦中に、一名の特別掃海隊員が殉職している。

現在でも、ＥＯＤは、自衛隊の職種の中で、ことさら危険度の高い職種だ。機雷という爆発物を扱うことはもちろん、海中に長時間潜らなければならないため、潜水病を初めとした高圧環境での身体障害が発生する可能性がある。鮫などの危険な海洋生物に遭遇する機会もある。気を抜くことのできない仕事。

　緊張を伴う職務だからこそ、オンとオフの切り替えは重要だ。二月に予定されている伊勢湾での機雷戦訓練の準備をひととおり終え、精神的にも余裕ができた今、大越は、心底のんびりしていた。

　脱北者のニュースが終わると、テレビを消した。特に見るべきものもない。暇をもてましで、スマートフォンを手に取った。機雷戦訓練が始まってしまえば、忙しくなる。今のうちに、様子を聞いておこうと思った。

　登録してある番号をタップする。相手は、八歳下の妹、紗雪だ。高校卒業と同時に自衛隊に入隊し、自分の給料で携帯を買った。最初に電話したのは妹だった。妻の秋江よりも電話をかけた回数は多いだろう。

　もっとも、最近はめったに話すこともない。その必要がないからだ。毎日のように連絡したのは二〇一一年、高校生の紗雪が、東日本大震災の避難生活を送っていた時期だ。

　震災発生時、すでにＥＯＤとなっていた大越は、紗雪だけでなく両親の生存を確認することもできないまま、津波で流された人々の捜索・救助にあたらなければならなかった。危険で困難な救助活動が、実質的に遺体の捜索に切り替わるころ、やっと紗雪や両親と連絡が取れた。幸いなことに、三人とも無事だった。

　大越の実家は、福島県双葉郡広野町にあった。福島第一原子力発電所から約一五キロほど南にある。津波による死傷者こそ多くはなかったものの、町全域が緊急時避難準備区域に指定された。

紗雪は、両親と共に、親戚を頼って埼玉(さいたま)に避難した。加須(かぞ)市に設置された広野町の集団避難所からは、少しだけ離れていたが、それがよくなかったのかもしれない。転入した高校では、震災の避難者は紗雪だけだった。避難者が多い学校だったのなら、いじめがあっても一人にはならない。紗雪は一人きりだった。

避難後は、毎日のように話した。電話料金が、目を疑うような金額に達したものの、一緒に暮らしていたころよりも濃密な関係だった。

「あの時、お兄ちゃんと話せなかったら、ヤバかったかも」

紗雪は、「放射能がうつる」、「福島に帰れ」というような言葉の暴力を毎日のように受けたらしい。大越が費(つい)やした電話代は無駄ではなかったようだ。

紗雪は、緊急時避難準備区域が解除された後も、広野町に帰ることはなく、そのまま東京の大学に進学した。長浦宿舎に遊びに来た際には、「あの時は辛(つら)かった」と泣いていた。

その紗雪が、結婚するという。まだ二十七歳だが「何が起こるか分からないから」と言っていた。震災を経験している彼女の言葉は単なる字面とは思えなかった。そうなると、兄としては祝福せざるを得ない。だが、その気持ちは相手が誰なのかを聞いて揺らいだ。

呼び出し音が八回も続き、掛け直そうかと思った時、ようやく繋(つな)がった。

「よう」

紗雪の携帯電話から聞こえる野太い声が、祝福したくなくなった理由だ。

「換わってくれ」

大越は、口数が多いほうではない。相手がコイツなら、なおさらだった。

「いきなり換わってくれはないだろ。俺でもいいじゃねえか。義兄さん」

「換わってくれ……」

二度繰り返すと、さすがに沈黙が訪れた。電話に出たのは三杉鉄郎、紗雪の結婚相手だ。式はまだだが、すでに籍は入れてある。だから、義兄さんは間違っていない。コイツでなければよかったのに——今もそう思っている。

「無理だ。風呂に入ってる」

それなら、仕方ない。

「そうか。また掛ける」

大越が、通話を終えようとすると、スマホが吠えた。

「ちょっと待て。いくら何でも、そりゃねえだろ。知らない仲じゃないんだからな」

三杉との仲を表現する言葉は、いくつもあった。一般曹候補学生の同期であり、そろって第二掃海隊に配置され、艦こそ別だったものの、EODとなるための開式スクーバ課程、潜水課程、水中処分課程の全てで一緒だった。おまけに、大越自身はさして希望していなかったにもかかわらず、三杉が受けるというので、ライバル意識だけで受けた部内幹部候補生試験にもそろって合格してしまった。

幸い、幹部任官後は、縁遠くなった。しかし、入校中、江田島に遊びに来た紗雪をつれ、旧海軍兵学校を案内しているのを、三杉に見つかってしまっていた。そのせいで、この縁が出来てしまった。もはや、腐れ縁としか言いようがない関係だ。

「俺はお前との縁を切りたいよ」

腐れ縁の悪友と血縁になるなど、洒落にならなかった。

「そう言うなって。これから長いつきあいになるんだからよ」

「………」

大越は、心の底から嘆息した。

「で、何の用なんだ。伝言ですむなら聞いとくぞ」

「用というほどの用じゃない。ちょっと暇だったからな。式の準備が順調か聞きたかっただけだ」

「ああ。伊勢湾の準備も終わったか」

元EODの三杉は、掃海部隊の恒例行事も覚えている。手元で何かの資料を見ているようだ。紙のがさごそという音が聞こえていた。

「準備は、ほとんど片付いてる。確実じゃないのは、俺と俺の関係者の出席くらいだ」

「酒落にならん」

「そりゃ、そうだが。これぱっかりはどうにもならねぇよ」

ＥＯＤとして、爆発物と水中行動の専門技能を持つ三杉は、一旦護衛艦に配置された後、希望したとおり特別警備隊に異動した。特警隊と略されるこの部隊は、不審船など危険な艦艇を強襲し、無力化するために編制された少数精鋭の特殊部隊だ。小隊長ともなれば、結婚式を控えていようと、職務優先だった。

「ヤバそうなのか？」

三杉が出席できなくても構わないが、式に新郎が出られないなどという事態になれば、紗雪がかわいそうだ。

「いや。何か起これば、どうなるか分からんってことだけだ。普段は訓練だけさ。あっちに行ったりこっちに来たりで大変だがな」

特警隊は、投入されるシチュエーションも、移動手段も多種多様だ。訓練のために、各地を飛び回っているのだろう。

「そうか、それならいい」

「お前のほうはどうなんだ。相変わらず潜ってばかりか？」

「ああ、指揮される側から、指揮する側に変わっただけだ。休暇の過ごし方も同じだ」

もちろん、異動し、乗艦は変わっているが、ＥＯＤであることに変わりはない。

休日にも潜っていた。ただし、ダイビングはダイビングでも、フリーダイビング、もしくはアプネアと呼ばれるものだ。スクーバ器材など、呼吸のための道具を使わずに、深度や距離、あるいは時間を競うスポーツだ。

競技人口は少ないが、実在したフリーダイバー、ジャック・マイヨールをモデルにした映画『グラン・ブルー』のおかげで一般にも知られるようになった。大越がフリーダイビングを始めるきっかけも『グラン・ブルー』だった。

ただし、あくまで趣味の範囲だ。大会に出たこともない。同じ潜水でも、EODとフリーダイビングでは、必要とされる身体能力に大きな差があるためだ。EODは、水という大きな抵抗のある中で、重量物を扱うことも多い。筋力が必要だ。隊員は皆、ボディービルダーのようだ。一方、フリーダイビングでは、息を長く止める必要性から、修行僧のような体つきをしている者が多い。

「やれやれ、休日くらいは違うことをすればいいのに、何が楽しいんだか」

三杉は、金曜の夜には、決まって夜の街に繰り出して酒を飲む陽気な男だった。

「何を楽しむかは、人それぞれだ。お前もやってみたらどうだ？」

「冗談じゃない。潜るだけならまだしも、ヨガや座禅なんてやってられるか」

ジャック・マイヨールは、トレーニングにヨガや座禅を取り入れていた。大越も、彼を真似（まね）、掃海艇の甲板（かんぱん）上で座禅を組むこともあった。

三杉の呆れ声の向こうから、紗雪のものらしい鼻歌が聞こえて来た。風呂から出てきたのだろう。すぐにドライヤーの騒音にかき消される。

「紗雪のほうは、問題なさそうなのか？」

「ああ、式の前後は、仕事のローテーションから外してもらったらしい。その分、あとが大変だって言ってたぞ」

紗雪は、大学で鯨類の研究をした後、水族館に勤めている。スナメリというイルカの一種の世話をしていた。休日を利用して、研究のボランティアも続けているそうだ。

髪を乾かし終えれば、電話に出られるだろうと考え、式場の様子や引き出物といった細々したことを聞いていると、電話の向こうで固定電話の音が鳴った。

「仕事か？」

大越の問いかけに、答えは返ってこなかった。スマートフォンが投げ出されたような音に続き、三杉と固定電話に出たらしい紗雪の話している声が聞こえた。

「もしもし」

やっと紗雪と繫がった。

「俺だ。鉄郎は、仕事みたいだな」

「うん。お兄ちゃんもだけど、大変だよね」

「仕方ないさ。そういう商売だ」

紗雪も慣れたのだろう。三杉が大急ぎで出かける音が響いても、紗雪はのんびりとしたものだ。

紗雪に改めて式の準備状況を聞いていると、今度は、大越家の固定電話が鳴った。

「また掛ける」

通話を切ると固定電話に飛びつく。嫌な感じがした。こちらも緊急呼集だった。

大越は、洗い物を終えたばかりの秋江に「呼集だ」と言って官舎を飛び出した。特警隊と掃海部隊が同時に集められる事態に思い至らない。何が起こったのか訝(いぶか)しみながら、大越は車のエンジンを始動させた。

二月四日　一〇時〇〇分

北朝鮮籍のバラ積み貨物船『ワイズマイト』は、太平洋上、南鳥島近海にあった。全長一七〇メートル、載貨重量四万五〇〇〇トン、ハンディマックスと呼ばれるバラ積み貨物船の区分では、中型と言えるサイズだが、北朝鮮が保有する中では最大級だ。とうに日も落ちたこの時間、ゆっくりと航行する船の甲板上には、心地(ここち)よい風が吹いていた。

王教安(ワンギョアン)は、朝鮮人民軍の戦略軍大佐の立場にあったが、この船上では偽装のため船長の服を着込んでいた。作戦のために乗り込んだ戦略軍兵三二人、技師五人、『ワイズマイト』

の船員二五人を指揮している。彼は、夕食でくちた腹が落ち着くと船尾楼に入った。軍艦に比べれば緩やかながら、陸上施設ではありえないほど急なタラップを登る。今まで、各種弾道ミサイルに陸上で携わって来た王にとって、船内生活で慣れないものの一つだった。息を荒くして最上階に着くと、警備兵の敬礼に答礼し、ブリッジに入った。

「異状はないか？」

王の問いかけに、船長の金運亨は、立ち上がって船長席を譲った。金は『ワイズマイト』の船長を務めて五年以上になる。

「はい。異状はありません。監視に来ていた日本の航空機も、先ほど厚木に着陸したと情報が入りました」

軍艦ならば、艦長よりも上級指揮官である艦隊司令官のための席が設けられている。しかし、本来貨物船である『ワイズマイト』に指揮官席はない。船長席は、船員服の肩章、船長室とならび、金が王に譲ったものの一つだった。

「現在位置から厚木まで、どのくらいだ？」

「約一五〇〇キロです」

「予想はしていたが、しつこいな」

「はい。航続距離にはまだ余裕があるはずなので、明日も来るでしょう」

海上自衛隊の哨戒機は、東シナ海を東行中から、何度も飛来していた。最初は、鹿屋航空基地からだったが、トカラ海峡を通過して三日が経過すると、厚木航空基地からP－1哨戒機がやってくるようになった。基地の離着陸は、周辺に居住する在日朝鮮人からの連絡で、本国司令部を経由した情報が入る。

「監視以上のことをしてくるとは考えにくいが、異状な動きがあれば、即座に報告しろ」

「はい。分かっております。作戦のほうは順調でしょうか？」

船長の金は、『ワイズマイト』の航行を指揮しているだけで、作戦には全く関与していない。ブリッジの真下に急造された戦闘指揮所（CIC）への立ち入りも許可されていなかった。それでも、作戦の概要は承知している。

「ああ、今のところ支障はない。あと数日、伊豆諸島が山だな」

「日本の自衛隊にかぎつけられないかぎり、山は越えられそうですね」

王は、無言のまま肯（うなず）いた。

「船のことはお任（まか）せ下さい。怪しまれることのないよう、今までどおり一貨物船として航行します」

「任せる。厚木からの監視機が来なくなるまでは、油断しないように」

王は、そう言って上海（シャンハイ）で買ったたばこ『中華（チュンファ）』を胸ポケットから取り出すと、若いころに無理をして買ったガスライターで火を点（つ）けた。

「この作戦が成功すれば、我が国の主体（チュチェ）は確たるものとなる。あの高慢で尊大な大統領も、コバンザメのような島国の首相も、我が国に手出しできなくなる」

「私も、作戦の成功を切に願っております。長い航海となりますが、必ず成功させ、家族に不安のない生活を送らせたいと思っております」

王は、紫煙をくゆらせながら言った。

「お互い、たとえ帰り着くことができなくとも、作戦さえ成功させれば、家族の将来は安泰だ。この先も気を抜くことなくゆこう」

二月四日　二一時〇〇分
特警隊は、海上自衛隊部隊の中で、最も風変わりな部隊だろう。任務を行なうのは艦上だが、特定の艦艇には所属していない。
少数精鋭の特殊部隊であり、対象の船舶までは、護衛艦などの艦艇はもちろん、ヘリコプターで空から乗り込んだり、水中から極秘裏に接近することも想定している。
メディアに露出することはきわめて稀だ。その数少ない機会では、通称リブ（RHIB：Rigid-Hulled Inflatable Boat）と呼ばれる特別機動船に乗った姿で公開されることが多い。船底が硬質樹脂で作られたゴムボートだ。その際も、ほとんどの隊員は目と口だけが露出しているフェイスマスクを装着し、顔を隠す。

部隊が使用する建物は、広島湾に浮かぶ江田島にあるが、旧海軍兵学校である海上自衛隊幹部候補生学校や第一術科学校からは二キロほど北西に位置している。大原官舎地区と呼ばれる湾奥の土地に施設が作られ、発足から二〇年ほどが経過していた。

呼集の電話を受けた三杉は、普段着とも言えるブルーを基調とした迷彩柄戦闘服を着込んでいた。大原官舎を飛び出し、隊本部庁舎に走った。距離は三〇〇メートルもない。あっという間に到着する。同じように連絡を受けたのだろう、街灯の下に、走っている幾人かの隊員が見えた。全員が呼集を受けたわけではないようだ。

隊本部庁舎は、その部隊規模に比べて異様に大きい。訓練施設を兼ねているからだ。外壁には、ヘリを使って船舶を急襲するための降下訓練設備が設けられている他、庁舎内には船舶の内部構造を模した突入訓練施設も備えている。

「三杉一尉到着」

三杉は、隊本部当直室に飛び込みながら自己申告し、人員掌握ボードの自分の名札をひっくり返す。

「主要メンバーのみの呼集だそうです。小会議室に集合して下さい」

当直幹部の言葉に「了解」とだけ返し、三杉は、第四小隊の小隊事務室に寄ってメモと筆記具だけを持ち、小会議室に向かった。

特警隊は、四個小隊で編制されている。第四小隊長の三杉は、小会議室に入ると、すでに席に着いていた第一、第二小隊長に軽く手を上げて「うす」と挨拶し、左端にあたる四列目の先頭席に腰をかけた。

次々とメンバーが入ってくる。第四小隊では、二個ある分隊の各分隊長である付幹部の砧和夫二尉と館林総司三尉、それに小隊先任海曹の菰田一二三一曹の姿があった。

砧は、「お疲れ様です」とだけ言って、三杉の後ろの席に着いた。オールラウンダーで、全てにおいてそつなくこなす。その分、特に秀でた分野を持たない男だった。館林は、入ってくるなり「何があったんでしょうか？」と問いかけて来る。特警隊の隊員としては少々神経質だが、語学に堪能で、対象船舶に呼びかける時などは重宝する。質問に、三杉は首を振った。三杉とて、何も聞いてはいないのだ。

それに、全員に呼集がかかってない時点で、発生している事態の緊急度はそれほどではないと推測できる。即座に動かなければならない事態であれば、当然主要メンバーだけでなく隊員のほとんどが集められる。主要メンバーだけを会議室に集めたということは、これから状況が説明されるはずだ。それを踏まえて準備だけすれば良いはずだった。ゆっくり構えていればよい。

菰田は、北の方じゃなければいいなぁと呟いていた。三杉も、それは同じ思いだった。この季節に、北の海はきつい。

それでも、特警隊四個小隊の中でも、第四小隊はまだマシだった。

各小隊とも、船舶の無力化はもちろん、水上、空中、水中のいずれの経路でも接敵できるよう訓練はしている。だが、第一と第二小隊は水上、第三小隊は空中、第四小隊は水中からの接敵のため、それぞれの特徴に応じたメンバーが集められていた。

第四小隊は、三杉と同様に元ＥＯＤが多い。水中は、真冬でも寒風に晒されずに済むため、実はさほど寒くない。ヘリから降下する場合は、風は強烈だが、その風に晒される時間は長くない。最悪なのは、風と水しぶきに長時間晒される水上からの接敵だった。特警隊が使用するリブは、強力なエンジンを備え、小型の割にスピードが出る。波を越えるたびに、ネズミーランドの急流下りアトラクションに乗っている気分を味わうことができる。この季節には、悲惨この上ない代物だった。

会議室には、各小隊の幹部と先任海曹、それに隊本部の主要幹部が集められていた。

三杉たちが、いい加減じれ始めたころになって、やっと隊長の楠耀司一等海佐が入ってきた。その後ろに、初顔の二等陸佐が続いている。特警隊本部の庁舎に、他幕、つまり陸自や空自の人間が入ってくることは、きわめて珍しい。

副隊長が人員がそろっていることを報告すると、楠は、その二等陸佐の紹介から始めた。

「情報本部の玉井二等陸佐だ」

玉井が軽く頭を下げた。顔は柔和だが、体つきはゴツイの一言だ。格闘訓練で勝てる特警隊員は少ないかもしれない。

「今回の任務は、太平洋上を航行する北朝鮮の貨物船を押さえることだ。ただし、いつもと同様に、実際に発動されるかどうかは不明だ。情報収集の任にあたる部隊の成果にかかっている。第四小隊の諸君には、知り合いもいるかもしれない。横須賀の第一掃海隊だ」

第一掃海隊の『ひらど』には、大越が乗り込んでいる。大越にも呼集がかかったのだろうかと思案しながら、三杉は、楠の言葉に集中した。第一掃海隊が得る情報次第で、特警隊に任務が下されることになるらしい。

「今回は、第一掃海隊が収集する情報次第で、作戦の実行・中止だけでなく、作戦の態様が大きく変わる可能性があるため、玉井二佐には、コーディネーターとしてこちらに来てもらっている」

そう言うと、楠は玉井に向き直った。

「目標の説明をお願いします」

玉井は、楠と入れ替わって演台に上ると、くぐもったような低い声で告げた。

「目標となる船舶は、北朝鮮船籍で、全長約一七〇メートルのクレーン付バラ積み貨物船『ワイズマイト』号です」

正面のスクリーンに、『ワイズマイト』の画像が映された。そこかしこから「でかいな」という声が上がる。それはそうだろう。特警隊が編成されるきっかけとなった能登(のと)半島沖不審船事件を初め、北朝鮮の工作船は二〇～三〇メートルの中型漁船サイズだ。全長では、ヘリ空母とされるひゅうが型護衛艦やいずも型護衛艦より小さいものの、貨物船であることを考えると、重量ではそれらを優に上回るはずだ。

大きいということは、それだけの戦力、つまり戦闘員が乗船している可能性を意味する。会議室に緊張がみなぎった。

「『ワイズマイト』は、北朝鮮を出港後、上海に寄港し、三一日の未明に東シナ海から屋久島の南、トカラ海峡を抜け、太平洋に出ました。現在位置は、南鳥島の南方約三〇〇キロです」

今度は、「え?」という疑問の声が聞こえてきた。それもそうだろう。過去の不審船事案と比べてあまりにも遠かった。南鳥島は日本の最東端であり、『ワイズマイト』は、すでに日本列島どころか、硫黄島よりもグアムやサイパンに近い位置にいた。

「行先旗には、チリ国旗が掲げられており、このまま南米チリに向かう可能性もありますが、引き返してくる可能性も考えられます。いずれにせよ、対処する場合は、かなり遠方となる可能性があります。対処根拠があるのか疑問に思うかもしれません。しかしながら、統幕では、対処を行なう根拠は足りていると見ています。その理由は、この『ワイズマイト』が、同船に対する必要があると考えるに至った行為を行なったのは、トカラ海峡付近であったと考えられる他、その後も哨戒機や衛星により動向を監視しているためです。国際法上の根拠となる追跡は、継続できています」

　視界の右端で手が上がった。楠が許可すると、第一小隊長の大矢(おおや)一尉が質問した。

「ということは、対処理由は制裁逃れではないのですか？」

　それは、三杉も抱いていた疑問だった。バラ積み貨物船と聞き、制裁で禁じられている石炭輸出でも行なっているのかと考えていた。

「違います。先に楠一佐が言ったとおり、掃海部隊による確認を経(へ)ないことには確実なことは言えませんが、『ワイズマイト』が行なった行為は、武力攻撃あるいは国家的テロと見なされる可能性があります」

　会議室が緊張に包まれた。

「では、状況によっては、海上警備行動ではなく、防衛出動が発令される可能性もあるということでしょうか？」

　大矢の追加質問に、玉井は難しい顔を見せた。原則として決まっているわけではないものの、特警隊は、海警行動と略される海上警備行動の際に投入される部隊だ。防衛出動が発令されるならば、臨検(りんけん)などに抵抗する艦船は沈めてしまうことも可能だ。

「可能性もあるかとは思います。ですが、今も言ったとおり、掃海部隊からの情報がないかぎり、何とも言えません」

　端的に言えば、防衛出動は戦争の際に我が国を防衛するための行動だ。一方の海警行動なければならないのだ。

は、戦争とは言えないものの、海上において我が国の人命や財産に被害を発生させる事態に対処する行動だ。海警行動の方が、発令する際のハードルは低いが、その分武器の使用などが制限される。ミサイルで沈めてしまえる訳ではないため、三杉たちが危険を冒さなければならないのだ。

さらなる質問が出ないことを確認し、玉井は話を進めた。それは驚くべき内容だった。『ワイズマイト』から潜水艦発射弾道ミサイル(SLBM)を内蔵した特殊な大型機雷が海に投入されたというのだ。機雷は黒潮に乗り、日本の南岸を漂っているという。攻撃の第一目標はアメリカ、第二目標が日本だと目されているらしい。弾頭は、核やダーティーボムの可能性が高いと玉井は言った。

特警隊の任務は、その特殊機雷による作戦を指揮していると思われる『ワイズマイト』を確保し、特殊機雷の作動を阻止(そし)するとともに、特殊機雷の位置情報を入手することで、処理作業の支援をすることだった。

「特殊機雷の作動阻止が、重要なことは理解できますが、どのようにしたら阻止が可能なんでしょうか。これだけの大型船、恐らく乗員も多いことが予想されます。たとえ我々が一斉に乗り込んだとしても、一瞬で制圧することは困難な可能性が高いと思われます」

今度の質問は、第三小隊長の尾身(おみ)一尉だった。ヘリを使った空中からの突入を特徴とする第三小隊は、強襲をする場合には先陣を切ることになるだろう。

「これも、掃海部隊からの情報がないとはっきりは言えませんが、アンテナや無線機などの通信設備を破壊することで、『ワイズマイト』から特殊機雷へのコマンド送信を阻止できると考えています。のちほど、資料を配布しますが、『ワイズマイト』の舷側に、船首から船尾に至る長さ約一五〇メートルの長大なアンテナらしきものが確認されています。これは、水中にある特殊機雷と通信するための長波、もしくは超長波用のアンテナだと思われます。潜水艦との通信に使われるものと同じです」

波長の長い電波は海水に吸収されにくく、水深が浅ければ、通信が可能だと聞いたことがあった。どうやら、その通信機を潰せば、とりあえずはOKなようだ。

質問が出ないことを確認すると、玉井は演台を降りた。楠が再び演台に立つ。

「聞いたとおりだ。不確定要素が多い作戦だが、やらなければならない。我が隊は、全ての予定を変更し、明日より『ワイズマイト』対処のための準備及び訓練に入る。各小隊は本日中に、訓練計画等を立案し、明日からの行動に備えて欲しい。今までに例のない大型船だ。やることは山ほどあるぞ」

二月四日　二一時〇〇分

大越が横須賀基地に停泊している艦にたどり着くと、『ひらど』だけでなく、同じ第一掃海隊所属の同型掃海艦『あわじ』と掃海艇の『はつしま』にも緊急出港の命令が出ており、煌々と灯りが照らされる中、慌ただしく三艦艇の出港準備が行なわれていた。

掃海艦艇は、機雷の敷設された危険な海域に侵入して掃海作業を行なう艦艇だ。現代の艦艇の多くは巨大な鉄の塊であるため、地磁気の影響で磁力を帯びてしまう。船体自体が磁石となってしまい、航行することで周囲の地磁気に影響を与えてしまう。

機雷の中には、その磁力変化を検知して起爆するものもあるため、磁気機雷による被害を防止するため、掃海艦艇の船体は木製やFRP（繊維強化プラスチック）製だ。あわじ型掃海艇は、海自初のFRP船体を持つ艦艇だった。『はつしま』は木製だ。

大越は、舷門で到着を申告すると、自分の指揮下にあるEODの状況を把握するべく、艦の後部にあるEOD待機室に駆け込んだ。そこには、基地内に居住する女性海上自衛官（Woman Accepted for Volunteer Emergency Service）の茉莉邑知美海士長がいた。EODは体力のいる仕事だが、近年になって女性自衛官にも門戸が開放されると、EODを志望する者も出始めている。彼女は、一人で何かを棚に積み込んでいた。

「何をしている？」

艦は、伊勢湾での訓練に向け、ひととおりの準備が終わっていた。新たに積み込むものは基本的にないはずだった。

「あ、艦長からの指示で、『うらが』から持ってきました」

茉莉邑が指さしていたのは、深深度に潜るためのヘリウムと酸素が充塡されたタンクだった。伊勢湾での訓練では必要のないものだ。大越は、艦長の意図を推し量りかねて、理由を尋ねた。

「何をすることになるか、艦長にも情報が少ないそうです。なぜか、『うらが』は出さないそうなので、特殊な装備は、少数でいいから持ってきて積めという指示が出てます」

掃海艦である『ひらど』や『あわじ』は、掃海艇の『はつしま』と比べれば大型だ。しかし、護衛艦とは大人と子供ほどの差がある。基本的に長期間の作戦行動を行なえる艦ではない。通常は、日中に掃海作業を行ない、夜間は帰港する。そのため、長期にわたり、洋上での作業が必要な際のサポート手段として掃海母艦がある。第一掃海隊には『うらが』があった。

しかし、今回『うらが』に出港命令は出ていないらしい。その代わり、『うらが』に積んでいる特殊装備を『ひらど』に積み込めという指示が出ている。もともと、伊勢湾での訓練が予定されていたため、他の装備は搭載されている。置き場所も考えると、茉莉邑が持ってきていたヘリウム混合ガスは一〇本がせいぜいだろう。元々、伊勢湾での訓練で使う予定の器材でいっぱいなのだ。

「何本持ってきた？」

「まだ、この二本だけです」

充塡済みタンクの重量は、一本一六キロほどある。一度に運べるのは二本が限界だ。

「よし、来い。俺と二往復すれば終わりだ」

『うらが』は、すぐ隣に係留されている。それでも、三〇キロ以上の荷物を手に持ち、不安定なタラップを移動するのは骨の折れる仕事だった。

踵を返した大越に、茉莉邑は情けない声を出しながら尾いてきた。

大越が、運び込んだタンクをラックに収め終えると、やっとのことで二往復目を終えた茉莉邑がタンクを投げ出し、床にへたり込んだ。

「そんな調子じゃ、限界に挑むどころか、お前の婆さんにも負けてしまうぞ」

茉莉邑の祖母は、鳥羽の現役海女だ。大越も一度会ったことがあるが、目を見張るほど元気に仕事をしていた。茉莉邑は、その祖母にあこがれ、自分の限界を試すためにＥＯＤを目指したと言っていた。

大越が、茉莉邑の分のタンクもラックに収めたところに、マスターダイバーの武田誠司一等海曹と江古田秀一三等海曹も到着した。二人の官舎は少々遠い。二人とも、息が荒かった。車を駐めて、全力で走ってきたのだろう。これで全員だ。

大越は、三人に出港作業にかかるように命じると、ブリッジに向かった。何やら、岸壁を気にしている様子の艦長、茂田宗佑三等海佐を見つけて声をかけた。

「艦長、報告があります」

「何か問題がありますか？」

茂田は、少々神経質な性格で、話し方も丁寧で穏やかだ。あまり掃海ゴロらしくない。ゴロというのはゴロツキのゴロ。その荒々しくも豪放な気質を表す言葉として今でも使われている。戦後まもないころは、本当にゴロツキだったらしい。

「いえ、問題じゃなくて、情報です」

片方の眉を上げた茂田に、大越は、声を潜めて耳打ちする。

「俺たちだけじゃなく、特警隊にも緊急呼集がかかってます」

「え？」

大声で話してよいのか分からない。耳元でささやいた。

「何やら怪しいですよ」

二月四日　一三時〇〇分
会議室でのブリーフィングが終わり、特警隊長の楠が解散を命じた。
「四小隊長は、俺の部屋に来てくれ」
そう言って足早に出て行く。三杉は、眉をひそめた。水中接敵を得意とする四小隊には、出番がなさそうだと思っていたからだ。

流水の力は絶大だ。人間があらがえるようなものではない。水深三〇センチでも、流れの中で人は歩けなくなる。航行中の船舶に水中から取り付くなど、普通に考えれば無理な話だったからだ。

砧二尉たちに隊本部から資料を受け取っておくように指示して、楠を追いかけた。

「出番があるんですか？」

廊下で楠と玉井に追い着くと、背中から問いかける。

「ある。可能ならば、という条件付きになるがな」

独り言のように呟き、楠は隊長室のドアを開けた。玉井に続き、窓のない部屋に入る。楠は、執務机ではなく、応接セットのソファに腰掛けた。玉井も楠の隣に座る。三杉は、示された対面の席に腰を下ろした。

「長波ってのは地球の裏側にも届くんだそうだ。短波でも相当な距離の通信ができる」

楠が、何を言い出したのか、理解できなかった。三杉は、「はあ」としか返せない。

「『ワイズマイト』が指揮機能を持っていることは間違いないだろうが、本国にも指揮所があるだろうってことだ」

「つまり、現地指揮所である『ワイズマイト』の指揮能力喪失が、本国の指揮所に知られてしまえば、本国が手を打ってくるってことですか？」

「そうだ」

楠は、腕を組んで言葉を継ぐ。

「防衛出動が出るなら、砲弾をぶち込んでしまえばいい。だが、俺たちに声がかかるのは、そうはいかないからだ。手段が制限される海警行動下で動くことを考えなければならん。一時的にでも、長波や短波だけでなく、全ての通信手段を必ず潰さなければならない。通信衛星を使われる可能性もあるし、どこかに、偽装した通信中継用船舶がいる可能性もあるからな」

しかし、相手は、あの大型船だ。九州南西海域工作船事件の後に引き揚げられた工作船からは、小銃・機関銃どころか対空ミサイルに機関砲、ロケット弾発射機であるＲＰＧ７まで発見されている。当然、それ以上に武装していると思わなければならない。

「ヘリじゃ、無理ですか？」

三杉は、問いかけた。

「洋上では隠れる場所がない。恐らく対空ミサイルも持っているだろう。強襲はできたとしても、通信手段を破壊する前に本国に報告される。相当な被害を覚悟したとしても、通信遮断が成功する可能性は五割もないだろう」

楠は、たばこに火を付けた。防衛省内では分煙が徹底されているが、楠が着任した日に、隊長室は喫煙所に変更された。

「砲弾をぶち込めないなら、秘密裏に誰かがかち込むしかないってことですか？」

「そうだ。何とかならないか？」

「先ほどの写真を見せてもらっていいですか？」

玉井がノートパソコンを開いて画像を表示してくれた。

「バラ積み貨物船ってことは、速度は一〇ノット程度ですよね？」

「今のところ、平均で一一ノット弱というところです」

時速にして二〇キロ、バラ積み貨物船としては標準的な速度だ。

「一枚だけ、ずいぶんと喫水が浅くなっている画像がありますが、これは？」

「それは、トカラ海峡を抜けた直後のものです。例の特殊機雷を海中に投入したため、喫水が浅くなったものと推定しています。その後は、バラスト水を注入したのか、喫水は戻っています」

三杉は、以前に行なった検討を思い出した。

「考えたことはあったんです。乗り込むことはできるかもしれません。しかし、とても隠密とは言えません。おまけに相手が油断している時にしか成功しないでしょうし、乗り込めるとしても数人です」

「どんな手だ？」

楠は、吸い込んでいた煙を吐き出すと、身を乗り出した。

「航行中の船舶に取り付くとしたら、待ち構えるしかありません。貨物船を偽装している以上、基本的に蛇行なんてせずに直進しているでしょう。事前に航路上で潜水し、水中スクーターで位置を微修正すれば、接触はできると思います」

特警隊で保有している水中スクーターは、短時間なら水面下を六ノットで移動できる。資材を持つことで速度が若干落ちるとしても、一一ノットの船舶を待ち構えるなら十分だった。

「どうやって乗り込む？」

「船首がバルバスバウです。海面近くでロープを持って左右に広がっていれば、勝手に引っかけてくれます」

古代ギリシアなどの軍船には、敵船を破壊するため、水面下に衝角と呼ばれる突起があった。バルバスバウは、目的こそ燃費向上だが、形状は似ている。水面下が突出しているので、水面付近にロープを張っていれば、船のほうで引っかけてくれるはずだった。

「ただ、引っかけてもらった時に結構派手な音がしてしまうでしょう。体が船体に叩き付けられますから。ただ、写真を見る限り、船尾はトランサムスターンですが、甲板からは死角になる場所があります。ここに取り付いて身を隠せば、漂流物がぶつかったと思ってくれるでしょう。オーバーハングですが、マグネット登攀器を使えば、取り付くことはできると思います」

『ワイズマイト』の船尾は、縦に切り落としたようなトランサムスターンと呼ばれる形状だったが、海水を整流し、抵抗を少なくするため、水中の形状は、徐々に細くなっている。そのため、後部にある船橋の下あたりには甲板から死角となるえぐれた部分があるのだ。ロープを引っかけさせれば、その場所にたどり着くのはたやすい。だが、頭上がせり出したようなオーバーハング形状になるため、取り付くのは大変だった。大越は、ロープをかけることが困難な船腹に取り付くために特注で作ったネオジム磁石の登攀器を使うつもりだった。

「実験、訓練してみないと、何とも言えませんが」

「大きさはともかくとして、艦尾形状が似ていて、あまり目だたない艦でテストしてみるしかないか」

「そうですね。呉にいる船なら、『ちはや』あたりがいいんじゃないでしょうか」

潜水艦救難艦『ちはや』は、全長一二八メートルと、『ワイズマイト』に比べれば二回りほど小さかったが、艦尾の形状が似ていた。船体形状だけで考えれば、ヘリ空母と呼ぶべきひゅうが型ヘリコプター搭載護衛艦やいずも型ヘリコプター搭載護衛艦が好ましいものの、オスプレイやF-35を運用することになるため、マニアだけでなく、マスコミも注目していた。

「そうだな。潜水艦隊所属だから、乗員の口も堅いだろう。潜水艦事故がない限り、実任務もないしな」

　そう言うと、楠は、立ち上がって部屋を出て行った。さっそく調整するのだろう。

「うまく取り付けたとして、その後は大丈夫ですか？」

　二人きりになると、初めて玉井が聞いてきた。

「取り付いた時に気取(けど)られなければ、やれるだろうと思います。そのためにも、警戒が厳(きび)しくない時を狙いたいですね。取り付く際には、どうしても体が船体にぶつかる音が出てしまうので」

「タイミングは、楠隊長や本部に考えてもらいましょう。それより、体が冷えてしまうのではないですか。長時間海の中で待つことになると思いますが」

　三杉は、表情を緩めて言った。

「場所によりますよ。今なら、快適でしょうね」

　南鳥島は、年間平均気温が二五度を超える。最低気温も、二〇度前後だ。『ワイズマイト』は、その南鳥島よりも更に南にいる。気温も二〇度以上あるはずだった。ドライスーツを着たら暑すぎる。ウエットスーツで十分だ。

「なるほど。そうですね」

　そんな話をしていると、楠が戻ってきた。

「『ちはや』は、豊後(ぶんご)水道で訓練中だった。岩国(いわくに)から飛べば、ちょうどいい。話は、自衛艦隊につけてもらう。そのつもりで準備しろ」

「了解しました。ただ、この方法で乗り込めるのはいいとこ一個分隊です。通信遮断以外は難しいはずです」

「だろうな。それ以外は、他の小隊にやらせる。お前らだけに手柄を立てさせたら、俺もお前も恨まれるしな」

三杉は、もう一つ気になっていることを問いただした。

「『ワイズマイト』までの進出手段はどうなりますか?」

「どこで乗り込むかによる。それも掃海部隊の働き次第だ。今はなんとも言えん」

三杉は、無言のまま肯いた。明日から大変だが、その前に小隊事務室に戻り、『ちはや』が訓練に付き合ってくれることを前提に、訓練計画の立案と準備をしなければならなかった。

「準備が九割!」

それは、EOD時代からの信条だった。三杉は、右の拳(こぶし)を左の掌(てのひら)に打ちつけると気合いを入れた。

二月五日　〇一時〇〇分

主要メンバーに集合がかかった。『ひらど』は横須賀港を出ていたものの、東京湾の出口と言える観音埼灯台はまだ先だ。船の多い東京湾内は決して安全な海とは言えなかった。しかも時間は深夜。危険性は日中の比ではない。それを押して集合をかけたことからも、事の重大性は想像できた。そもそも、呼集をかけての緊急出港だ。

だが、機雷で船が沈んだというニュースはなかったし、特警隊と同時ということも気になっていた。大越は、はやる気持ちを抑えて食堂に急いだ。艦内である程度の広さがあり、多目的に使うことのできる場所は食堂だけだ。会議室も兼ねている。

掃海艦は、潜水艦よりマシとは言え、艦内は広くない。主要メンバーが集められた食堂は、すでにいっぱいだった。普段の食堂には不要なマイクと特設のスピーカーまで備えられているせいもある。大越がメンバーを見回すと、茂田艦長の横に見知らぬ幹部がいた。

茂田が立ち上がって口を開いた。

「今回は、『うらが』抜きですが、行動予定海面は伊豆大島近海と遠くないため、隊司令は陸上指揮所で指揮を執られます」

第一掃海隊が行動する場合、通常なら隊司令が旗艦である『うらが』に座乗して指揮を執る。イレギュラーな指揮通信で行動する上、伊豆大島近海で、一体どのような任務が課されるのだろうかと訝しんだ。機雷ならば、湾口や湾内、チョークポイントとなる水道に敷設されることが普通だ。特警隊が絡んでいることを考えても、特殊な任務のようだった。

「命令はすでに受領しています。これから、三艦合同でのブリーフィングを始めます」

どうやら、『あわじ』と『はつしま』にも音声が中継されているらしい。

「まず最初に紹介しておきます。情報本部の采女三佐です」

「情報本部の采女です。以前は、『せとしお』に乗艦していました。よろしく」

後ろから「大丈夫かよ?」というちゃちゃが聞こえた。出港してからさほどの時間は経過していないが、采女の顔色はすでに真っ青だった。掃海艦は、海自艦艇の中で、最も揺れる艦種と言えた。護衛艦から異動してきた者でも慣れるまでは悶絶する。伊豆大島付近で行動するのであれば、近海とはいえ、波は外洋と大差ない。それに対して、潜水艦は、最も揺れない艦種だ。揺れを抑えるためのスタビライザーなどは装備していないため、浮上中は揺れる。しかし、現代の潜水艦は、そもそも海面から潜望鏡やシュノーケルを出すだけで、浮上すること自体が稀だ。水中では安定この上ない。采女が、相当に苦しむのは間違いなかった。

ざわつきが静まるのを待って、茂田が続けた。

「急な出港になった理由は、情報本部のオーダーで、情報収集を命じられたためです。伊勢湾での訓練については、まだ決定されていませんが、基本的に忘れてくれて大丈夫です。恐らく中止になります。これから実施する情報収集任務に集中して下さい。細部は、采女三佐に説明してもらいます」

茂田に代わって采女が立ち上がる。

「掃海隊のことには詳しくない。そのため、説明が不十分になることもあるかもしれない。質問は随時して欲しい」

茂田が「質問は、マイクが渡ってからにするように」と、合いの手を入れるように言い添えた。

「『あわじ』、『はつしま』の方々は、最後にまとめて質問を受けます」

『あわじ』や『はつしま』の連中が疑問に思いそうなことは、こちらで聞いたほうがよいということだろう。

采女は、注意事項を言い終えると、咳払いをして本題に入った。

「まず、背景から説明する」

彼は、脱北者の証言と哨戒機からの情報で、北朝鮮が機雷状の物体をトカラ海峡で黒潮に投入した可能性を告げた。

「統幕は、急ぎ対処方針を決めるため、この物体の調査が必要と判断し、第一掃海隊に白羽の矢を立てた」

そこで言葉を切ると、スクリーンに機雷状物体とやらの想像図を表示した。

「『あわじ』、『はつしま』も、特殊機雷想像図を見てもらいたい。この機雷状の物体、ここからは特殊機雷と呼ぶことにするが、直径二メートル以上、長さ一〇メートル以上の金属製で、恐らく縦に立った状態で海面直下を浮遊していると思われる。分離可能なフロートが付いており、浮遊中は、海面上にほとんど出ずに水没しているか、このフロートがかろうじて露出しているはずだ」

大越は、掃海部隊が指名された理由を理解したが、それでも可能性には疑問を持った。こいつをソナーで探すのは簡単ではないだろう。

「この特殊機雷は、最大で四〇基ほどが、偽装貨物船のトカラ海峡通峡時に、海中に投入されたと思われる。特殊機雷は、黒潮に乗り、日本列島南岸を東進中とみられ、現在の推定位置は紀伊半島付近だ。詳しい位置は、海幕のN8と自衛艦隊司令部で分析中。これを、伊豆諸島付近で待ち構え、捜索、確認、回収してもらいたい」

大越は、思わず口を開きそうになった。開かずに済んだのは、先に茂田が声をあげたからだ。

「回収ですか？」

自分で注意しておきながら地声で発言した茂田に、隣にいた船務科長の鮫島(さめじま)一尉が、すかさずマイクを渡した。

「回収と言いましたか？」

「そう。回収までだ。その必要がある」

目の前の人間とマイクを通して話す姿は滑稽にも見えたが、二人は至極真面目に睨み合っている。掃海ゴロの中にあって、茂田は、なよっとした印象があったが、こういう時には頑固だった。

「未知の機雷を回収するというのは容易なことではないんですよ。刑事ドラマの時限爆弾のように、コードを切ればいいとか思っていないでしょうね」

「安易に考えているわけではない」

「では、どう考えているんですか。ハンマーで叩いて爆発したら、ハンマーがダメだと分かるとでも言うつもりですか。全く未知の機雷なんですよね。少なくとも、今聞いたような巨大な機雷は、見たことも聞いたこともありませんよ」

ヒステリックに叫ぶ茂田に、采女は、ため息を吐くようにして言った。

「特殊機雷とは言ったが、機雷ではない。絶対に安全だとは言えないが、そう簡単に爆発するようなものではない……はずだ」

最後の一言に、大越は眉根を寄せる。結局、推測でしかない。

「では、何ですか？」

「これから説明する」

采女は、そう言って、スクリーンの画像を切り替えた。

「この部分は推測だが、それほど間違ってはいないはずだ。特殊機雷は、指定された海域に到達するか、コマンドを受け取るかした場合、加えて異状を検知した場合、前述のフロートを切り離して沈降し、海底で短係止機雷か沈底機雷のような状態になると思われる」

スクリーンに表示された画像には、浮遊していた特殊機雷が、フロートを切り離して海底で短係止機雷となり、さらに缶体が浮上して海面まで上昇する動作が模式的に描かれていた。

「一旦、短係止機雷状になったあと、時限作動ではなく、音響コマンドにより缶体部が再浮上するものと推測している」

采女は、そこで言葉を切った。キャプター機雷や一五式機雷のように、潜水艦や艦艇を狙うのではなく海面まで浮上するという。それでは一体何の理由があって沈降するのか怪訝に思ったが、采女の顔は、真剣そのものだった。

「情報本部では、この再浮上した状態から、潜水艦発射弾道ミサイルを発射すると予想している」

あまりにも予想外の言葉に、食堂に集まった面々は唖然とした。

「ＳＬＢＭ？」

茂田の言葉に、采女が肯く。

「浮遊させるのは、まだ理解できるとしても、一旦沈降させて再浮上させるなんて、なぜそんな面倒なことを？」

　茂田も、同じ疑問を感じたようだ。

「弾道ミサイルなどの戦略兵器は、実際にそれが使用されることによる破壊効果以上に、抑止効果が重要だ。もしこの特殊機雷が発見されることなく沈降してしまったら、それは、その付近にＳＬＢＭ搭載潜水艦が遊弋を続けることと同じになる。いつでも、予想外の位置からＳＬＢＭを撃てることになる。掃海部隊の諸君は知らないかもしれないが、弾道ミサイル防衛の態勢を採っているとはいえ、予想外の位置からミサイルを発射されると迎撃はきわめて困難だ」

　采女の言葉が真実ならば、確かにこれはとんでもない事態だった。

「しかし、そんなことが本当に……」

　呟くように漏れた茂田の言葉が、大越だけではなく、ここにいる全員、そして『あわじ』と『はつしま』で聞いていた者に共通の思いだったろう。

「北朝鮮には、十分な動機がある。黒潮に乗った特殊機雷は、このまま流れて行けば、アメリカ西海岸の沖に到達する。ＩＣＢＭでなくとも、米本土を攻撃できるようになる。しかも、ＩＣＢＭより奇襲効果は高い。北朝鮮は、ＩＣＢＭを実戦配備している可能性が高いが、数は少数だ。アラスカのフォートグリーリー基地とカリフォルニアのバンデンバーグ基地に配備している迎撃ミサイルで迎撃できるはずだ。奇襲的に発射されるＳＬＢＭの場合、アメリカでも弾道ミサイル防衛で迎撃できるとは限らない。特に西海岸を完璧に防護することは不可能だろう。今まで、北朝鮮には、動機はあっても能力はなかった。これがアメリカ西海岸沖に到達すれば、可能になる。だから、回収、調査が必要なのだ。私は、潜水艦に乗艦していた。こんな浮遊物は、潜水艦にも護衛艦にも見つけられない。君らしかいない」

うまく丸め込まれてしまった感が拭（ぬぐ）えないものの、采女の言葉は間違ってはいない。

「だったら、せめて掃海艦艇を増やせないんですか。マイン・アボイダンス・ソナーがあるとはいえ、伊豆諸島近海で、しかもこの季節の荒波の中では探知距離が狭（せば）まります。それに、佐世保にいる米軍の掃海部隊にも協力してもらうべきです」

護衛艦にも対潜ソナーが備えられている。しかし、それは潜水艦を遠距離で見つけるための低周波ソナーと呼ばれるものだ。周波数が低く、つまり波長が長い音を使用するため、機雷のような小型の物体を見つけることには向かない。潜水艦のような大きな目標を、遠距離で見つけるためのものなのだ。それが、東日本震災の後に、水中を浮遊するコンテナのようなガレキを見つけられなかった理由だった。

対して、掃海艦艇のソナーは、高い周波数、つまり波長の短い音波を使用するため、長距離の捜索はできないものの、小型の物体でも見つけることができる。特殊機雷が、采女が言ったような大きさであれば見つけることは難しくない。本来探さなければならない機雷は、もっとずっと小さいのだ。

しかし、外洋の荒波の中では、実効捜索距離は狭まるだろう。波は、ソナーにとって最も深刻なノイズ源だ。

黒潮に乗って浮遊してくる四〇基もの特殊機雷とやらを全て見つけ出すことなど到底不可能だった。

「こちらの動きが気取られれば、信号を送り、沈降させられてしまうかもしれない。それは、最悪の結果だ。こちらとしては、一隻でやれるならば、一隻だけに留めたかった。最低でも三隻という掃海隊の意向を汲んで、君らに出てもらっている」

大きな船が出港すれば、やはり目立つ。掃海母艦の『うらが』に命令が下らなかったのは、注目されることを避けたかったからなのだろう。米軍の協力を仰いでいないのも、同じ理由だと思われた。

任務の必要性は理解できた。しかし、不可能な命令では、任務の達成はできない。茂田は、なおも食い下がった。

「しかし、四〇基もの機雷を黒潮のなかから見つけ出すのは不可能です。いくつかは、見つけられるかもしれない。だが、必ず漏れが出ます」

采女は、その言葉に肯いた。

「分かっている。全てを、発見、回収してもらいたいとは考えていない。もちろん、極力多くを見つけて欲しいが、最低でも一基の回収が達成すべき任務だ。それを調べることで、その後の対処方針が決定される」

一基でよいなら、発見は可能かもしれなかった。だが、焦点はそれではなかったはずだ。話が途切れたせいか、誰も口を開かない。大越は、気乗りしないまま手を上げた。話を本題に戻さなければならなかった。回収するとしたら、それはEODの仕事になるからだ。マイクを受け取ると、采女を睨め付けるようにして言った。

「そのミサイル、SLBMの回収も、機雷と大差ない危険性があると思いますが、どうやって回収しろと？」

采女は、咳払いすると、さも当然という調子で宣言した。

「方法は、君らで考えてもらいたい」

そのとたん、食堂に緊張が走った。誰も「ふざけるな」と口走らなかっただけマシだろう。『あわじ』と『はつしま』では、叫んでいるに違いなかった。

紛糾する前に、采女から話の主導権を奪いたい。調査にしても回収にしても、まずは無人潜水機（Unmanned Undersea Vehicle）を使うだろう。近年発展が著しい水中用ドローンだ。だが、最後はEODが出るしかない。

「では、調査、回収の方法は、こっちに任せてもらうってことでいいですね」

大越は、正面の机を見つめたまま声のトーンを落として言った。尋ねたのではなく、確認だった。采女は、言葉に詰まっていたが、やがて「やってくれるなら、方法は任せる」と口にした。

「では、もっと詳しい特殊機雷の内部構造を説明して下さい。サイズが推定されているなら、内部構造も推定できているはずですよね」

北朝鮮が公開した写真や映像、それに脱北者の証言を基に、むしろ、細かい部分の推定を積み上げることで、外形サイズを出しているはずだった。

「いいだろう」

采女は、そう言って、彼らが行なった分析の結果を説明した。耐圧用缶体に、ミサイル本体と各種センサー、制御装置、無線機、それに電源が内蔵されていると考えられるという。

「ミサイルの構成品で、最も危険なのは、言うまでもなく弾頭だ」

采女は、そこで言葉を切った。言いよどんでいるように見えた。

「弾頭は、何ですか？」

艦長の茂田とすれば、危険な作業中にもし爆発が起こっても、艦自体の安全を保つことを考える。弾頭が何なのか気になるだろう。

「脱北者は、弾頭については知らなかったようだ。だが二種類あったと証言している。核、及びダーティーボムである可能性が高い。化学兵器は、核やダーティーボムと比較して効果が薄い。可能性は低いと分析している」

特殊機雷の中にＳＬＢＭがあると聞いた時点で、皆予想はしていた。それでも、重苦しい沈黙が場を支配する。

「我々には核弾頭を調べる知識はありませんよ」

茂田は、調査範囲を確認しようとしているのだろう。采女も肯いた。

「もちろん、それは分かっている。掃海部隊にやって欲しいのは、特殊機雷を安全化し、回収するまでだ。缶体の中に、どのようなミサイルが、どのように格納され、ミサイル発射用の制御装置が、どの位置に入っているかの推測情報があれば、安全化は可能なのではないかと考えている。制御装置を含め、細部は、情報本部と技術サイドで調べることになる」

不発弾から信管を抜く場合と同様に、爆発する危険性がない状態にすることを安全化という。事後の分析を行なうために必要なのだ。安全化には複雑な作業が必要だ。当然ながら無人潜水機（UUV）では難しい。結果として、最前線でリスクを負うのはＥＯＤだ。大越は、調査、回収を行なう上で、最も重要なことを確認する。

「そうなると、ミサイルの構成品で、危険なのは、核弾頭と推進薬、それとコールドローンチ用のブースターで間違いないですか？」

采女が肯いて続ける。

「確かにそのとおりだが、核を過度に警戒する必要はない。核弾頭は、精密機械だ。正しく起爆させない限り爆発はしない。むしろ危険なのは、ダーティーボム拡散用の通常弾頭だ」

ダーティーボムの有害物質は、粉末状の放射性廃棄物らしい。それを拡散させるために、小型の爆弾が仕込まれている。

「核は警戒する必要がないと言われましたが、弾頭が核だろうとダーティーボムだろうと、回収、解体を防ぐためのトラップが仕込まれている可能性もあるのでは？」

「もちろん、可能性はゼロではない。だがトラップがあるとしても、それはミサイル本体とは別のはずだ。ミサイル自体は、本来それだけで一つの完成品だ。潜水艦に搭載するミサイルにトラップは必要ない。トラップに連動して、外部からミサイルの弾頭を起爆させるためには、ミサイル自体の改造が必要になってしまう。脱北者の証言が得られたタイミングと今回の作戦が確認された時期を考えると、ミサイル自体を改造する時間はなかったはずだ。トラップがあるとしても、ミサイルとは別の爆発物のはず。そのトラップの作動で放射性物質が漏れる可能性は否定できないが、少なくとも、核弾頭が誘爆を起こすことはない」

大越は、「分かりました」と了解の意を伝え、茂田に、『あわじ』『はつしま』のＥＯＤチームと共同で、安全化と回収の方法を検討したいと伝えた。

完全に未知の機雷をどのように処理すべきなのか、大越は、頭の中でシミュレーションを始めた。

二月五日　〇八時〇〇分

呼集のかかった翌朝、三杉は小隊控室に小隊員全員を集めた。一部メンバーだけの呼集があったことは既に全員が知っている。寝ぼけ眼(まなこ)の者は皆無だった。

事務室は、幹部などの小隊内主要メンバーと付加職務である補給係などの各係用デスクしかない。その他の小隊員の通常の居場所は小隊控室だ。そして、ここは、こうした場合のブリーフィングルームでもある。脇にソファーと小さな机があるだけの部屋だ。

全員が整列すると、三杉は、『ワイズマイト』を強襲する先遣(せんけん)として、通信遮断の任務が与えられる見込みであることを告げた。同時に、『ちはや』で実施する検証、訓練のため、移動準備を命じた。さらに検証、訓練を踏まえて、選抜分隊を編成することも伝える。任務の内容からして、限られた人員しか参加できないためだ。選抜分隊編成の考え方は、まず、指揮官と作戦に必須の特殊技能を持つ者の選出。その他は、技量や体力を考慮して選抜することになるが、その評価基準は任務内容によって異なってくる。

選ばれなかったからと言って、必ずしも、劣っていると評価された結果ではない。だが、それでも、選ばれる者と選ばれない者の間には、精神的に大きな隔たりができる。選抜分隊を編成すると告げた瞬間から、小隊員の目の色が変わった。

危険な任務は、誰しも恐ろしいと感じる。だが、そこに踏み込んで行く勇気は、特警隊員であるという誇りから生まれる。有り体に言えば、〝カッコ悪い姿は見せられない〟という意地だ。三杉は、目の色を変えた小隊員たちを見て、口角を上げた。士気は十分だ。

移動準備は簡単だった。水中スクーターなどの重量物もあるが、訓練で使う資材を含めても、それほど量は多くない。何せ、最終的には、ほぼ身一つに近い状態で、海中から『ワイズマイト』に取り付くのだ。携行できる物品は、極力絞らなければならなかった。

二時間ほどの準備後、岩国航空基地から、第一一一航空隊の掃海・輸送ヘリコプターMCH－101が迎えに来る手はずになっていた。

移動準備の指揮を砧二尉と館林三尉に任せ、三杉は菰田一曹と『ワイズマイト』への乗り込み要領の検討を行なっていた。そこに、玉井がやってきた。

「情報本部で分析した『ワイズマイト』のアンテナ類と通信機の配置予想です」

「助かります」

菰田と共に資料を見つめる。拡大した写真には、なんのためのアンテナか表示が加えられていた。

「最も重要度が高いのは、特殊機雷との通信用として舷側に張られた超長波用アンテナと、本国との通信用と思われる船尾楼上のマストに張られた短波用アンテナです。衛星用アンテナがあれば要注意ですが、それらしきものは確認されていません」

通信機は、船尾楼内のブリッジ下あたりにあると思われているものの、推測でしかないそうだ。

「一斉に遮断するなら、マストの下部に爆薬を仕掛けて、マストごと吹き飛ばすのがよさそうですね」

孤田の言葉に、三杉も肯いた。

「超長波用のアンテナは別になるが、ケーブルの切断だけでなく、簡単に復旧できないようにしたいな」

「ですが、この資料だけじゃ計画できませんね」

「仕方ない。同時に起爆できるよう、準備だけしておいて、あとは現場で考えよう。無線作動の起爆装置があればいけるだろう」

三杉は玉井に、追加の資料が手に入ったら『ちはや』に送るよう依頼した。

十時過ぎ、二機のＭＣＨ－１０１ヘリが岩国から大原官舎地区に飛来した。資材もあるため二機に分乗し、時間をおいて出発することになる。『ちはや』には二機同時に着艦できないためだ。豊後水道まで三十分ほどで到着する。

一分隊を先行させ、三杉は後発機で移動した。

二月五日　〇八時〇〇分

朝日に照らされた『ひらど』は、御蔵島(みくらじま)の西に到達していた。天気は良かったが、吹き付ける寒風が船体を大きく揺らせている。

御蔵島は、二〇〇〇年の雄山(おやま)噴火で全島民が避難した三宅島(みやけじま)の南南東約一九キロにある。雄山噴火では、同時に発生した地震により御蔵島でも死傷者が出た。

御蔵島にも火山はあるが、太古に活動を停止している。そのため、海食(かいしょく)により海岸線の多くが絶壁となっていた。伊豆半島からは八〇キロメートルほど離れており、ほぼ外洋と言っていい場所だった。

予想どおり、潜水艦が主な経験の采女は、この海域に到着する前から嘔吐(おうと)しっぱなしだった。もう吐くものもなくなり、げっそりとしていたが、しぶとく戦闘指揮所(CIC)横の甲板に出ていた。いつでも戦闘指揮所(CIC)に駆け込め、舷側(げんそく)から吐ける位置だ。大越は、采女の真上、艦橋右ウイングで、目視での捜索を手伝っていた。

任務は、回収までとは言え、まずは見つけ出さなければ話にならない。茂田艦長の指揮の下、船務科長の鮫島と掃海科長の山代琢己(やましろたくみ)一等海尉が、ソナー員の両脇から掃海艦用Q

QQ－10ソナーの画面に齧りついている。ソナーは、掃海艦艇にとって最も大切な目だ。その情報に基づいて艦を動かす必要がある。そのため、ソナー用のコンソールは、ブリッジにも戦闘指揮所（CIC）にも置かれている。

采女の話では、特殊機雷は、海面上に露出している部分もあるかもしれないということだった。そこで、OPS－39H対水上レーダーと浮遊機雷の捜索に威力を発揮するレーザーレーダーも稼働していた。

大越たちEODは、いざ出番となった時のために体力を温存しつつ、交代で目視での捜索にあたっていた。通常の掃海任務であれば、夜間は休息の時間に充てられる。今回は、黒潮に乗った特殊機雷が、寝ている間に流れ去ってしまうかもしれない。厳重な警戒監視を行ないつつ、極力休息を取れというのが茂田の命令だった。

とはいうものの、眠れるものではなかった。命令した茂田自身、ほとんど寝ていないはずだ。

昨夜遅くに行なわれたブリーフィングで、三艦が伊豆諸島近海で南北に広がって監視網を敷くことが決定されていた。海幕や自衛艦隊司令部のシミュレーターが弾き出した漂流予測データに基づき、特殊機雷を捜しだし、確認、確保中のミスなどで沈降してしまった場合にも対処できるよう考えた作戦だった。

日本列島の南岸は、大陸棚が狭く、水深一〇〇〇メートル以内の浅い海はほとんどない。静岡の御前崎沖など、すぐに水深三〇〇〇メートルを超えるのだ。もしそんな場所で沈降してしまったら、『ひらど』や『あわじ』が搭載する無人潜水機ＯＺＺ－２でも確認さえできなくなる。ＯＺＺ－２は、アメリカのウッズホール海洋研究所で開発され、水深六〇〇メートルまで対応可能なＲＥＭＵＳ６００をベースにしている。そのため、レイマスと呼ばれることもある。潜水艦を狙う魚雷射出型の機雷には、六〇〇メートル以上の水深に敷設可能なものもあるため、オプション装備を選択することで、より深い深度でも対応できるようにはなっているものの、三〇〇〇メートルを超えるような場所ではお手上げだ。

『はつしま』は、別の無人潜水機Ｓ－10を搭載しているが、こちらはＯＺＺ－２よりも浅い深度でしか使えない代物だった。

特殊機雷の缶体は三〇〇〇メートルの水深にも耐えるはずだと采女は言っていた。何を根拠にしているのかは言わなかったが、確信を持っている様子だった。伊豆諸島近海ならば、ミスや器材トラブルが原因で沈降してしまっても、無人潜水機を使って確認できる可能性があった。緊急呼集がかけられた理由は、特殊機雷が伊豆諸島近海に流れ着く前に、三艦をこの海域に展開させるためだったようだ。

今年の黒潮は、例年よりも北を流れている。三艦は、北から神津島の西に『あわじ』、その南南東にあたる三宅島の西に『はつしま』、さらにその南南東にあたる御蔵島西海面で『ひらど』が、それぞれホバリングして監視にあたっていた。掃海艦艇のホバリングは、ヘリが空中で留まるのと同様、海流に逆らい、同じ位置に留まることを意味する。掃海艦艇には必須の機能だ。もちろん、錨は使わない。機雷のある海域では危険だからだ。代わりに特殊な舵とバウスラスターを装備している。前進後進だけでなく、船体をまっすぐにしたまま、真横に移動することも可能だ。

艦橋ウイングに立つ大越は、潮風に晒されながら、深夜に行なったブリーフィングを思い出していた。三艦でのブリーフィングの後に、各艦艇のＥＯＤと第一掃海隊、それに掃海隊群司令部のＥＯＤ担当幕僚を交えて行なったものだ。

「どこに穴を開けるかが問題だな。できれば、ある程度深いところでやりたいが……」

安全化の方法を思案していると、背後から近づいて来る足音が聞こえた。

「酷いブリーフィングでしたね」

マスターダイバーの武田一曹だった。独り言を聞かれたようだ。

武田は、経験豊かなＥＯＤだ。階級は下だが、自衛官としても、ＥＯＤとしても先輩だった。角刈り頭には白い物が混じり、ヤクザ顔負けの威圧感だ。若いころは文字どおりの掃海〝ゴロ〟だったに違いない。大越にとっては、頼りになる部下だ。

〝あくまで現場の判断が優先だが……〟

〝現場で見ないことには……〟

昨夜の幕僚連中の発言は、そんなものだった。現場を優先してくれることはありがたい気がするものの、そこには保身を見て取ることもできた。

「逐一報告を求められるよりはマシだ。勝手にやっていいと言われたのと変わらない。現場で見て、現場で判断する」

時間があれば、恐らく全てを報告して、上で判断することになるのだろう。幸か不幸か、今回は時間もないらしい。不確かな情報であれこれ言われるよりは、ありがたかった。

「確かにそうですね。で、どうしますか?」

「どうもこうも、基本に忠実。それしかないだろう」

「全く未知の代物ですからね。全てのセンサーをぶっ壊して、海水漬けにしてやりますか」

既知の機雷は、その機雷に適した処分方法で処分するが、初めて見る情報もなにもない機雷にぶち当たることもある。

処分用の爆薬や爆雷によって誘爆させることを殉爆という。機雷処分の最も安全で、効果的な方法だ。しかし、殉爆させてしまえば、機雷は跡形もなく吹き飛んでしまう。そうなれば回収できるものは破片だけだ。しかも全ての破片を回収できるはずもない。一部の破片だけでは、大まかな分析しかできない。結果として、殉爆させたのでは次に発見した時にも、また未知の機雷になってしまう。そのため、初見の機雷は、極力殉爆させず回収に努めることになる。

一方、機雷を設置するほうにとっては、簡単に回収、解体されてしまっては開発の努力が無駄になる。そのため、誤った解体を行なえば起爆するようにトラップを仕込むことも当然だ。今回のように、特別なものならなおさらだろう。

外形や機能から、内部構造の予想は付くものの、トラップのセンサー位置まで分かるはずもない。解体する人間が手を付けやすい場所に仕掛けられることが多いというくらいだ。

考えられる方法としては起爆用のセンサーを遠隔操作の小型爆発物で破壊し、起爆を防ぎつつ、内部に海水を導入することで電子回路をショートさせる。そのため、大越はなるべく深い位置、一〇メートルもの長さのある特殊機雷のなるべく下の位置に、海水導入用の穴を穿ちたいと考えていた。

海水で回路をショートさせれば、起爆を防止できる上、内部のバッテリーを消耗させることができる。バッテリーが放電してしまえば、どんな機雷も危険性はなくなる。トラップがありそうなところは避けるが、運悪く当たってしまった場合は仕方がない。そのデータを活かして次に備えるのだ。

「現物を見てみないことにはなんとも言えないがな」

　采女の分析が、見当違いという可能性もある。発した言葉は、司令部にいる幕僚連中の言葉と同じだったが、大越の言葉はその場での判断を優先する現場の言葉だった。

「そうですね」

　そう応じた武田に、大越は別の懸念を口にした。

「それ以前に、ちゃんと俺たちの出番が来るかどうかも問題だ」

　機雷を回収するためには、まず発見し、特殊機雷の外形、構造が采女の予想どおりなのか、どこが異なるのか確認しなければならない。ところが、それはすんなりいきそうになかった。危険性は少ないからと言い、EODによる確認を急がせようとする采女に対して、茂田たち艦長や艇長が慎重に確認作業をすると言ってぶつかっていたのだ。

　それらしき物体が漂流してくれれば、恐らくソナーが最初に発見するだろう。波浪が激しいとはいえ、海面下に一〇メートルもの物体があれば、アクティブソナーの反射波を捉えることはできるはずだ。

「この波ですからね。ソナーで見つけることはできるでしょうが、安定して捕捉できるのは、結構近い位置からになるでしょうね」

　武田は、波浪の頭から飛んでくるしぶきに、目を細めていた。目標もそうだが、船体も波で激しく上下する。エコーは安定せず、途切れ途切れになる可能性が高い。処分艇は位置情報が不正確なまま接近することになる。必要以上に接近してしまったり、下手をすればぶつかってしまう可能性も考えられた。

「しかし、采女三佐の懸念も、間違ってはいないだろう」

大越は、双眼鏡をのぞき直しながら言った。采女は、特殊機雷に強いソナー波を当てると、回収を避けるため沈降してしまうことを懸念していた。

「ですね。未知の代物ですから仕方ないですが、どの程度までなら大丈夫なのか分からないのが痛いですね」

「時間があればいいんだがな」

「采女三佐は、かなり焦っている感じでしたね」

黒潮は、伊豆諸島から東京湾の入り口を経て房総(ぼうそう)半島沖に至る。房総沖を抜けると、黒潮続流となって、日本列島を離れ太平洋のただ中に向かって行く。捜索は、より困難となるだろう。潜水艦発射弾道ミサイル(SLBM)は射程四〇〇〇キロに及ぶという。深度が深く、対処の困難な日本海溝周辺に沈降したとしても、なお日本を目標とすることができる。ここから日本海溝までは、約二〇〇キロ。黒潮の流れは速い。二日もあれば日本海溝周辺まで流れて行くはずだった。

大越は、位置情報が不確かなままでも、命じられれば行く覚悟だった。それがＥＯＤの仕事なのだ。とはいえ処分艇が必要以上に接近してしまっては危険だ。かと言って、潜っていったのでは、艦との連携が取れない。

潜水時にコミュニケーションを取る方法はある。

一般に潜水というと、タンクを用いるスクーバダイビングがイメージされるだろう。しかし、漁業や水中での工事、それに軍事分野では水上に置かれたコンプレッサーなどから、ホースで空気を送る送気式潜水という方法がよく用いられる。タンク内の空気残量を気にせず、長時間潜水が可能だからだ。

ホースと共に、通信用のケーブルを引けば、水中とのコミュニケーションもできる。その他にも、音波を変換して通話する水中電話方式の通信装置もある。しかし、今回の場合、コミュニケーションができたとしても、艦からEODの位置把握ができないことが問題だった。EODの位置を確認するための強力なソナーを使用してしまうと、特殊機雷に影響を与えてしまう危険があった。

茂田たち三艦の艦長は、ソナーでそれらしきものを発見した際には、可能な限り『はつしま』のS－10型無人潜水機(UUV)を使って確認する方針を立てていた。『あわじ』と『ひらど』が装備するレイマスは、自動で機雷を確認し、帰還することができる優(すぐ)れものだが、帰還するまでデータの確認ができない。対して、『はつしま』のS－10は、光ケーブルを使い、航走中にソナーやビデオカメラの情報を『はつしま』に送ることができる。今回のケースでは最適と言えた。

「どうなるにせよ。まずは見つけないことには話にならないな」

大越は、呟くように言って、双眼鏡をのぞく目をしばたたいた。

二月六日　〇三時〇〇分

一九九一年に実施された掃海部隊のペルシャ湾派遣では、ソナーなどのセンサーが〝何か〟を発見し、すわ機雷かと緊張するものの、結果的に誤報だったということが何回も続いた。センサーにレーザーレーダーが加わり、ソナーが高性能化しても、それは変わらない。緊張と弛緩の連続は、隊員の神経を麻痺させてしまう。

それを防ぐために、指揮官には、細かい配慮が必要だ。きりのいいところで作業を中断させて休憩させたり、ローテーションを組んで一部を休息させる。だが、今回は黒潮の中でホバリングしつつ、捜索を延々と続けざるをえない。中断することはできず、ローテーションするしかないのだが、掃海部隊はそうした動きに慣れていない。捜索を始めてから二十時間しか経過していないにもかかわらず船内には、よどんだ空気が流れ始めていた。

だが、そうした苦しい局面が続くことはままある。ペルシャ湾派遣でも、僚艦が成果を挙げる中、一艦だけ機雷を発見できないということがあった。それを乗り越えるためには気力しかない。どれだけ、苦しい訓練を続けたかだ。

そういう意味では、伊勢湾に行く以上によい訓練になったかもしれない。大越は、立てた襟で顔を覆うようにしながら表情を緩めた。

何度目かの目視監視で立つ艦橋右ウイングは、相変わらず強烈な寒風に吹かれていた。うねる波が『ひらど』を木の葉のように弄んでいる。

ガラス越しに聞こえてくるブリッジの物音が、急に慌ただしいものになった。ブリッジ側面のドアを開け、状況を聞く。『あわじ』が特殊機雷らしきものをソナーで安定的に探知したと、無線連絡が入ったようだ。本当に特殊機雷かどうかは別にして、そこに何かが存在していることは間違いないらしい。

大越は、すぐさま戦闘指揮所に下りた。発見したのが『あわじ』であったため、事前の取り決めにより、まず『はつしま』のS－10で確認することになっている。すでに『はつしま』が移動を始めていた。

「『あわじ』、『はつしま』、現地到着まで二二分」

無線から状況を知らせるボイスが響き、戦闘指揮所はじりじりとした緊張に包まれた。現在行なっている捜索態勢や回収の準備は、あくまで采女たち情報本部の分析を基にしている。現物が情報と異なっていれば、捜索や回収要領を見直さなければならない。

「おい！　『あわじ』に接近しすぎないように言ってくれ」

飛び起きてきたらしい采女は、船酔いで青くなったまま、無線を担当する海曹に詰め寄っていた。海曹は困り果てている。当然だった。采女にそんな権限はない。海曹が、助けを求めるように茂田に視線を送る。

「采女三佐、八甲田山の山口少佐のようなことは止めて下さい」

小説や映画で有名な八甲田雪中行軍遭難事件は、原因の一つが、〝船頭多くして船山を上る〟状態だったことだと言われている。

さすがに采女も堪えたのか、歯がみをして口をつぐんだ。それでも、『あわじ』や『はつしま』の接近で、ソナー波を感知した特殊機雷が沈降してしまう可能性を危惧していることはよく分かった。

大越は安心させるように声をかけた。

「采女三佐、あの位置なら、水深は四〇〇メートル程度。沈んでも無人潜水機で確認できます。動かなくなるので、かえって確認がしやすくなるかもしれません。我々が潜るのは、きついですが」

水深四〇〇メートルに潜ることは不可能ではない。飽和潜水という方法を使うことになる。だが、準備にも実際の潜水にも非常に時間を要する。今回の場合、現実的ではなかった。

しかし、采女は絞り出すように言った。

「確認だけが問題じゃない！」

声量こそ大きくなかったが、そこには怒りにも似た焦りが詰まっていた。

「もし、沈降前に信号を送る仕様になっていれば、我々が察知したことを気づかれてしまう」

確かに今、敵にこちらの動きを悟られてはまずい。まだ一基しか発見できていないのだ。本当に四〇基もの特殊機雷が浮遊しているのだとしたら、残りの三九基は、位置不明のまま、日本の南岸を漂っていることになる。

だが、采女は掃海の現場を知らない。言うべきことは、言っておかなければならない。

「この波です。『はつしま』のS－10による確認作業が少しでも容易になるように、そして何より発見した特殊機雷を見失わないよう、『あわじ』はソナーで確実に捉え続けなければなりません。沈降のリスクは理解しましたが、失探するのは最悪です」

無線からは、『あわじ』が『はつしま』に向けて送っている情報が聞こえていた。ソナーでの捕捉情報だけではない。波や接近する他の船舶、レーザーレーダーや目視による情報が、ひっきりなしに流されていた。

「まもなく現場に到着する『はつしま』が、この荒波の中でS－10を運用することは容易ではありません」

このことは、分かってもらわなければならなかった。

「S－10の海中への投入は何とかなるでしょう。ですが、送電と映像伝送用の光ファイバーを束ねたケーブルの扱いは大変です。恐らく『はつしま』は、ケーブルが切れ、S－10

を失う覚悟さえしていると思います。ケーブルが切れれば、S-10は自動で浮上しますが、この天候では発見も揚収(ようしゅう)も困難です。うまく見つけられたとしても、ただ漂流しているだけです。艇内への揚収作業は危険です。船体にS-10がぶつかるくらいなら、まだいいでしょう。この状況では、作業員が負傷したり、何かの拍子に落水(らくすい)する可能性だってあります」

揺れる艦上で波に揺られる無人潜水機(UUV)を揚収する作業は危険だ。S-10は、全長三メートル四〇センチ、重量は一トンにもなる。クレーンを使う揚収作業では、揺動したS-10にはじき飛ばされたり、落下したS-10に押しつぶされる危険もある。大越が指摘すると、采女は不満げな顔のまま口をつぐんだ。

『はつしま』が、現場に到着すると、『あわじ』に代わって『はつしま』からの状況報告が無線を通じて流れてくるようになった。

「みさご、『はつしま』、S-10正常発進」

みさごは、第一掃海隊司令部のコールサインだ。『はつしま』から司令部へ報告しているのだ。

『はつしま』の戦闘指揮所(CIC)は、ソナーやS-10からのカメラ画像の情報で騒然としているはずだ。しかし『ひらど』の戦闘指揮所(CIC)は静まりかえっている。

「みさご、『はつしま』、類別ソナーコンタクト。外形は情報とほぼ一致」

その報告が流れた瞬間、いらつきながらも沈黙を維持していた采女が「止めろ！」と吠えた。そのまま、無線の送話器を担当海曹からもぎ取る。

「いくら何でも類別用ソナーは止めろ。沈めるつもりか！」

「采女三佐！」

茂田が、送話器を握る采女の右手首を摑んだ。二人が睨み合っている間に、『はつしま』からの報告が続く。

「みさご、『はつしま』、S‐10の捜索用及び類別用ソナーは停止。相対位置不明のため、ゆっくりと接近させる」

采女の〝助言〟を聞いた『はつしま』は、S‐10に搭載されている類別用ソナーだけでなく、捜索用ソナーも停止させたようだ。

機雷の確認には三段階ある。捜索、類別、識別だ。防衛省の文書「水中武器用語」によれば、機雷捜索とは、捜索用ソナーにより探査すること。機雷類別とは、類別用ソナーにより機雷であるか否かを判定すること。そして、機雷識別とは、映像装置等により、機雷の種類、状態などを判定することとされている。おおざっぱに言えば、あるかないかを判断するのが捜索、機雷か否かを判断するのが類別、どんな機雷なのか、生きている、つまり起爆する危険性があるのかを判断することが識別だ。

そのため、類別用ソナーは、物体の有無だけでなく、大きさや形状を大まかに判断できる。胎児診断に使われる超音波検査、いわゆるエコー検査と同種のものだ。エコー検査と同様にかなり高い波長の音波を使用する。それも、かなり近い位置でだ。

特に、S－10に搭載されているソナーだという点が危険だった。ソナーの出力を下げても、位置が近くなってしまえば、ソナーが発する音は、特殊機雷に大きな信号として捉えられる。音響信号の強度は、距離の二乗で変化する。半分の距離まで接近すれば信号強度は四倍に、四分の一の距離まで接近すれば十六倍にもなる。自衛隊艦艇だけでなく、漁船も魚群探知機というソナーの一種を運用しているため、機雷がソナー音を捉えたとしても、すぐに反応するとは限らない。だが、強いソナー音を当てることは間違いなく危険だった。采女の推測が正しければ、特殊機雷は、回収されることを避けるために沈降してしまうかもしれなかった。

しかし、そうなると、『はつしま』は、掃海艇に搭載されたソナーで、特殊機雷とS－10の位置を把握し、S－10をコントロールしなければならない。S－10に搭載されたソナーで目標を捉えれば、あたかもS－10に乗り込んでいるかのような感覚で操縦することができる。掃海艇のソナー情報だけで操縦するとなると、ラジコンを動かすようなものだ。S－10は、ただでさえ操縦が難しい。相当にゆっくりと動かさなければならないだろう。

無線が沈黙し、戦闘指揮所(CIC)は、異様な静けさに包まれた。その緊張感に耐えかねたのか、誰かが息を吐いた時、再び無線機から報告が流れる。

「みさご、『はつしま』、S－10のカメラで目標を確認。事前情報に類似。円筒形で海中に屹立。上部にフロートなのか、防舷物らしきものを複数確認」

防舷物は、桟橋や他船に横付けする際に、船の舷側に取り付け、相互の損傷を防止するための緩衝物だ。最近の物は、ゴム風船のようなものが多い。映像をリアルタイムで伝送する手段がないことがもどかしかった。だが、采女の言葉に半信半疑だった乗員の顔つきが変わった。

直後『はつしま』から、叫ぶような報告が響く。

「沈降、沈降！」

続報を急かしたい思いに駆られるが、こんな時は待つしかない。急かしても混乱するだけだ。長い沈黙を経て、まだ震える声で報告が届いた。

「みさご、『はつしま』、目標は沈降した。上部の防舷物らしきものを切り離し、円筒形の本体が沈降したもよう。位置は『はつしま』のソナーで追跡中。まもなく着底する」

大越が歯がみをし、茂田が苦虫を嚙み潰したような顔をする中で、采女が海図台を叩いた。

「だから言っただろうが！」

二月六日　〇三時三〇分

部長の樺山は電話の着信音で目覚めた。窓の外は真っ暗だ。簡易ベッドから身を起こす。彼は、執務室で仮眠をとっていた。横たわっていたのは担架（たんか）のような長方形のフレームにキャンバス地を張った簡易ベッドだ。自衛隊内ではかなり前から使われている。最近ではキャンプ用品として、そっくりなものが市販されていた。慣れれば、かなり快適と言えた。ただ、樺山は戦闘服に長靴（ちょうか）を履いたままだった。三十年に及ぶ自衛隊キャリアのおかげで、そんな格好でも眠ることができた。

「樺山だ」

「采女三佐から報告が入りました。特殊機雷一基を発見し、無人潜水機（UUV）で撮影を行ないましたが、沈降してしまったため詳細確認には至らずとのことです。第一掃海隊司令部から写真が届いたらお持ちします。外形は、ほぼ推測どおりとのことです」

「了解した。掃海艦艇はどうしている？」

「沈降した特殊機雷を、『あわじ』の無人潜水機（UUV）で確認する予定で、現在準備中です。『ひらど』、『はつしま』は、他の特殊機雷の捜索を継続中です」

「了解した。写真といっしょにコーヒーを持ってきてくれ」

受話器を置き、背伸びをして頭を覚醒させる。一応、写真を確認してからにするつもりだったが、ほぼ推測どおりであるならば、そのままアクションを起こすための情報として配布すればよい。現物が推定したものとほぼ同じということは、その機能、目的も、推測したとおりである可能性が高いということだ。

「当分、帰れなくなったな」

独りごち、肘掛け椅子に腰をかけると、灯りが落ちたままの執務室で思索を再開する。

外形の情報だけでは、対処の詳細は決められない。ただし、沈んでしまった特殊機雷には、弾道ミサイル対処の準備が必要だろう。それに、『ワイズマイト』を押さえるため、恐らく海上警備行動を発令することになる。

海警行動と略される海上警備行動は、内閣総理大臣の承認が必要だが、防衛大臣の判断で命令が可能で、国会への報告義務はない。もちろん、いずれは発表が必要になるが、当面は秘匿(ひとく)したまま準備が可能だ。発令条件は、海上における人命若(も)しくは財産の保護又は治安の維持のため特別の必要がある場合となっている。潜水艦発射弾道ミサイル(SLBM)が発射準備に入った上、多数が日本近海を漂っているならば、十分といえた。

報告のための資料はできている。画像を加えれば完璧だ。回収できれば最良だったが……。

そこまで思案すると、ノックが聞こえた。

「入れ」

陸上での仕事が長いせいか、潮気の抜けきった、つまり海の男っぽくなくなった樋口三佐が入ってくる。顔など、青白いと言っていいほどだった。

「灯りは？」

「点けてくれ」

急な明るさに目を細めた。プリントした写真とコーヒーカップを受け取る。写真には、S－10のライトに照らされ、真っ暗な海を背景として浮かび上がる紺色の円筒が写っていた。

「文字は確認できたか？」

樺山の質問に、樋口は首を振った。

「残念ながら、文字は見当たりません。ですが、この上部に写っている防舷物らしきものは、北朝鮮で使用されているものと色、形状が似ています。北朝鮮沿岸から海中に投入しても、伊豆諸島近海に到達する可能性が低いことを鑑みると、『ワイズマイト』が海中に投入したと判断して間違いないと思われます」

「よし。準備している情報資料に付加しろ。それと、采女と連絡を取りやすくするため、掃海隊群か第一掃海隊に誰かを行かせるように」

「了解しました」

樋口が帰ると、樺山はコーヒーを口にしながら、もう一度写真を見つめた。

「コイツに意思はないが、操っている奴が問題だな」

特殊機雷が沈降したことで、北朝鮮側がこちらの動きに気づいた可能性はある。しかし、海流まかせの特殊機雷は、船舶と衝突することもありうる。一基だけならば、事故の可能性もあると判断するかもしれない。

机の上には、『ワイズマイト』の写真が出しっ放しにしてあった。積み荷は、フェロシリコンと呼ばれるケイ素と鉄の化合物である可能性が高いと報告されていた。製鋼用として使用される中間製品だそうだ。硅石（けいせき）、還元材としてのコークス、鉄を原料として作られるもので、原材料の輸出が制限されているため、国内でフェロシリコンに加工して輸出しているらしい。中国やブラジルなどを経由して日本に入ってきている可能性もあるという。

行き先は南米のチリということになっているようだ。南米には、今でも北朝鮮と貿易関係をもつ国が複数ある。国連による北朝鮮への経済制裁は、全ての貿易を禁じてはいない。二〇一七年以降、制裁の影響で貿易額が急減するとともに、貿易相手国では中国の比率が上昇している。しかし、ブラジルとペルーが、貿易相手国の十位圏内に入っていた。中米のメキシコも、伝統的に北朝鮮との交流が深い。ペルーやメキシコ、それに大西洋側ではベネズエラなど、アメリカ近隣には北朝鮮の関係国が多いのだ。『ワイズマイト』が本当はチリに向かうのではない可能性、あるいは、チリに行った後、それら関係国に向かう可能性があった。

今の段階で、特殊機雷のことを、米軍に悟られたくはなかった。統幕や海自に釘は刺してある。それでも、少数とはいえ部隊が動いている。特に第一掃海隊は、米海軍の目の前を通って横須賀から出した。

「気にせずにいてくれるといいんだが……」

二月六日　〇三時三〇分
発見した特殊機雷は沈降してしまったが、判明したことも多い。世間では、ほとんどの者が寝静まる時間だったが、『ひらど』では作戦会議が行なわれることになっている。

大越は、『はつしま』から送られて来る予定の資料を、戦闘指揮所(CIC)で待っていた。他のメンバーは、すでに集合済みだ。

特殊機雷の沈降後、『はつしま』は、海上に残存していた物体を回収していた。フロートは、やはり防舷物が部品として使われているらしい。

その防舷物フロートは、中華鍋を逆さにしたような円盤状の部品の三方に取り付けられていた。円盤には、釆女が言っていたフローティングアンテナのようなものも付いているという。

『はつしま』から、それらの写真とS－10が水中で撮影した写真が伝送されてくることになっている。

「来ました」

　伝送装置を扱う海曹が、パソコンに画像を表示した。

「それぞれ五枚プリントしてくれ」

　いらいらしながらプリントの終了を待ち、バインダーに挟んで、タラップを駆け下りる。食堂に駆け込むと、艦長の茂田と采女、そして船務科長の鮫島と掃海科長の山代に一部ずつ渡し、自分も末席に腰掛ける。

「では、作戦会議を始めましょう。まず最初に、状況の説明から」

　茂田が開会を宣言すると、鮫島が状況説明を始めた。

「『あわじ』が発見した特殊機雷は、深度三八〇メートルの海底に沈んでしまいました。ソナーでの確認では、海底でも屹立した状態らしいとのことです。采女三佐の情報のとおり、短係止機雷のような状態である可能性が高そうです。この後は、海流と深度の関係でS－10での確認が不可能なため、『あわじ』のレイマスを使って確認を行なうことになっています。なお、沈降の直前、爆発音らしき音を、『はつしま』、『あわじ』が拾っています。特殊機雷付近で発生した音のようですが、詳細は不明です」

　S－10は、電源と信号を伝送するための光ケーブルで繋がれているため、海流の激しい深深度では使えなかった。そのため、レイマスとも呼ばれる無人潜水機（UUV）OZZ－2で確認することになった。レイマスは、バッテリーで駆動し、設定したコースを自律的に進んで調査を行なうため、こうした状況、海流のある深深度でも使用可能だ。レイマスは、『はつしま』には装備されていない。最初に発見した『あわじ』のクルーは、手柄を取り戻せて喜んでいるかもしれなかった。

しかし、海流の激しい中で、四〇〇メートル近くも潜らせることになるため、一回の潜行で十分な調査はできないと見込まれている。数度にわたる潜行が必要だった。そのため、まだ浮遊していた時にS－10が撮影した画像と洋上に残存していた浮遊物の写真から、対策を考えておくことになった。

「今回得られた画像と残存物から、当初の分析は、どのように修正されますか？」

茂田が、采女に問いかけた。

「画像があまり鮮明ではないが、S－10の画像からは、予想と大きく異なる部分はなかった。また、残存物に含まれるアンテナは、やはり長波もしくは超長波用のフローティングアンテナのようだ。アンテナの存在は予想していたことだが、沈降後も、このアンテナが維持される可能性も考えていた。残存していたフロート側にマウントされていたため、沈降後は、再浮上しても無線通信できなくなることはほぼ間違いない。もう一本格納されている可能性もないわけではないが、耐圧構造とする必要があるので考え難い」

「だとすると、以後特殊機雷は通信手段を持たずに、通常の機雷のような動作をすると考えていいですか？」

　質問した茂田にとって、機雷に近いのかミサイルに近いのか分からない代物では、対処方法を考えることも困難だ。より機雷らしいほうが、対処もしやすい。そうあって欲しいと願いを込めて聞いたのだろう。しかし、残念ながら希望的観測だったようだ。

「いや、画像が不鮮明で断言できないが、フロートの少し下、缶体の側面に何かが写っている。ソナーを感知して沈降した可能性が高いことから考えても、水中マイク（ハイドロフォン）だろう。沈降後も、音響信号でコマンドを受け取る仕様になっている可能性が高い」

　采女の言葉に、大越を含む『ひらど』側メンバーは考え込んだ。そこに、采女が思い出したようにつけ加えた。

「ハイドロフォンと言えば、沈降直前に聞こえた爆発音というのが何なのか気になる」

「沈降のために、爆薬で残存部分を切り離した音かもしれません。掃海作業でも、成形爆薬を使った安全化や、係維索の切断を行なう場合に使用します」

　山代の答えに、采女も肯いた。

　話題を戻したいのだろう。茂田は、再び采女に問いかけた。

「他にセンサーがある可能性は？」

「特殊機雷と仮称を付けたが、船を狙う機雷ではない。缶体が相当の耐圧性能を持っているはずであることを考えても磁気センサーはないはずだ。あるのは、ハイドロフォンと共用かもしれない深度計くらいだろうが、これは注意が必要なものではないはずだ」

あれだけ大型の缶体は、使用されている鋼鉄の量も相当だ。鋼鉄は、時間が経過すると地磁気の影響で磁化してしまう。そうなれば、磁気センサーが誤作動する。そのことを考えれば磁気センサーが付いているとは考えにくい。磁化しない高強度素材であるチタンもあるが、四〇基もあるならば、採用されているとは考え難かった。コストが高くなりすぎる。

「アンテナを切り離した以上、ハイドロフォン以外のセンサーはないはずだ。ハイドロフォンさえ潰せば、安全化は簡単なはずだ」

采女はそう言って楽観視したが、いかにも機雷を知らない者の考え方だった。茂田も鮫島も渋い顔をしている。大越は、茂田と目が合った。どうやら、安全化作業を行なう者として釘をさして欲しいと思っているようだった。

「それはどうでしょう。センサーを潰すのは基本的手段ですが、センサーがハイドロフォンだけだとしたら、ハイドロフォンからの信号が途絶えれば、保全を意図した何らかの動作を行なう仕様になっているかもしれません。自爆する可能性もあるはずです」

「だったらどうするんだ。センサーを生かしたまま、解体するのか？」

気色ばんだ采女に対して、大越は、首を振ると静かに言った。

「一つの案ですが、ハイドロフォンしかないのであれば、ハイドロフォンが生きたままでも、安全化はできるかもしれません」

采女は、顔をしかめ「どうやるんだ？」と尋ねた。

「反応しない音ならば、発生しても構わないということです。成形爆薬を使い、缶体に穴を開け海水を導入します。潜水艦発射弾道ミサイル（SLBM）には、長時間の耐水性はないはずです。ショートして使い物にならなくなるでしょう」

成形爆薬は、対戦車用のロケット弾などでも使われている。爆発のエネルギーを一点に集中させ、融解した金属のジェット噴流で装甲に穿孔（せんこう）を開けることができる。今回の場合は、耐圧深度の高い缶体に穴を開けるために使用することになる。未知の機雷を安全化する方法としてはオーソドックスだ。

「馬鹿なことを言うな。爆発音のような大きな音なら反応するだろ！」

「もちろん音は拾うはずです。しかし、爆発音で何らかの作動をするように設定されている可能性は低いのではないでしょうか。特殊機雷は、浮遊中に船舶と衝突する可能性もあります。大きな音であっても、爆発や衝突といった音では作動しないようになっているかもしれません。両者が確実に区別できるとは思えません。何より、沈降時に特殊機雷から爆発音が発生したのであれば、少なくともその時は、爆発音に対して反応しないようになっていたはずです」

采女は、腕を組んで考え始めた。まだ半信半疑のようだった。

「フロートに防舷物が使われているのも、船舶との衝突を考えているからかもしれません」

「なるほどな。防舷物が使用されていたのは、急ごしらえで作ったからだと考えていたが、そういう可能性もあるか」

「ええ。危険なのは、ソナー音でしょう」

采女が肯いた。安全化の方法については、任せてもらえそうだ。

「ただし、対象は未知のものです。缶体の素材や厚さなどは、確認しなければ、どの程度の成形爆薬を仕掛ければ缶体を貫通させられるのか分かりません。それに、内部のミサイルについても、できるだけ詳細な予測資料が必要です。それがないと、どこに成形爆薬を仕掛けるべきか決められません」

「レイマスが撮影するか、新たな特殊機雷を発見して確認できれば、こちらで詳細な予測を作る」

采女がそう請け負ってくれたことで、問題の一つは片が付いた。もう一つが問題だった。その問題を茂田が指摘する。

「問題なのは、新たな特殊機雷が発見された時に、沈んでしまわないようにしなければならないことです」

采女も、「当然だ」と言い、肯いた。

「沈んだのは、やはりソナーのせいですか？」

質問したのは鮫島だった。ソナーは、船務科長である鮫島の領分だ。最初の発見で沈んでしまうのは、致し方ない部分もあるだろうが、二つ目を沈めさせてしまうわけにはいかない。

「特殊機雷のセンサーは、ハイドロフォンだけのはずだ。ソナー以外に考えられない」

采女は、そう答えたが、鮫島は、なおも疑問があるようだ。

「しかし、『あわじ』が発見し、『はつしま』が到着するまでにも時間がありましたし、『はつしま』がＳ－10を出して確認作業を始めてからも、特殊機雷が沈降するまでには相当の間がありました。ソナー以外の原因も考えられるのでは？」

「いや。ソナー以外にはないはずだ。ただし、『あわじ』や『はつしま』の捜索用ソナーではなく、Ｓ－10の類別用ソナーに反応した可能性はある」

機雷の発見、確認における三段階、捜索、類別、識別のうち、ソナーは、捜索と類別で使用される。捜索用と類別用ソナーの間で、最も大きく異なるのは周波数だ。捜索用ソナーは、広い範囲を確認できなければ意味がない。対して、類別では、対象の大きさや形状を確認する必要があるため、高い解像度が必要だ。ソナーは、低い周波数だと解像度が悪いが、水中でも減衰しにくく、広範囲の確認ができる。高い周波数だと解像度が高くなるが、減衰が激しく、確認できる範囲が限られてしまう。

掃海部隊のソナーは、護衛艦や潜水艦に搭載されている対潜用ソナーに比べて周波数が高い。そして、その中でも、類別用ソナーは、さらに高い音を使用する。

「では、類別用ソナーを使用しなければ大丈夫ですか」

類別用のソナーが使用される状況は、機雷からすれば発見されている危険な状態であることを意味する。類別用ソナーに反応することは当然だ。鮫島は、安堵(あんど)の表情を見せた。

しかし、采女は首を振った。

「いや。捜索用ソナーも安心はできない」

「しかし……」

『あわじ』も『はつしま』も、捜索用ソナーを、かなり長い時間使用していた。『はつしま』が、『あわじ』の下にかけつけるだけでも、二〇分以上かかっているのだ。それに、機雷のハイドロフォンは、距離があったものの、『ひらど』のソナー音もひろっていただろう。そもそも、捜索用ソナーが使えなければ、発見することは不可能だ。

「さすがに、『あわじ』が発見した時点で、特殊機雷が反応したとは思わない。だが、『はつしま』がS-10を誘導していた段階で反応した可能性はある。特殊機雷は、沈降する前に、少なくとも現在地を超長波で送信したはずだ。沈降した理由についても、送信したかもしれない。超長波では、その程度の情報でも、伝送にはかなりの時間を必要とする。潜水艦、特に超長波をよく使用する戦略原潜は、送受信に時間がかかるため、送受する内容は決まった内容を符号で送信することが多いくらいだ」

「しかし、捜索にはソナーを使用するしかありません。どうしろと仰(おっしゃ)るんですか？」

茂田も、さすがにいらつきを隠せなくなってきたようだ。

「発見するまではソナーを使用するしかない。潜水艦捜索を行なう護衛艦のソナーも使用されているし、漁船は魚探(ぎょたん)も使っている。ある程度は大丈夫なはずだ。だが、発見後はソナーの使用を止め、無人潜水機(UUV)かＥＯＤでやってくれ。でなければ、発見してもまた沈みかねん」

茂田は、唇を噛んでいた。鮫島は、我慢ができなかったようだ。

「采女三佐、あなたもドン亀乗りなら分かるはずです。無人潜水機(UUV)もＥＯＤも、目標の確認だけではなく、艦との相対位置の把握だってソナーしかないんです。特殊機雷に接近させるための誘導にも必要です。ソナーを使わずに接近させれば、ぶつかるかもしれませんし、目標を見失うかもしれません」

昔は今以上に鈍重だったことからドン亀と呼ばれる潜水艦も、外界を知る手段はソナーだけだ。采女は、水中での位置把握が難しいことを理解しているはずだった。ソナーなしでは、濃霧の中で歩き回ることと同じだった。それでも、采女は引かなかった。

「四〇〇メートルもの深度に沈んでしまったら、確認も回収も大仕事だ。次を見つけることができたなら、何が何でも沈む前に回収が必要だ」

沈んでしまった特殊機雷を、四〇〇メートル近い深度で安全化するには、一月近い準備期間が必要になるだろう。短係止機雷のような状態なら、ワイヤーを切れば浮上させることはできる。だが、浮上した後、何が起こるか分からない。自動でミサイルを発射してしまう可能性もある。

確かに、采女の言葉にも肯けた。大越が思案に窮して嘆息すると、茂田に問いかけられた。

「大越一尉、距離と大まかな方位が分かれば、安全に接近できるかな？」

茂田の意図が分からなかったが、何とかなる可能性はあった。

「時刻にもよると思います。先ほどのように、真っ暗な中では、ライトを使っても水中では厳しいです。ですが、日中なら、目標が海面近くにあることも分かってますから、少し潜って太陽と逆方向から見れば、見つけられると思います。あれだけの大きさですし、黒潮は透明度も高い。かなり遠くてもシルエットは見えるはずです」

茂田は「そうか」と言って、考え込んだ。

「問題は、音源だな」

そう呟き、今度は采女に問いかける。

「采女三佐、先ほどの爆発音もそうですが、特殊機雷のハイドロフォンには、反応しない音もありますよね？」

「ああ。当然だ。ソナー音や、護衛艦のエンジン音、強いスクリュー音には反応する可能性はあるが、その他の音には反応しないだろう。海中でよく聞こえてくる音には反応しないはずだ」

「魚探を使ってもいいかもしれないですが、基本的に魚探は鉛直方向に使用するものです。特殊機雷のハイドロフォンに十分な方位分解能があれば、水平方向の探査に使うと、反応してしまう可能性もあると思う。ですが、鯨やイルカの声ならどうでしょう。鯨類は知能も高い。特殊機雷が漂っていれば、興味を持って近づいて行く個体もいるかもしれない。鯨やイルカの声なら、反応しないんじゃないでしょうか？」

大越は、息をのんだ。水中に潜っていると、様々な音が聞こえてくる。この時期、この海域なら確かに鯨の声を聞くことは多い。伊豆諸島や小笠原諸島には、冬になると歌うことで有名なザトウクジラがやってくる。鯨の声に反応するなら、特殊機雷は全て沈んでしまってもおかしくない。

「確かに、鯨の声なら反応はしないだろう。しかし、鯨の声をソナーとして使えるのか？」

采女の疑問ももっともだった。現代のソナーは、全てコンピュータ制御だ。その疑問には、担当部署の長である鮫島が答えた。

「コンピュータが使えないので、完全にマニュアルになりますが、やれないことはない。

なるべくパルス音のような声をソナーから流し、反射音のズレを計測すれば距離は出せるはずです。メンテに使っているオシロスコープを使えば、ほぼリアルタイムで概算の距離は出せるし、録音してパソコンを使えば、数メートル単位で距離は出せるはずだ。ただし、方位は信号強度だけだから、かなりいい加減になる」

「そこまで分かれば十分だ。夜でもいけるかもしれない」

大越は、拳を握って答えた。

「残る問題は……」

まだ渋い顔をしているのは、茂田だった。

「鯨の音声データでしょう。ノイズや重複のないクリアな音源がないと苦労するんじゃないでしょうか」

はっとしたような表情が多い中、大越は破顔して言った。

「多分、なんとかなります。私の妹が鯨類の研究をやってました。今も水族館に勤めていて、研究室とつきあいがあります。この時間なら家にいるはずです。掃海隊司令部から電話で叩き起こしてもらえれば、用意してくれるはずです」

二月六日　〇四時〇〇分

船内電話で叩き起こされた王（ワン）は、船員服に着替えると、戦闘指揮所（CIC）に駆け込んだ。

「緊急沈降信号だと？」

思わず、声が大きくなった。『ワイズマイト』は太平洋のど真ん中だが、作戦を指揮する王が気にかけているのは、日本列島南岸を流れる黒潮の中にあった。特号機雷をモニターしていた下士官が、裏返りそうな声で答えてくる。

「はい。〇三：二八に特号機雷一基から、緊急沈降信号を受信しました。推定位置は伊豆諸島の西約九キロです。誤報の可能性もあるため、その後の定期ビーコンを確認していましたが、二回連続で受信していません。沈降は間違いないと思われます」

特号機雷からの通信は、超長波に頼っていた。しかし、フローティングアンテナがうまく展張できていないことによって通信が不達となったり、混信などの影響で、誤信号を受信してしまう可能性もある。そのため、状況をモニターしていた下士官は、緊急信号を受信した後も、定期ビーコンの有無を確認していたのだ。標準作業手順書（SOP）に定めたとおりだった。

「付近を浮遊している特号機雷に異状はないか？」

島の西九キロということは、推定位置に多少の誤差があることを考えても、座礁（ざしょう）などのトラブルではない。東京から伊豆諸島に向かう高速船の航路からは外れるが、フェリーやその他の船舶の往来は多い場所だ。何らかの事故が起きた可能性はある。だが、自衛隊や米軍が何かを行なった可能性も考えられた。

「はい。その他の全ての特号機雷から、定期ビーコンを受信しています。定期位置報告も、今のところ島に異状に接近したものはありません」

定期ビーコンは、特号機雷のIDだけを送信する。それでも、超長波の伝送速度が遅いため、一五分に一度送信する仕様だった。位置報告は、北斗システムで計測したデータを送ってくるため情報量が多く、二時間に一回だけだ。その動きにも異状はないという。

緊急沈降信号は、缶体を緊急に沈降させることを示しているだけだ。予定海域に到達したのでない以上、船舶と衝突したことなどによる何らかのトラブルか、さもなくば、強いソナー波を捉えたはずだ。しかし、詳細を知る手段はなかった。

王は、トラブルだと思いたかった。だが、希望的観測は厳禁だ。むしろ、最悪こそ想定しなければならない。その一方で、怯懦の虫に捕らわれてはならなかった。指揮官が萎縮してしまっては、作戦目標は達成できない。

他の特号機雷に異状が見られない以上、まだ自衛隊や米軍が動いているとの判断はできない。その可能性を忘れてはいけないだけだ。

「監視を厳重にしろ。特に島に近づいている特号機雷は要注意だ。標準作業手順書を変更し、定期ビーコンが途絶えた場合は、即座に報告しろ」

直立不動の下士官が命令を復唱したことを確認すると、王は通信担当の下士官に本国への報告を命じた。

「戦略軍司令部に、緊急沈降信号受信とその他には異状がないことを報告しろ。こちらは、作戦を継続する。それから、報道や日本にいる工作員から特号機雷が見つかった可能性のある情報があった場合には、即座に送るよう要望しろ」

そう命じると、王は戦闘指揮所（CIC）を出て上階にあるブリッジに向かった。『ワイズマイト』の運航を預かっている金（キム）は、眠そうに目をこすりながら海図台をのぞき込んでいた。王同様に起こされたばかりのようだ。

「進路はこのままで？」

声をかける前に、金から問われた。

「少し悩んでいる。現在地は？」

「南鳥島の東南、約六〇〇キロです。他の目標もあることを考えると哨戒機がP－3のままでしたら、そろそろ追っかけてくるのはきつくなる距離でした。しかし、P－1に更新されたのでまだ余裕があります。厚木の機体が全て更新されてしまったのは痛いですね」

「仕方ない。日本は、金だけは持っているからな」

計画では、チリのサンチャゴに向かうことになっている。その後、アメリカ近海まで流れついた特号機雷の沈降を確認しつつ、メキシコのラサロカルデナス港に向かうか、直接北朝鮮に戻る予定だった。海流による移動が予想以上に遅く、時間がかかる場合には、南アメリカ大陸の最南端、ホーン岬を周りブラジルに寄港することも考えている。

「反転して戻る場合、トカラ海峡までどのくらいかかる?」

気象の変化と同様に、海流も場所や速さが変わる。トカラ海峡を抜けた際に投入した特号機雷が意図した通りに流れてくれない可能性があった。そのため、時期をずらし、往路と復路で特号機雷を投入する計画を立てていた。

王は、計画を大幅に変更して、帰路での投入を予定していた特号機雷の投入時期を早めることを考えていた。自衛隊と米軍が、対応を始めているなら、全容を把握される前に、二回目の投入を行ないたかった。

『ワイズマイト』はチリに向かっていたため、北赤道海流に近い位置にいた。この場で特号機雷を投入した場合には、フィリピンに漂着してしまうかもしれない場所だ。二回目の投入を早めるなら、トカラ海峡に戻るか、北上して黒潮続流の中に投入するしかない。しかし、今でも哨戒機にマークされている状況だ。北上などしようものなら、間違いなく怪しまれる。

「ここに来るまでと、条件的には大差ありません。北赤道海流に乗る形になるので、若干早まるでしょうか」

金は、海図をのぞき込んで言った。

「もちろん天候にもよりますが、六日ほどですね」

「よし、戻ろう。反転だ。海上保安庁に問われた場合は、予定が変更になり本国に戻ると回答しておけ」

金は、「了解しました」と答えると、反転させるための指示を出し始めた。

「あの一家が影響したのでなければいいのだが」

王は金に聞こえないように独りごちた。作戦は、李九の脱北を受けて、急遽実施されていた。本来であれば、専用のフロートを作る予定だったが、防舷物を利用した急造部品に切り替えたのも、そのためだった。

二月六日　〇七時〇〇分
朝食は、主菜が鰯の梅煮に、副菜として湯葉とキノコの和え物、箸休めのお新香と味噌汁という、さっぱりとしつつもボリュームのあるものだった。前日に、ヘリで潜水艦救難艦『ちはや』に移動した三杉は、艦の食事に舌鼓を打っていた。艦艇乗組員の糧食費は、陸上勤務員よりも約一五〇円ほど高い。その分、うまい食事が提供されている。
「三杉一尉はおられますか？」
『ちはや』の海曹が声をかけて来た。通信室に来て欲しいという。特警隊から秘話通信が入っているらしい。三杉は、最後の一口をお茶で流し込むと、席を立った。何か動きがあったのだろうか。まだ十分な訓練はできていない。三杉は、不安を抱(かか)えたまま狭い艦内通路を通って通信室に入った。

案内された席に座り、ヘッドセットを着ける。

「はい。三杉一尉です」

「俺だ。状況に変化があった」

特警隊長である楠の声だった。

「捜索を行なっていた掃海部隊が、特殊機雷一基を発見したものの、無人潜水機(UUV)で外観を確認している最中に沈降してしまったそうだ。現在得られているデータは、浮遊時に無人潜水機(UUV)が撮影した外観と切り離され回収されたフロート他の残存物から得られているものが主だが、それ以上に、沈降したという事実から、脱北者の証言とそれに基づく推測の妥当(だとう)性が高まったそうだ」

「潜水艦発射弾道ミサイル(SLBM)入りってことですね」

「そうだ。近いうちに出番が来るだろう。検証と訓練の状況はどうだ?」

「昨日午後に行なった検証について報告したとおり、取り付く方法については、ある程度目処(めど)が立ちました。改善方法を検討したので、本日それを確認します。問題がなければ、夜間を含め、慣熟訓練が完了するのは明日になると思います」

「了解した。あまり時間がないかもしれん。訓練を急いでくれ」

　そう告げた楠の背後で、何やら楠に話しかける声が聞こえてきた。三杉が了解を告げると、楠は「ちょっと待て」と言って、他の者と話し始めた。

「玉井が来た。追加情報だ」

　そう言った楠の声色は、堅いものになっていた。

「『ワイズマイト』が反転した。衛星画像の分析によると、反転した時刻は特殊機雷の沈降後、まもなくだそうだ」

　敵が状況の変化を察知し、迅速に対応行動を採っていることになる。

「本当に、時間はなさそうですね」

「ああ、臨検の可能性が高くなった。作戦の実施方法は検討中だが、訓練を急ぐだけでなく、いつでも出られる準備も進めてくれ。そちらから直接進出してもらう可能性もある。追加で必要な資材、補給品があれば、こちらで準備する」

「ここからですか？」

「ああ、オスプレイかUS－2を使う計画がある」

「了解しました」

　三杉は、頭の中で、今日の予定を組み直し始めた。

二月六日　〇八時〇〇分

ゆらゆらと揺れる光の中に、巨大な影が見えていた。そこに感慨はなく、ただぼんやりと見ているだけだ。しかし、それが探し求めている何かだということは分かった。水をかき、足をばたつかせ、必死に近づこうとしても距離は縮まない。そのおぼろげな影は、少しも鮮明にはならなかった。大越は、必死に腕を伸ばした……。

「起きて下さい」

大越は、シルエットだったものが、江古田三曹の顔だと理解して、夢を見ていたのだと悟った。仮眠を取っていたはずだ。交代時間であれば胸ポケットで機内モードのスマホが震えたはず。揺り動かされて起きたということは、何かが起こったということだ。

「どうした？」

「らしきものを発見したそうです」

〝らしきもの〟という表現は、自衛隊内ではよく使用される。この場合は、特殊機雷らしきものの略だ。もっと堅苦しい表現では、推定特殊機雷という言い方もされる。特殊機雷であることは確認されていないものの、その可能性が高いもの、という意味だ。

「うちでか？」

大越は、狭い二段ベッドの中で頭を打ち付けないよう、身をよじるようにして体を起こした。

「はい」

やっと出番が回ってきた。全く未知の機雷相手では、不気味さしかない。それに突貫してゆくのはただの馬鹿か、よほど無神経なやつだけだ。だが、今大越たちが探している特殊機雷については、多くのことが分かってきた。まだ、全容は捉めていないものの、何をやったらヤバイのかは分かっている。

「もうソナーは、切り替えたのか？」

大越は、ＥＯＤ待機室に急ぎながら尋ねる。

「艦長が、指示を出してました。もう潜ってもザトウクジラの声しか聞こえないはずですよ」

茂田の発案で、発見した機雷に対しては、ザトウクジラの声を発振し、その反射音で特殊機雷の大まかな位置を捉える態勢が採られていた。

大越は、同じように仮眠をとっていた武田一曹と共に、ドライスーツに着替え、装具一式を身に着ける。中部甲板に出て、処分艇を海面に下ろす作業に手を貸した。エンジン付きのゴムボートだ。市販のものがベースだが改造が施されている。

「江古田、茉莉邑、先に乗り込め」

そう声をかけると、いっしょに潜る予定の武田と装備をチェックする。今回、携行する装備は多くない。視界の利かない水中で、目標を探すための携行品としてハンドソナーという装備もある。しかし、今回は使うことができない。目標への移動は、水上で処分艇を近くまで誘導してもらい、その後は目視で接近することになる。そのため、水中に持って行くのは、ビデオカメラと長めのロープくらいだ。処分艇で最も重要な装備は無線機だった。それらを積み込むと、舷側に設置した垂直梯子(はしご)を下り、処分艇に乗り込んだ。

「茉莉邑、艇の最終目的地は、目標と太陽が一直線に見通せる方位、目標から三〇〇メートルの位置だ。そこに、極力風上から接近させろ」

「分かってます」

ＥＯＤの仕事では、事前準備が重要だ。水中では、コミュニケーションの手段がほとんどない。声はもちろん伝わらないし、ハンドサインで伝えられる内容は限られる。マスクで顔は隠され、マウスピースを咥(くわ)えた口では、表情を読むことも不可能だ。特殊機雷を発見した場合の要領は打ち合わせてある。

そしてそれは、艦長である茂田とも同じだった。

「これより進発します。潜行地点の北西二〇〇に誘導願います」

茉莉邑海士長が、処分艇から戦闘指揮所(CIC)に報告し、戦闘指揮所(CIC)からは接近のための誘導情報が送られてくる。茉莉邑はそれを復唱した。

「方位三六七、八七〇メートル」

太陽は、昇ったばかりで、東の空低い位置にある。今日も良い天気だったが、相変わらずうねりは強かった。水中では西から東に向けて接近したかった。そのため特殊機雷の西三〇〇メートルを潜行位置と決めていた。そして、風はほぼ北北西から吹いているため、潜行位置の北二〇〇メートルまで処分艇のエンジンで接近し、その後は追い風を受けながら、オールを漕いで接近する予定だった。

『ひらど』は、通常のソナーで特殊機雷らしきものを発見したため、今は、なるべくパルス音に近いザトウクジラの声をソナーから発信し、反射音が返ってくる時間を計測することで、ごく原始的なソナーとして特殊機雷との距離を計測していた。艦は、距離一キロを保ちつつ、処分艇を潜水開始位置まで誘導することになっていた。

特殊機雷の位置は、鯨ソナーで測定し、処分艇の位置は、レーザーレーダーで測定する。両者の情報から、処分艇を誘導するのだ。

ちなみに処分艇の位置計測には、光学式の測距儀も使用する。レンジファインダーカメラと同じ原理を使った昔ながらのものだ。レトロな機器だが、レーザーレーダーのように漠然と処分艇の位置というだけでなく、処分艇の艇首、艇尾の位置を測定するといった細かな芸ができることが強みとなり、未だに使われている。

処分艇の操船は、江古田の仕事だ。艇尾に装着された船外機を使用し、艇をゆっくりと前進させる。船外機は、市販のものがベースになっているが、磁性を帯びやすい金属を、非磁性体に替え、音を水中に出さないよう改造したものだ。

そこまでしてあっても、エンジンをかけたまま目標に接近することは危険だ。潜行地点の北西二〇〇メートルからは、風と自分たちの腕力で移動する。帆などなくとも、風の力は意外と強力だ。二〇〇メートルなら、難なく移動できた。

「ここから太陽の方位へ、距離三〇〇です」

茉莉邑から予定どおりの位置に到達したことが報告され、大越は、無言のまま武田に肯いた。静かに海中に入り、武田の準備ができたことを確認すると、最後に太陽の方位を確認する。体を太陽の方向に向けると、頭を水中に突っ込み、足を跳ね上げるようにして水上に出す。水面から飛び出した下半身の重量で、垂直にダイブした。

三〇メートルほど潜ったところで、太陽の方向を見やるものの、波が激しいためか、まだ目標は見えなかった。そのまま、深度を保ちつつ、目標の方位に向かって進む。黒潮は、透明度が高く四〇メートルほどだと言われている。この透明度四〇メートルは、直径三〇センチの白い円板を沈め、視認可能な距離だ。太陽の方向にシルエットとなるはずの特殊機雷は、もっと遠くから見えるはずだった。

右後ろを振り返り、武田が尾いて来ていることを確認する。武田は、処分艇に繋がる細いロープを引きながら泳いでいた。波が激しく、浮上した後で処分艇との合流が難しいかもしれないからだ。

体感で一〇〇メートルほども進むと、何やら黒い柱のようなものが見えてきた。武田を見やって黒い柱を指さすと、彼も肯いた。やはり見間違いではないようだ。距離は、残り二〇〇メートルほどのはずだった。

さらに一〇〇メートル進むと、まぎれもない特殊機雷だった。『はつしま』のS－10が撮影したものと同じだ。

今回の任務は、特殊機雷のビデオ撮影と目視での観察、そして以後『ひらど』から見失わないようにするためのマーカー取り付け作業だった。危険な要素がないかどうか、慎重に見極める必要がある。その危険にも二つあった。接近する自分たちにとっての危険が一つ、再度、この特殊機雷が沈んでしまう危険が二つ目だ。

大越は、残り一〇〇メートルを、カメラを構えたままゆっくりと前進した。近づくと、シルエットでしか見えていなかった特殊機雷が、視認性を下げるためなのか、紺色に塗装された円筒だと分かった。

カメラの画角に全体像が入らなくなると、今まで確認が十分にできていない底部から順に、目視で観察しながら、アップの画像を撮影する。底部は、短係止機雷状になる際の錘部分が、カバーの役を兼ねているのか、缶体底部を覆(おお)うような状態で付いていた。その錘部分は、上部の防舷物を利用したフロートと三本のワイヤーで繋がっていた。どうやら、このワイヤーを切断することで、フロートを切り離し、錘部分が缶体と離れるようだ。これならば、海底に着いても缶体部分が海底にぶつかることもないだろう。

そのワイヤーの錘に近い付け根付近に、そのワイヤーを挟むようにして、缶体から突出した部分があった。形状は、無人潜水機（UUV）や掃海具で係維機雷のワイヤーを切断する時に使用する爆破型切断器に似ていた。爆薬の力でたがねを打ち出し、ワイヤーを切断するものだ。これが、同じ用途のものなら、成形爆薬での安全化は、妥当な方法である可能性が高くなる。少なくとも、切断器での爆発音では、動作に影響しないように作られているはずだ。切断器らしきものは、詳細に撮影しておいた。

大越は、徐々に上部に目を移したが、缶体の中央付近には何もなかった。錘とフロートを繋ぐワイヤーを除けば、のっぺりとした外観だ。缶体表面は、北朝鮮の兵器にありがちなつぎはぎ状態ではなく、一本の鋼管状で美しい仕上がりだった。采女が言うとおり、相当な耐圧性能があるのだろう。

さらに上部に視線を動かすと、フロートのやや下に、直径一〇センチ程度の黒ずんだ円形部分があった。円筒形の缶体は、耐圧性を高めるためなのか、鋼鉄の塊（かたまり）のように見える。この円形の黒色部だけが異質だった。縁には、雑なコーキング跡が見えた。恐らく、パッキンだけでは防水性に不安が残るのか、さらにコーキングも施（ほどこ）したのだろう。ここまで厳重に防水を施してあることを考えても、これがハイドロフォンのカバーなのだろうと思われた。

それより上部で目立つものは、やはりフロートだ。円筒に被（かぶ）さる形で、逆さにした中華鍋のような金属製の覆いがかけられており、それに三つの防舷物が付いていた。防舷物は、新品のように見えたが成形は雑だった。覆いは、錘から続くワイヤーで繋がれている。覆いと缶体の隙間（すきま）から、缶体上端部分にあるヒンジが見えた。弾道ミサイル潜水艦の潜水艦発射弾道ミサイル（SLBM）発射口にある耐圧蓋を支えているものに似ている。並んでいる防舷物の間に、体を寄せて見ると、缶体と蓋の間には、パッキンかガスケットのようなものが確認できた。フロートを固定している覆いの上部からは、フローティングアンテナが延ばされ、波間に漂っていた。一応アンテナの先をたどると、先端には、『はつしま』の報告にはなかった三〇センチほどの黒い樹脂製の突起が、海面上に飛び出していた。これが何なのかは分からない。風を受け、アンテナを直線に延ばすためのものかもしれなかった。

　大越は、ひととおりの確認と撮影を終えると、近くで異状発生の兆候がないか、全般監視を行なっていた武田に、確認終了のハンドサインを送る。こうした作業では、必ず全般監視を行なう者が必要なのだ。いつの間にか鮫に囲まれていた、などということもある。

　ここからは、作業と全般監視の任を交代する。今度は武田がマーカー取り付け作業にかかる。掃海の際、見失ってはならない水中の物体を表示するために使用するフローティングアイと呼ばれる携帯用の目印だ。樹脂製の風船で、炭酸ガスを注入することで浮子（うき）になる。

武田が、防舷物と覆いの接続部あたりと下の錘部分を指さした。どちらにフローティングアイを取り付けるかの確認だった。簡単なのはフロートだが、もしまた切り離されてしまったら意味がない。フローティングアイ程度の浮力では、缶体を浮かべておくことはできないが、それでも、できれば目印として缶体側に付けたかった。しかし、缶体中央部はロープを結ぶ場所がない。選択肢はワイヤーが付けられている錘部分ということになる。

大越は、錘を指さしてそちらに付けるように指示する。しかし、フローティングアイに付属しているロープでは、長さが足りなかった。武田は、処分艇に繋がるロープをふくらはぎに装着していたナイフで切ると、フローティングアイのロープに継ぎ足して錘と接続した。

作業を終了すると、もう一度全体を見回して確認し、海上に出て処分艇を探す。しかし、やはり高い波に阻(はば)まれて見つけられない。二人は何とかロープを伝って処分艇に戻った。

二月六日　〇八時三〇分

樺山が朝一で行なわなければならない仕事は、夜間帯の報告に目を通すことだ。これは普段でも、泊まり込んだ場合でも同じだ。通勤の必要がない分、少し早めにこなすことができる点が異なるだけだ。報告を読み終え、コーヒーに口を付けると、内線電話が鳴った。部長である樺山と同じように泊まり込み、疲れた声の幕僚、樋口三佐だった。

「采女三佐から、二基目の特殊機雷を発見したとの報告が入りました。『ひらど』のEODがビデオ撮影した他、浮標を取り付けて見失わないようにしながら監視、分析中とのことです」

深夜に一基目の発見と沈降で叩き起こされ、未明に『ワイズマイト』が反転したという報告で叩き起こされたため、寝不足で気分は悪かった。どうしても声が刺々しくなる。

「今度は、絶対に沈めさせるなよ」

「了解しました。掃海隊も一基目の反省は踏まえているそうです」

「そうか。それと北朝鮮の関与を示す証拠はありそうか？」

「現在のところ、文字等は見つかっておらず、一基目での情報以上のものはありません。ビデオを解析して、調査を継続します」

「状況的に、ほぼ間違いないとは言えるものの、政府としては確たる証拠が欲しいそうだ。極力証拠を探させろ。それと安全化の方法と予定についても統幕に報告が上がってくるはずだ。来たらすぐに教えろ」

海上警備行動を発令するためのトリガーとして、特殊機雷を海中に投入したのが北朝鮮である証拠を、政府が求めていた。

「了解しました。それから、調整の指示を受けていた潜水艦ですが、海自からＯＫが出ました。ただし、一隻だけです。横須賀に帰港予定で房総沖まで戻って来ていたそうりゅう型の『せいりゅう』です。計測しやすい位置に急がせています」

「分かった。仕方ない。どこかで移動を諦めて、えびのにも協力させてデータを採らせてくれ」

　特殊機雷は、長波もしくは超長波で通信していることが分かっている。使用している周波数を確認したかったが、長波や超長波は、特殊な通信設備がないと送受信できないため、情報本部隷下の通信所だけでは確認が難しかった。そのため、海自が潜水艦との通信に使っている宮崎県えびの市にある、えびの送信所と潜水艦を、情報収集任務に使う予定だった。使用されている周波数と発信場所を確認するのだ。長波や超長波は方位を探ることが難しい。長大すぎるため、アンテナを振ることができない。それでも、複数、最低でも二カ所での受信タイミングを計測することで、大まかな位置は確認できる。しかし、そもそも使用している周波数が分からないため、確認できるかどうか期待は持てなかった。あくまでも、一応の措置だ。

　樋口が采女に伝える旨を報告して電話を切ると、樺山は執務椅子の背もたれに身を預け、特殊機雷の安全化について考えた。

　特殊機雷を安全化・解体し、内部の情報を得ることは必須だった。探せと命じたものの、外部に北朝鮮関与の〃証拠〃と言えるほどの情報はないだろう。内部の潜水艦発射弾道ミサイル(SLBM)を白日(はくじつ)の下(もと)に晒せば十分だが、そのための安全化と解体は、大仕事な上、政治的にもセンシティブだった。弾頭は、核もしくはダーティーボムであるかもしれないのだ。少なくともその情報があって活動している。その上、采女たちは、バッテリーにも核物質が使われている可能性があると分析していた。爆発はもちろん、少量の放射性物質が漏れただけでも大騒ぎになることは間違いない。

「かといって時間もないな」

樺山は、独りごちた。一基目の特殊機雷が沈降した後、『ワイズマイト』は反転している。こちらが対処を始めている可能性は、敵も考えているかもしれない。誰かが、腹をくくらなければならない時が近づいている。樺山にできることは、その材料を提供することだけだ。

「腹をくくるための情報、いや、くくらせるための情報が必要だな」

誰かが、「北朝鮮の仕業(しわざ)であることは間違いありません」と言わなければならないのだ。たとえ、確証と言えるものがなくても。そして、それを言う立場なのは、樺山なのだった。貧乏くじだと思いながら、報告のまとめ方に指示を出すため、受話器に手を伸ばした。しかし、その手が触れる前に、再び電話が鳴った。

「樺山だ」

「樋口です。在日米軍司令部から、何かあったのかと問い合わせが来ました」

「掃海部隊の動きで悟られたか?」

「いえ。どこからの情報か、部長が泊まり込んでいることを嗅ぎつけたようです。どう答えましょう?」

樺山は、思わず舌打ちした。今は明かせないものの、いずれ米軍には事実を伝えなければならない。それを考えると、あからさまな嘘は都合が悪かった。

「たまたま遅くなってしまったので、帰るのが面倒になったとでも言っておけ。しつこく聞いてくるようなら、ちょっと気になる未確認情報があるだけで、そちらに伝えるほどではないと言うしかない。嘘はつくな。後が面倒だ」

米軍が、これ以上気に留めずにいてくれることを祈るしかなかった。

二月六日　〇九時〇〇分
食堂に集まった一同は、ビデオ画面を凝視している。大越は、時折、再生を止めたり、戻したりしながら、実際に目で見た状況を報告した。
「新たな情報を整理すると、フロートと錘がワイヤーで接続されており、缶体は、下から錘に支えられた状態だということ。そのワイヤーを爆薬を用いたカッターで切断することでフロートが外れ、沈降するらしいということ。ハイドロフォンらしきものは、缶体側面に三カ所付いていること。以上の三点だと思います」

「もう一つある」

采女が反応した。大越には思い当たる情報がない。

「何か、見落としてますか？」

「見落としているわけじゃない。だが、不存在情報も重要だ」

大越は、はっとした。

「この特殊機雷が、北朝鮮のものだという証拠ですね」

采女は、肯いて言った。

「だからこそ、安全化と解体は必須だ。報告には、この後どうやって安全化し、解体するかを含める必要がある」

采女の発言で、皆、一斉に大越を見る。この艦で一番の爆発物専門家は大越だ。しかし、大越が口を開く前に、采女が続けた。

「しかも、急ぐ必要がある」

「それは、安全を犠牲にしても、という意味ですか？」

艦長の茂田が、眉間（みけん）に皺（しわ）を寄せて聞いた。

「そんな含みは持たせていない。単純に、急ぐ事情があるというだけだ」

「だとしても、急ぐことで危険を冒さなければならないのは我々です。できるなら、事情というのを聞かせていただきたいです」

采女は、若干思案するような表情を見せたが、情報は開示した。

「この特殊機雷を黒潮に投入した貨物船が、一基目の沈降の後に進路を変えた。やはり、沈降の信号が送信され、異状の兆候を捉えて動きを変えたと見ている。北朝鮮の領海に入って、入ってしまう前に、この貨物船を押さえたい。そのためには海警行動の発令が必要だ。そして、発令のためには、回収を急ぐ必要がある。だがこれは最低条件だ。進路を変えたということは、我が国の対応に気が付いた可能性があるということ。彼らが我が国が対応していると確信すれば、日本近海で特殊機雷を沈降させるだろう。そうさせないために急いでもらいたい」

「期限は？」

大越にとって、問題なのはそれだけだった。

「できれば明日にでも」

すかさず、茂田が「そんな」と反発し、鮫島船務科長が「ばかな」と目をむく。掃海科長の山代は、腕を組み、目をつむっていた。大越も黙考していたが、現物を見てきたことで、腹は決まっていた。視線を机の上に落としたまま口を開く。

「時間がないなら、なおさら成形爆薬を使って内部回路をショートさせるしかない。先にハイドロフォンを潰すかどうかが問題になるだけだ」

「その案は、前にも聞いたが、爆発音を異状と感知して自爆したり沈降したりしない保証はない。他の方法はないのか？　統幕では、時限爆破装置を止める際と同様に、液体窒素を使えないのかという案も出ているそうだ」

やはり采女や統幕は、爆薬を使うという点で、手段が荒っぽいと思っているようだ。不発弾処理での信管離脱作業でも、爆薬を使うことはある。だが使用方法も違う。その事例を出したところで納得させられそうもない。

「どうやって、液体窒素を使うというのですか？」

反論するのもおっくうに思っていた液体窒素案には、茂田が触れてくれるようだった。

「そこは、掃海部隊で考えて欲しい」

「采女三佐。液体窒素を使う爆弾処理では、爆発物を液体窒素に漬けるか、十分に液体窒素をかけて、爆発物全体を極低温にするんです。あの巨大な特殊機雷を、どうやって液体窒素に漬けるっていうんですか。しかも、現物は海の中にあります。とてもじゃないが不可能です」

そう言われてなお、采女は、拘っていた。

「やり方は、工夫してくれ」

そのまま、采女対茂田・鮫島で言い合いになってしまった。時間がないにもかかわらず、不毛なやり取りで時間を潰すことはできない。大越は、采女に問いかけた。

「采女三佐、特殊機雷の電源はどんなものですか？」

茂田や鮫島との言い合いから急に論点が変わり、采女も冷静さを取り戻したのか、いくぶんか落ち着いた声で答えた。

「普通に考えれば、高性能のリチウムイオンバッテリーか燃料電池だろう……」

采女は、そこで言いよどんだ。

「だが、どちらでもないと考えている」

大越は、答えがリチウムイオンでも燃料電池でもよかった。何らかの答えさえ聞ければ、液体窒素は、電源を冷やしてしまうことで、爆破装置が作動するための電力を奪うのだと説明するつもりだった。リチウムイオンにせよ、ニッケル電池にせよ、そして燃料電池にせよ、化学反応を利用して電気を取り出す。極低温になることで化学反応が起こりにくくなってしまえば、電気は取り出せない。缶体の中心部分にあるだろうと予想される電源を冷やすには、特殊機雷を液体窒素に漬けるぐらいしか手がないことが分かってもらえればよいのだった。

しかし、どちらでもないと言われると、安易なことは言えなかった。

「特殊機雷は、沈降した後、一〇年以上にもわたって作動を続ける可能性がある。バッテリーにせよ燃料電池にせよ、海中に沈んだまま、それほど長く潜水艦発射弾道ミサイル(SLBM)を待機状態で維持することは無理だ」

確かに、采女の言うとおりだった。そんな電池は存在しないだろう。待機電力消費の少ない機雷でも、寿命はバッテリーで決まっている。特殊機雷の中身はSLBMだ。待機状態で使用する電力も大きいだろう。

「そのため、特殊機雷の電源は、原子力電池ではないかと推測している」

「原子力電池？」

山代がオウム返しする。

「ああ。核物質の自然崩壊熱を使い、熱電素子で電力を取り出す。外惑星探査を行なっているボイジャーなどに搭載されているものだ。打ち上げられたのは、もう四〇年以上前だが、未だに原子力電池は生きている」

「北朝鮮に、そんな技術があるんですか？」

茂田が、眉根を寄せて聞く。

「核といっても、大した技術が必要なものじゃない。原発から出た放射性廃棄物を精製するだけだ。北朝鮮でも簡単に作れる。むしろ、熱電素子のほうが難しい。こっちは、日本や中国で、簡単に手に入るはずだがな。通販でも買えるし、アキバでも売っている」

大越の心臓は、外惑星探査で使われるという言葉で締め付けられた。

「ボイジャーに搭載されているということは、低温環境でも作動するってことですか？」

ボイジャーは、すでに太陽系を出ていたはずだ。太陽の光も、星の光程度でしかない。液体窒素など問題にならない極低温だろう。

「そうだ……」

そう答えた采女は、大越の質問の意味を悟ったようだった。

「なるほど。液体窒素は、電源を止めるために使用するのか」

「はい。ですが、原子力電池が電源だとすると、液体窒素に漬けても作動は止まりませんね」

「そうなるな」

采女は、そう言って独りごちるように呟いた。

「だが、内部には核弾頭や核物質が入っている可能性がある。核弾頭が爆発する可能性は高くないはずだが、もしトラップ用の爆薬が起爆すれば、核弾頭やダーティーボムの核物質が漏れ出して関東一円を汚染しかねない」

「GOは出ませんか?」

安全化処理を行なうのは大越たちだが、核物質まで入っている特殊機雷の処理については、やはり現場の判断だけでは実行させてもらえないようだ。

「場所にもよるかもしれないが、少なくとも、ここでは統幕が気にしている。考えてもみろ。最終責任は、最高司令官である首相になる。放射性物質が伊豆諸島で海中と空中に放出されましたなんてことになれば、政権が吹っ飛ぶぞ。東京まで一五〇キロもないんだ。南風でなくとも、ヒステリックな反応が出る」

采女の言葉で、沈黙が訪れた。それを破ったのは茂田だ。

「統幕は、ＥＯＤが手動で解体しろとでも言っているんですか？」

「そこまでは言っていない」

采女は、苦々しい顔で言った。

「やれと言われればやりますが……」

大越の返答に、采女は何とも言えない表情を見せた。

「大して意味がありませんよ。特殊機雷にはドライバーやレンチで開けられるようなハッチ類はありませんでした。深海で沈んだままでも浸水させないため、それに容易に処分されないようにするため、そのような作りにしたのかもしれません。上部のハッチを閉め、フロートをつけた覆いを載せたあとは、自動で作動するか、ハイドロフォンでのコマンドによるのだろうと思います。見落としている小さなコネクタ類がある可能性はありますが、レンチやドライバーで何とかなる代物じゃありません。金ノコを使ってヒンジを切断しようが、ドリルを使って穴を開けようが、十分すぎるほど音が出ます。ハイドロフォンが作動している限り……」

そこまで言って大越ははっとした。ハイドロフォンが作動している限り、どのような手段を用いようが、トラップを作動させてしまうと言うつもりだった。だが、逆に言えば、ハイドロフォンが作動していなければいいのだ。

「ハイドロフォンが作動していない、もっと正確に言えば、ハイドロフォンからの信号処理を止めている時ならば、トラップは作動しないはずだ」

「どういうことだ？」

　質問してきたのは采女だったが、茂田も鮫島も、そして感情を表に出すことが少ない山代も、怪訝な表情を見せていた。

「特殊機雷を沈降させればいいんです。浅い海域まで持って行ってからでないと、回収に支障が出てしまいますが」

　少々興奮して、言葉足らずになってしまった。見つめてくる視線は、どれも険しい。

「馬鹿を言うな。沈められないと言っているだろう」

　采女の叱責に、大越は慌てて補足した。

「ソナー波などの探知兆候を察知して沈降した特殊機雷は、海底まで沈みます。でも海底は平坦じゃありません。重力で崩れにくい分、陸上よりも峻厳(しゅんげん)な海底はいくらでもあります。その上、沈降中も海流に流されます。傾斜した海底に何度も打ち付けられてから、やっと底に着くことだって十分にありえます。当然、その間にトラップが作動してしまっては困るはずです。海底で安定するまでの間は、トラップの作動は止まっているはずです」

「確かにそうだ」

そう言った茂田は、「具体的にはどうする？」と聞いてきた。

「成形爆薬を仕掛けた上で、ソナー波をぶつけて沈降させます。類別用ソナーなら確実じゃないでしょうか？」

「その沈降中に成形爆薬を使って穿孔を開けるわけか」

大越は、茂田の言葉に肯いた。穿孔を開ければ、水圧で海水が缶体内に入る。海水は導電体だ。回路はショートして作動不良を起こすし、たとえバッテリーが入っていても放電して使い物にならなくなる。それだけで安全化が可能だった。そして、沈んでも浅海域なら引き揚げは容易。海水で安全化した後であれば、引き揚げた特殊機雷を解体、分析することが可能になる。

「しかし、最初の機雷は沈降を送信した可能性が高い。今度も送信されたらまずいんじゃないか？」

鮫島の疑問には、腕組みをしていた采女が答えた。

「直前に、アンテナを切ればいい。それに、安全化した後は、恐らく定期的に行なっている位置や異状の有無は送信されなくなる。さほど時間をおかずに敵の知るところとなる。切っても問題ない。確かに、その方法ならうまくいくかもしれない」

采女が同意したことで、方向が定まった。茂田が議論を次のステップに誘導する。

「では、その方向で本当に問題がないか、細部を検討してみましょう」

二月六日　一〇時〇〇分

三杉は、ウエットスーツから戦闘服に着替え、短い頭髪が乾ききっていないまま、『ちはや』の通信室にいた。ヘッドセットを繋ぐコードに付いたトークスイッチを握り、特警隊本部に繋いでもらっていた。楠特警隊長が出ると、報告を急ぐ。

「第四小隊長、三杉です。取り付き方法の改善策検証が終了しました。問題ありません。これで行けます」

「了解した。二基目の特殊機雷が発見された。まだ外観の確認に留まっているが、作戦決行の根拠としては十分だと判断された」

つまり、これで政府が海警行動を発令する決意を固めたということだ。三杉たちが『ワイズマイト』に侵入できるようになる。

「それはよかった。どの艦艇ですか」

「『ひらど』だそうだ。それがどうかしたか？」

「艦艇を聞けばＥＯＤの腕も分かります。『ひらど』なら大丈夫でしょう。回収までやってくれるはずです」

「そうか。そうだといいんだが、安全化を行なうと、『ワイズマイト』がそれを察知すると考えられるそうだ。これ以上警戒される前に、取り付いてもらいたい。取り付く前に海警行動が発令される」

「了解しました。安全化の予定時間はどうなりますか？」

「特殊機雷の安全化作業と突入作戦は、明朝九時ごろを予期している。そのため、第四小隊は、今夜遅くに『ちはや』を進発し、明日の未明に『ワイズマイト』に取り付き、状況の確認と通信遮断の準備を行なってもらいたい」

三杉は、眉をひそめた。

「了解しました。夜間の訓練なしでいきなり本番になります。暗視装置もあるので、できるとは思いますが、もし失敗した場合は、どうなりますか？」

「その場合でも、安全化作業を遅延させることはできない。上、つまり政治の要求で、北朝鮮の仕業である確たる証拠が必要なためだ。内部の潜水艦発射弾道ミサイル（SLBM）が確認されれば、画像と共に公開するらしい。そうなれば、『ワイズマイト』の警戒は最大級になる。作戦は、内容、時期共に全面的に見直される。奇襲できない以上、力業（ちからわざ）になるだろう。うちの出番がなくなる可能性もある」

楠は、唸（うな）るようにして答えた。海警行動ではなく、防衛出動が発令されるかもしれないということだ。北朝鮮が潜水艦発射弾道ミサイル（SLBM）入りの特殊機雷を海に放ち、我が国に直接の脅威を与えている証拠を示せば、根拠としては足りるのだろう。

「了解しました。こちらからの進出はＵＳ－２とオスプレイのどちらでしょうか」

「ＵＳ－２だ。急患空輸の災害派遣がかかったことにする」

深夜にオスプレイが飛び立てば、目立つことになる。『ワイズマイト』に警戒させないための偽装策を講じるらしい。

ＵＳ－２は救難飛行艇だ。遠洋を航行する船舶で急病人が発生し、ヘリでは航続距離が足りない場合などに災害派遣任務で緊急発進を行なうことがある。船舶からの急患空輸を夜間に行なうことはないものの、硫黄島の飛行場に飛ぶ急患空輸の災害派遣は行なっている。父島（ちちじま）、母島（ははじま）を中心とする小笠原諸島には飛行場がないためだ。硫黄島に常駐するヘリが患者をそれらの島から硫黄島に運び、硫黄島からＵＳ－２が厚木などに輸送することになる。深夜に岩国から飛び立っても不自然ではなかった。

三杉としては助かった。オスプレイだと、硫黄島に給油で立ち寄った上で『ワイズマイト』に向かうことになる。その分、出発を早くしなければならない。しかも資材を海面に投下しなければならないので、そこでトラブルが発生しないか不安だった。

ＵＳ－２ならば、海面に着水して、資材を乗せたゴムボートを出せる。トラブルの可能性は低かった。しかも、現場海面まで直行できる。

「了解です。以後US－2での進出準備を行ない、休息を取らせます」

「そうしてくれ。玉井から『ワイズマイト』についての追加資料を受け取っているので、そちらに送ることになっている。確認し、取り付き後の検討を行なうように」

三杉は、資料が送信されて来たら、届けるように依頼し、通信室を出た。最大の懸念だった取り付きには目処がついた。追加資料を確認し、取り付いた後のことについて再検討しなければならない。

三杉たちの任務は重大だ。湾岸戦争で最初に米軍の攻撃目標になったのは、レーダーサイトや通信施設だった。同じように、三杉たちの任務は『ワイズマイト』の通信能力を破壊し、その後の作戦を一方的に進めるための準備だった。

通信能力を破壊後、即座に空中から強襲し、海上からの戦力も投入することで、『ワイズマイト』を制圧することになっていた。

もし取り付きに失敗し、作戦が全面的に見直しになれば、楠が言っていたように強硬手段を執らざるをえなくなるだろう。そうなれば、北朝鮮側も、強硬な反撃をしてくるだろう。『ワイズマイト』からだけでなく、浮遊している特殊機雷を使用したものになる可能性も考えられる。弾道ミサイル防衛があっても、特殊機雷の位置が判明していないままだと危険だと聞かされていた。任務の失敗は許されなかった。

意図的にソナー波を当て、沈降中に成形爆薬を使って安全化すること自体は、妥当だと思われた。しかし、結果として海底深くに沈んでしまうとその後の回収、解体による調査に支障が出る。そのため、水深が浅い場所まで、特殊機雷を移動させる必要があった。適地として選ばれたのは、防衛装備庁航空装備研究所の新島支所、通称新島試験場沖の深度の浅い砂地だった。そこまで『ひらど』で曳航した上で処置することになる。ただし、途中で何があるか分からないし、位置情報で異状を察知される可能性もあるため、事前に準備をしてから曳航することになった。ハイドロフォンが格納されていると思われる黒い円の周囲を吸音ゴムで覆い、成形爆薬も設置する。そして、もし曳航の途中に何らかの原因で沈降したとしても沈んでしまわないよう、追加のフロートを取り付ける。そのほとんどの作業は、大越たちEODの仕事だった。

二月六日　一一時〇〇分

まず吸音ゴムを貼り付ける作業は終了した。この季節なので、相変わらず天候には恵まれている。ただし、風は強く、海から上がると水中以上に体が冷やされる。大越は、後部甲板に上がり、震える体から海水をしたたらせて前甲板まで移動した。掃海科長の山代を探して問いかける。

「いつごろ終わりそうですか?」

曳航中に特殊機雷が傾くことがないよう、ロープを網のように編み込む作業だけは、E

ＯＤ以外の手の空いている者総出で作業を行なっている。『ひらど』で最もスペースのある前甲板は、漁網の整備をする漁船のような状態になっていた。作業を指揮しているのは山代だ。

「あと二時間くらいだろう。何せ、サイズがサイズだからな」

掃海部隊の隊員は、最後の船乗りなどとも呼ばれる。掃海具の扱いなどでロープワークが多いからだ。帆船の比ではないとはいえ、現代の艦艇で掃海艦艇ほどロープを扱う船はない。その掃海艦乗員といえども、この特殊機雷を曳航するための網の編み上げ作業は大ごとだった。

「早いですね。我々のほうがかかりそうです」

まだ吸音ゴムを取り付けただけだ。この後、成形爆薬を取り付けた上で、起爆用の電気雷管を埋め込まなければならない。二時間では終わらないだろう。

その作業を終えれば、山代たちが作っている網を下からすくい上げるように特殊機雷にかぶせ、追加のフロートを取り付ける。その上で、掃海用のワイヤーに繋いで新島近海まで曳航する予定になっていた。

作業は、予想外に早く、二時間三〇分ほどで完了した。

「安全化準備及び曳航準備作業完了しました。現在、処分艇の収容中です」

大越は、曳航に備えて艦橋にいた茂田艦長に報告した。曳航前に安全化作業の準備まで終了しているので、新島近海の浅瀬到着後、速(すみ)やかに安全化作業を行なうことができる。

「ごくろうさん。収容が終わったら休んで下さい」

慎重に慎重に、神経をすり減らして作業を行なった。そのうえ、冷たい海水に長時間潜っていたため、大越たちEODは精も根も尽き果てていた。だが、これであとは新島近海に着くまで、大越たちの出番はない。茂田の配慮にあまえ、しっかりと休憩させてもらうつもりだった。

特殊機雷の発見から確認、曳航の準備作業中も海流で流されたため、現在位置は三宅島と御蔵島の間から東に一〇キロほどだった。ここから新島まで約五〇キロだ。

しかし、黒潮に逆らうため、時間がかかる。ワイヤーを長く延ばしているものの、エンジン出力を上げれば大きな音が出る。六から七ノット程度しか出せない。黒潮に逆らって進むことを考えれば、実際は二ノット強がいいところだ。それに、あまり速い速度で曳航すれば、位置情報の変化から怪しまれることになる。海流の流れは複雑で、島の周りには反流と呼ばれる逆向きの流れもあるため、ゆっくりであれば、必ずしも不自然には見えないはずだと見込んでいた。新島近海への到着は、明朝の予定だった。

「浜まで引き揚げる手段は、どうなりますか」

新島南端の浜、神渡鼻(かんどはな)は、新島試験場の一部で、一般人は立ち入り禁止になっている。

そこに特殊機雷を引き揚げて解体するのだ。

茂田や大越たち『ひらど』乗員の任務は、特殊機雷を新島近海まで曳航し、安全化作業を終えるまでの予定だ。その後は、情報本部と掃海業務支援隊が共同で調べることになっていたが、砂浜まで引き揚げる具体的手段が決まっていなかった。

安全化作業を終えている上に、砂上であるため衝撃は少ないはずではあったが、特殊機雷を強引に動かすことになるため危険がないとはいえない。砂浜に引き揚げる手法は、安全化した機雷の回収方法として、オーソドックスなものだ。毎年、陸奥湾で行なっている訓練でも、同じ方法を採っている。しかし、特殊機雷は相当な重量であることが予想されているため、引っ張り上げる具体的な方法が決まっていなかった。

「波打ち際までしか行けないだろうが、引けるところまでMCH－101で引くことになりそうだ」

航空掃海を行なうためのMCH－101ヘリコプターは、強力な大型ヘリだ。

「まだ決まっていないんですか？」

大越の問いに、茂田は声を潜めた。

「どうも、他でもヘリが必要になる見込みらしい。君が言っていた特警隊関連かもしれない」

「大変なのは、俺たちだけじゃなさそうですね」

大越は、海図に目を落とした。視線の先には、神渡鼻があった。

二月六日　一三時〇〇分

部長の樺山は、受話器を置くと胸をなで下ろした。采女から、二基目の特殊機雷を新島試験場に向けて曳航し始めたと報告が届いたからだ。安全化が完了するまでは安心できないものの、一基目がろくに確認できないまま沈んでしまったことと比べれば、長足(ちょうそく)の進歩だった。

「最低限はクリアできそうか」

ホッとしたところで空腹だったことに気が付いた。昼食時間を過ぎていた。区切りが付いたので、食べに出てもよかったが、まだ落ち着いて食事を取る気分にはならない。もう少し思考を整理しておきたかった。

立ち上がると、窓から四谷の街並みを眺めた。防衛省の敷地は、元々尾張徳川(おわりとくがわ)家の上屋敷があった場所で、維新のあと陸軍用地となり現在に至っている。上屋敷を取り囲む四谷一帯は、尾張藩の関係者が多く住んでいたようだ。情報本部からやや右手に見える津(つ)の守(かみ)坂(ざか)通りは、尾張徳川家の分家松平摂津守(まつだいらせっつのかみ)の上屋敷があったことから付いた名前らしい。今でも、古い家並みが残り、路地を歩いて四ツ谷駅まで向かおうとして、近距離なのに迷い込んでしまったこともある。

　そんなことを思い出し、頭はともかく、気分の切り替えはできた。考えるべきは、やり残したことがないかどうかだ。

　この特殊機雷を本格的に調べるのは、安全化し解体した後になる。それでも、今のうちにやっておくべきことも若干ながらある。その中で、最も重要なのは、特殊機雷が行なう超長波、もしくは長波の通信を調べること。内容の解析は無理だと思われるが、周波数は確認できるはずだった。アンテナに配線を取り付けさせ、曳航している『ひらど』に電子戦支援（Electronic warfare Support）機材で記録を取らせるのだ。そのために、横須賀からヘリでES機材を運んだ。ヘリから『ひらど』への受け渡しに際しては、特殊機雷に大きな音で影響を与えないよう、一旦離れた位置まで出た処分艇にロープで下ろした。これで、曳航中に送信があれば、使用している周波数は確認できるはずだった。

　周波数が確認できれば、妨害電波を送信することで、特殊機雷の管制を阻害できる可能性もある。しかし、軍事用の装備だ。普通は予備周波数が確保されているはずだし、最も阻害したい『ワイズマイト』から特殊機雷へのコマンドは、周波数が異なる可能性のほうが高い。

　二基目の状況は、すでに報告を上げさせた。統幕は、これで海上警備行動の発令は問題なくできると言っていた。あとは、安全化が完了すれば、北朝鮮の所業であることを明確にできる。内部の潜水艦発射弾道ミサイル（SLBM）の性能を報告することで、統合情報部部長としての樺山の仕事は終わる。もちろん、事案が終結するまで家には帰れないが、あとは、報告のまとめ方を指導すれば、大きな問題はないはずだった。

その思惑（おもわく）を打ち砕いたのは、飛び込んできた樋口三佐の報告だった。

「在日米海軍に、海警行動発令の見込みがバレたようです。目標が『ワイズマイト』であることも、察知されています。情報の開示要求と協力の申し出があったそうです」

樺山は、舌打ちした。

「泊まり込みのせいか？」

「それもあるとは思いますが、やはり第一掃海隊を緊急出港させたのが目立ったようです。横須賀ですから……」

しかし、それだけで目標が『ワイズマイト』だということまでバレるはずはない。在日米軍とは情報共有が進んでいる。MOFシステムから発展した海上自衛隊指揮統制・共通基盤システム（MARS）（Maritime Self Defense Force Command, Control and Common Service Foundation System）を通じ、自衛隊艦艇の状況は、米海軍でも把握できる。掃海母艦の『うらが』は外したものの、緊急出港した掃海艦艇三隻が伊豆諸島で特異な動きをとっていることから感づいたのだろう。

「まずいな。いずれは、米軍にも知らせなければならんが、この件に関しては、利害が対立しかねない。明日の作戦決行までは、米軍に動かれるわけにはいかん」

「しかし、嘘はつけません。事情を話して自重してもらうか、細部不明なまま動いていることにしてごまかすしかないと思われます」

樺山は今後マスコミなどを含めて発表しなければならなくなる情報について考えた。今の段階で米軍に開示する情報は、それらと齟齬をきたすものではまずい。その点は整合を図らなければならない。それに、米軍との信頼関係を損なうことがないようにしなければならない。

「よし。ごまかそう。脱北者の証言内容とリンクさせなければいい。証言とのリンクは玉井たちの分析だ。それとは関係なしに、『ワイズマイト』が海中に何かを投棄した可能性を調べていたことにすれば問題ない。ＳＬＢＭだと分かった後で大騒ぎにすればいいはずだ。『ワイズマイト』が日本近海に不審な物体を投入し、それが浮遊している可能性があったので調べていたら、武器の可能性のある物だった。そのため、船を臨検することにしたとすれば、筋は通るだろう？」

樋口は、思案するような顔を見せたが、肯いた。

「急ぎ、米軍に通知する文書を作ります」

「ドラフトができたら、もってこい。チェックする。統幕にもそれで報告する」

米軍がしゃしゃり出てくることだけは、何としてでもブロックしなければならなかった。彼らが最も避けるべき事態は、特殊機雷がアメリカ西岸に到達することだ。その最悪を避けるため、日本近海で沈んでしまう事態を許容されては、たまったものではなかった。

二月六日　一三時〇〇分

『ちはや』から降ろされた作業艇が、舷側に横付けされている。三杉は、選抜分隊の六人と共に、その作業艇に乗り込んでいた。操船するのは『ちはや』の海曹二名。垂らされた垂直はしごを押さえているのは、佐野三曹と選抜分隊で最も若い別府士長だ。

つい数分前、寒風の中、目の前をUS－2が超低空でフライパスした。波は着水できる限界の三メートルに近い。はしごを押さえる佐野と別府が苦労していた。着水したら、即座に乗り込む予定になっている。

US－2は、基本的に夜間の離着水を行なわない。海面の確認ができないからだ。しかし、だからこそ急患の発生を理由に、硫黄島に向かうという偽装が成り立つ。硫黄島には民間人がいないため、岩国を飛び立ったUS－2が、硫黄島ではなく豊後水道に向かっても、岩国を見張っている北朝鮮の工作員に露見することはない。

とはいえ夜間の離着水は危険だった。それを補うため、『ちはや』は、洋上レーダーで周辺を監視し、ライトを煌々と照らしていた。一度フライパスして確認も終わっている。次は着水するはずだった。

三杉たちは、何度かUS－2の離着水を目にしている。それでも、あの巨体が、目前を飛行機とは思えない低速で着水する姿には、不思議なものを見た気分にさせられる。そして、目の前でUS－2が着水し、艦首のすぐ先で停止した。

「よし。やってくれ」

三杉が操船する海曹に声をかけると、エンジンが軽やかな音を立て作業艇が滑り出した。三杉は後方を見やり、『ちはや』の舷側まで出ていた艦長に敬礼する。見送りの乗員は、艦長の周囲で鈴なりになって手を振っていた。

作業艇は、US－2の左舷ドアにするすると着けた。三杉たちは、素早く荷物を積み替える。体力自慢の別府が最も重い荷物である水中スクーターを持ち上げ、先に乗り込んだ佐野が引っ張り上げる。他は、ほとんど各自の携行武器や弾薬だ。あとは身一つで乗り込めば、移乗は完了する。

「ありがとう」

三杉は、作業艇の海曹に礼を言うと、US－2のクルーに促されて席についた。パイロットとの打ち合わせは離水してからでいいだろう。彼らが忙しい時に邪魔はできない。並んだ選抜分隊員の顔色を見て声をかけた。

「緊張するのは早いぞ。飛んでいる間は極力休め。眠れるようなら寝ておけ」

二月六日　一三時三〇分

特殊機雷の曳航を開始してからは、それまでと一転して『ひらど』の乗員ほとんどに余裕があった。曳航している特殊機雷を見張るため、航海のための当直、航海直に一人を増員した他は休息に当てている。増員された航海直は、曳航に使っている掃海用ワイヤーの張力と目印として最初に取り付けたフローティングアイ、それに、目印というよりもトラブル発生時の浮力確保の意味で最後端に取り付けた掃海用の曳航浮標を見張っていた。

エンジンやスクリューの音を響かせないため、ワイヤーは、かなり長く繰り出している。しかも、陸からの距離の割には、船舶の往来が多い海域だ。航海直は、艦と機雷の間を船舶が横切ることがないよう、気を使っていた。緊張しているのは彼らだけ。

ＥＯＤとしての仕事はなかった。しかし、新島に到着すれば忙しくなる。それに、異状事態に備える必要もあった。そのため、二班に分けて六時間交替制を敷いた。大越は二四時からの当番の予定だったが、早めに目が覚めてしまった。信号旗格納箱が置いてある旗甲板の後端に立って、漆黒の海面に浮かぶ浮標を見つめていた。風はいくぶん弱まってきていたものの、『ひらど』自体も航行しているため、マストや各種の機器を載せたポールが多い甲板上には風が鳴っていた。

「することがないというのも、嫌なものだな」

後ろから声をかけてきたのは采女だった。新島に到着するまで、采女もあまり仕事がないらしい。相変わらず、顔色はよくなかったが、吐くほどではなくなったようだ。

「『あわじ』と『はつしま』は作業中じゃないですか」

「成果なしじゃ仕事もない」

『あわじ』は、沈んでしまった特殊機雷をレイマスで確認する作業を行なっている。しかし、海流が激しい中で、深度三八〇メートルまで潜らせての作業に、レイマスに搭載されたサイドスキャンソナーが使えないため難航していた。カメラで発見できないまま、浮上してきてしまうらしい。埒があかないため、今は、サイドスキャンソナーの使用を上申中だと聞いている。

『はつしま』は、特殊機雷の捜索に戻っていたが、三つ目となるものは見つかっていない。

新たな情報が得られれば、采女にも仕事が回ってくるのだろうが、今は大越同様に暇なようだ。しかし、その横顔には、焦りの色も見えた。

「もどかしく思うかもしれませんが、危険な機雷、しかもその危険がどんなものか分からなければ、慎重にやらざるをえません」

「分かっている。潜水艦での情報収集活動なんて、もっと地味で退屈だ」

采女は、そう言って胸元のジッパーを上げて首元を締めると、トーンを落として言葉を続けた。

「君らを責めているわけじゃないんだ。ただ、このあとに動く部隊がいるからな」

大越は、三杉のことを思い出した。

「まだ十分な確認はできていませんが、特警隊は問題なく動けそうですか?」

「特別警備隊が動くとは限らない」

采女は、一瞬こわばった顔をすると、棒読みで答えた。部内であっても、特警隊のことはむやみに口に出さない。だが話さなくても分かるのだ。大越は、やや崩した言葉で告げた。

「EODから特警に行った奴は多いんですよ。水中行動ができて、爆発物の専門知識もある。EODは、他の職種と比べたら、特警で必要とされる技能を多く持っています。そのおかげで、特警には複数の知り合いがいます。実は、緊急呼集を受けた時、特警の小隊長の一人と電話している最中だったんです。向こうも緊急呼集がかかっているのは知っています。何が起きたのかと思いましたが、乗艦して采女三佐の話を聞いて理解できました」

「そうか……」

「特殊機雷を投下した貨物船が進路を変えたと言ってましたよね。北朝鮮に戻る前に押さえたいと」

「言ったな……確かに」

「そいつ、弟になるんですよ」

「弟になる?」

采女は、お前は何を言っているんだ、とでも言いたげだった。

「義理の弟です。妹と結婚するんです。というか、すでに籍は入ってるんで、もう弟ですね。別の掃海艇でしたが、以前いた第二掃海隊での同僚で、いろんな課程で同期になった腐れ縁の元EODです」

「心配か?」

「殺しても死ぬような奴じゃないですが、もし何かあれば、妹が悲しみます」

「そうだな」

佐世保は、旧日本海軍が佐世保鎮守府(ちんじゅふ)を置いて以来、呉、横須賀と並ぶ軍港だ。鎮守府が地方総監部に変わり、海上自衛隊佐世保基地となったが、その在(あ)り様(よう)に違いはない。

第二掃海隊の艦艇は、通常、佐世保基地干尽(ひづくし)地区倉島(くらしま)岸壁に停泊する。

大越と三杉が、部内幹候試験に合格し、江田島にある幹部候補生学校への入校が決まった日、当時三曹だった大越が乗るひらしま型掃海艇『ひらしま』と同型艇の『たかしま』

は、並べて係留されていた。『たかしま』は、同じく三曹だった三杉の乗艦だ。

二人は、磯の香りが漂う『たかしま』の後部甲板にいた。艇尾から見る海面に夕日が反射してまぶしい。掃海艦艇の後部甲板は、護衛艦と違い、物にあふれている。掃海用のワイヤーリールや掃海具だ。詳しい者でなければ、何なのか分からない物も多い。ともすれば、雑然とした様子に見えかねない。小型艦艇であるがゆえ、狭い後部甲板に必要な物を押し込めた結果だった。

「卒業して、幹部に任官したら、特別警備隊を目指したいと思ってる」

まぶしさに目を細めていると、三杉が唐突に言った。その横顔は、鮮やかなオレンジ色に染まっていた。

「そうか」

何となく、そんな気がしていた。同じEODとして勤務していても、目指している方向が違うのは感じていたからだ。大越は、狭く、深く。EODとしてだけでなく、趣味であるフリーダイビングを含め、潜ることを極めたいと思っていた。対して、三杉は、浅く、広く。EODの技術を活かせる周辺の分野にも興味を持っているように見えたからだ。

「道を選ぶのは、お前だ。ただ、理由を聞いていいか?」

腐れ縁でも縁は縁だ。助けたこともあれば、助けられたこともある。聞いておきたかった。また道が交わることもあるかもしれない。

「『葉隠（はがくれ）』に、武士道とは死ぬ事と見付けたり、ってあるだろ」

「微妙に違うような気もするが、そんな感じの言葉は聞いたことがあるな。剣道なんかやってたか？」

「剣道はやってねぇよ。別に、剣道じゃなくたっていいだろ。自衛隊なんだから、銃の道でもなんでもいいじゃねぇか」

言いたいことは分かるものの、三杉に『葉隠』なんて高尚（こうしょう）なものは似合わなかった。典型的な脳みそつるつるＥＯＤのくせに、何を言ってるんだという感じだ。

「で、『葉隠』がどうした？」

「何となく、何となくだけどな。ＥＯＤよりも、もっと武士らしい道に進みたいと思ったんだよ」

　ＥＯＤの相手は、物言わぬ機雷だ。もちろん、敷設したのは人間だが、対機雷戦はパズルのようでもあり、登山のようでもある。ＥＯＤの仕事は、修行のようだと思ったこともある。三杉が求めているのは、人と直接に関わることだろう。人対人の丁々発止（ちょうちょうはっし）のやりとりがしたいのかもしれない。

「そうか」

「何だよ、それだけか？」

「いいんじゃないか」

大越は、他人への興味が薄かった。自分には、パズルや登山のようなＥＯＤのほうが向いているのかもしれないと思っている。三杉も優秀なＥＯＤだったが、タイプが違うということは間違いなかった。

「怒るかと思ってたぜ」

大越が水面を見つめていると、三杉が拍子抜けしたように言った。

「怒りはしないさ。ＥＯＤを馬鹿にしてるっていうなら、話は別だが」

「馬鹿になんかしてない。もしかして、自分に向いてないんじゃないかって思うことがあるだけだ。海曹ならいい。指揮してくれる人がいるからな。幹部になったら、俺が指揮しなきゃならない。向いてないままやってたら、何かの拍子にミスをするかもしれない」

大越は、すぐに言葉を返さなかった。正解のある命題だとは思えなかった。ただ、三杉の心のうちに迷いがあるのなら、それはミスに繋がるかもしれない。

「いいさ。お前は『葉隠』の武士を目指す。俺は……」

適当な言葉は思い浮かばなかった。

「俺は、ＥＯＤだ」

「確かに、分かっていないことは多い」

大越を過去の記憶から引き戻したのは、手すりに摑まって屈伸運動を始めた采女の言葉だった。

体を動かしながら、妙に力の入った発声をする。まるで、意図的に雑談のポーズを取っているかのようだった。

「初めは信頼できるかどうか分からない脱北者の証言と、そこから導き出した推測だけだった。そこにS－10の画像が加わり、現物も手に入れた」

今度は背伸びをし、浮標を見つめていた。

「証拠は得られていないが、確信できるだけの材料は集めてもらった。これだけの材料があれば、俺は残りの推測も間違いありませんと答えられる。動く連中だって覚悟を決められるはずだ」

「それならよかった」

大越が答えると、采女は表情を引き締めた。彼と視線が合う。

「だが、ここから先は確実に、間違いなく証拠を押さえて欲しい。動くための材料は、なんとかなった。だが、むしろ動いた後が問題だ。北朝鮮、それに政府の足を引っ張る野党とマスコミに突きつけることのできる確証が必要だ。動いた連中が責められることがないように、確実に、証拠を押さえて欲しい。『あわじ』は時間がかかりそうだし、『はつしま』も次を見つけられていない」

采女は、ワイヤーの先でゆらゆらとゆれる浮標を親指でさした。

「今引っ張っているアレを、何としてでも解体しないと、貨物船を押さえた後の動きが取れない。潜水艦発射弾道ミサイル（SLBM）の脅威に晒されることになる」

　大越は、采女から視線を浮標に戻して言った。

「核かダーティーボムだと言ってましたね」

「ああ」

「やりますよ。任せといて下さい」

　そう答えて采女の目を見つめる。

「私の妹は、東日本大震災の後、福島から埼玉に避難しました。そこでずいぶんといじめられたみたいです。『放射能がうつる』なんて言われたらしい。核であれダーティーボムであれ、そんなものが使われれば、また同じような思いをする子供が増える」

「そうだな」

　大越は、浮標を見つめていた視線を采女に移す。握った拳を差し出すと、采女も拳を掲（かか）げた。フィストバンプ、拳をぶつけ、決意を誓った。

「そんなことにはさせません」

二月七日　〇二時三〇分

三杉が、パイロットの中元三佐と打ち合わせている間にも、副パイロットの小林一尉は、US－2の高度を段階的に下げていた。

「機長、ポイントD2到達、一五〇〇まで下げます」

水上レーダーでも、対空目標を捉えることはできる。自衛隊が保有する航空機の中でも大型な部類に属するUS－2なら、『ワイズマイト』が搭載しているレーダーが民間用のものであっても捕捉される可能性があるらしい。そのため、『ワイズマイト』から見た水平線上に出ないよう、接近するに従って高度を下げているのだ。

現在、『ワイズマイト』は南鳥島の南四〇〇キロほどにあり、西南西に航行しているという。US－2は、最終的に『ワイズマイト』の進路上、五〇キロの距離に着水する予定だった。この位置ならば、低空を飛行し離着水するUS－2がレーダーに捕捉されることはないらしい。そのため、US－2は南鳥島の西南西二〇〇キロほどを高度五〇〇メートルまで下げて飛行中だった。

三杉は、中元三佐との打ち合わせを終え、「よろしくお願いします」と告げてコックピットから後部に下がった。パイロットとクルーは、この後緊張が続くことになる。長時間の超低空飛行と夜間離着水だ。

海上への着水にもかかわらず、予想以上にゴツゴツとした衝撃に驚いた。特警隊が使用するリブ、船底が硬質樹脂で作られたゴムボートも、速度を出すと相当の衝撃が来る。US－2の着水はそれ以上だった。もっとも、一番驚いたのは、その衝撃でも佐野三曹が目を覚まさなかったことだ。隣に座る菰田一曹が肩を掴んで揺すっている。

「いい加減に起きろ！」

神経の太さでは、小隊随一だった。大物になるかもしれない。速度が落ちると、クルーが準備してくれたオレンジ色の小型リブに乗り込んだ。救助用として、普段からUS－2が使用しているものだ。二台の水中スクーターは、重すぎるため、ロープで繋ぎ、水中を曳航する形にする。

このリブも水中スクーターも、最終的には海中に投棄する。打ち合わせの時に、中元三佐にリブを投棄せざるをえないことを詫びたら、逆に感謝された。代替として新品が支給される予定なので、ありがたいということだった。

「無線機のチェックをお願いします」

全員がリブに乗り込み、US－2に繋がれたもやいをほどく前に、無線機の確認を行なう。この後、US－2は、三杉たちが『ワイズマイト』に接触できるよう誘導を行なってくれることになっている。リブに乗る三杉たちは、あと二時間近くもの間、水平線の向こうからやってくる『ワイズマイト』を待つことになる。

「コウノトリ、フォース、聞こえるか、送れ」

「フォース、コウノトリ、感度良好。武運を祈る」

コウノトリは、この任務におけるUS－2のコールサインだ。普段から航空管制で使用しているコールサインとは別のものだ。普段と同じコールサインでは、無線をモニターしている者がいれば、作戦に気づかれる可能性がある。もう一方のフォースは、第四小隊である三杉たちのコールサインだ。

　もやいを解き、リブはUS－2から離れた。徐々に離れてゆくUS－2のエンジン音が遠くなり、波の音しか聞こえなくなった。気温は二〇度以上ありそうだ。ウエットスーツを着たまま、資材を下ろす作業をしたため少し暑い。風も強くはない。星も見えていた。

ゆっくりと離水したUS－2は、三杉たちを誘導した後、硫黄島で給油し、しばらくの間、空中で通信中継を行なってくれることになっていた。

「監視と無線待機は二名、三〇分でローテーション。他は、波を枕に寝ておけ。ただし、落ちるなよ」

二月七日　〇四時〇〇分
無線機を持つのは前田(まえだ)二曹だ。ＥＯＤ出身者が多く、デジタル音痴が多い第四小隊の面々にあって、多少なりとも電子機器の扱いを得意としている。三杉も例に漏れないため、自分から積極的に無線機に触れることはない。

前田は、五分おきに、ハンディGPSのデータを読み、US－2に送信していた。距離があることやレーダーの出力を絞っていることもあり、US－2のレーダーでは、小型のリブを見つけられないからだ。US－2からは、位置を微修正するための方角と距離が示される。二一〇度方向に三〇〇メートルといった具合だ。時折『ワイズマイト』との距離も知らされる。次の無線連絡を待っていると、それ以上に待ち望んでいた情報がもたらされた。

「フォース、コウノトリ、予期したとおり〇三四八をもって海警行動が発令された」

「コウノトリ、フォース、了解」

これで、三杉たちが『ワイズマイト』に取り付く法的根拠が確保されたことになる。

「フォース、コウノトリ、まもなく相対距離二五キロ」

続いて『ワイズマイト』の接近が知らされる。三杉は前田に肯いた。

「コウノトリ、フォース、相対距離二五キロ了解。予定どおり、これよりリブを放棄する」

前田が連絡を終えると、三杉は静かに命じた。

「全員、入水」

バランスを崩さないよう、リブの左右から海に入る。海水は生暖かい。外洋としては波も高くはなかった。波高一メートルほどだ。三杉は、二台の水中スクーターにそれぞれ三人ずつ取り付いていることを確認して、次の指示を出した。

「リブを沈めろ」

リブの左右から、ゴムボートに複数ある気室をナイフで切る。空気が抜ければ、リブは船外機の重みで沈んでいく。

リブが小型でレーダーに映りにくいとはいえ、水平線上に出れば捉えられる可能性はある。それに、光学監視機器の有無は不明だったが、『ワイズマイト』にも、なにがしかのものは搭載されていると思われる。夜間でも、救命用のオレンジ色のリブは目立つ。あと一時間ほどは、シュノーケリングしながら、位置の微修正を続け、『ワイズマイト』を待つ予定だった。

もしここで『ワイズマイト』に大きな変針をされると、完全に行き過ぎてからUS－2にピックアップしてもらわなければならなくなる。その他の作戦を決行するかどうかも含め、完全に仕切り直しだ。三杉は、そのまま進んできてくれることを祈った。

時折、暗視装置のスイッチを入れ、水平線を確認する。ほどなくして、船尾楼の上に立つマストが見えてきた。とはいえ、一〇ノット程度しか出ていない『ワイズマイト』が近くまでやってくるには、まだまだ時間がかかる。左右に浮かぶ二台の水中スクーターとそれに摑まっている六名の顔を見た。マウスピースをはき出して声をかける。

「準備はいいな？」

シュノーケルのマウスピースを咥えた彼らは、ハンドサインで答えてきた。大丈夫なようだ。全員、鍛え上げた精鋭だ。

「ドジは踏むなよ。取り付き損ねたら、ひとりぼっちで三時間は浮いていることになるからな」

取り付きに失敗すれば、US－2が回収に来てくれるまで、太平洋のただ中で三時間以上待たなければならない。それぞれが無線機を持っているため、US－2に救助を要請することはできる。しかし、『ワイズマイト』から見た水平線下、レーダーの死角に入るまでUS－2は接近してくることもできない。その上、メンバーは七人だけだ。一人欠けただけでも一五パーセントの戦力低下となる。一人でも取り付きに失敗すれば、作戦への影響は絶大だった。

やがて、暗闇の中に、ブリッジの灯りと船尾楼が見え、星空を背景として船首部が見え始める。ここから先は、US－2からの誘導ではなく、目視で位置を微修正することになる。いやが上にも緊張感が高まった。

「左に二〇！」

三杉が指示をすると、二台の水中スクーターでゆっくりと移動した。船体のほとんどが見え、その大きさからおおよその距離六〇〇メートルと判断すると、三杉は砧二尉と館林三尉、分隊内のAB両班の班長である二人の幹部自衛官に命じた。

「両班展開！」

二台の水中スクーターは、ロープを延ばしながら、ゆっくりと左右に広がっていった。三杉は、中央でロープを摑んだまま、極力頭を出さずに『ワイズマイト』の船体を睨む。目の前にやってきたハンディマックスサイズの貨物船は巨大だ。その船体が、生身の正面に迫っていた。

左右に広がった二つの班の状況を確認する術はない。だが、両班共に三杉から一五〇メートルほどの位置でロープを摑んでいるはずだ。すでに水中スクーターを捨て、各人が数メートルの間隔を取って待機中のはずだった。

『ワイズマイト』の舳先が目前に迫る。船首は、三杉よりも一〇メートルほど左を通過しそうだった。バルバスバウが海水を押し上げ、三杉の体もわずかに上に持ち上げられると、高強度ロープが船首に引っかけられ、三杉の体は、強烈な力で左に引っ張られた。

ヘリから降下する際、自らの握力だけでロープを摑み、降下する方法を、ファストロープと呼ぶ。特別な道具を必要とせず、高い位置からでも素早く降下することができるが、危険が伴い、十分な握力と訓練による習熟が必要だった。

今回の『ワイズマイト』への取り付きは、基本的にはこれと同じだ。それを、海面上で行なうのだ。しかし、体が水流に押し上げられ、水上を引きずられるようにして浮上しているとはいえ、重力よりも水流のほうがはるかに強力だ。手と足でロープにすがりついているためには、大変な力を必要とした。左右に広がった二つの班は、船尾下の空間まで数十メートルほどを移動すればいいだけだ。最後まで船の正面に控えていた三杉は、ロープに摑まったまま一六〇メートルほど移動しなければならない。海水で濡れているとはいえ、摩擦で手袋はあっという間に高熱を帯びた。このままでは、海の中で両手をやけどしてしまう。三杉は、交互に片手を緩め、海水で冷却することで、やけどを防いだ。

三杉が激しい水流に打ちのめされながら、やっとのことで船尾付近に到達すると、船体が絞られているため、水流が少しだけ穏やかになった。そして、ロープが若干上に引っ張られる。舷側に強力なマグネットで取り付いている部下が、ロープを引っ張り上げているからだ。三杉は、ベルトに付けていたマグネット式の登攀器を手に取り、ハンドルを強く摑むと船体のなるべく上に押しつけた。こうすることで、ネオジム磁石が登攀器から露出し、磁力で体重を支えてくれるのだ。右足のつま先を船体に付け、少し下げるように動かすと、ブーツの先に取り付けた脚部用登攀器が鋼鉄の船体に吸い付いた。右手、右足の登攀器を船体に吸い付かせると、ベルトが引っ張られた。取り付いていた菰田一曹が引っ張ってくれたようだ。左手、左足の登攀器も船体に吸い付かせ、体を水面から引き揚げる。

船体の左側にいたのは、砧、菰田、佐野三曹のA班三名だ。全員がそろっていた。

「A班異状ありません」

さすがに、すぐ返答する余力はなかった。大きく息をしながら無言で肯くと、菰田は無線機で船体の反対側に取り付いたはずのB班に連絡し、問いかけていた。

「B班、A班、フォース・アルファはこちら側に取り付いた。A班異状なし」

「B班も異状なし」

菰田は、トークスイッチから手を離すと、「全員取り付きに成功しました。異状ありません」と報告してくる。三杉は、ひと安心して命じた。

「ロープを回収、コウノトリに状況を連絡。それから、しばらくの間は、警戒を厳にしろ。B班には、些細な兆候でも報告させろ」

三杉が、特警隊長の楠に最大の問題として告げた『ワイズマイト』への取り付きは、一応クリアした。これを最難関と予想していたため、暗く、当直の注意力も最も散漫になるこの時間に取り付きを敢行したのだ。

しかし『とても隠密とは言えません。おまけに相手が油断している時にしか成功しないでしょう』と報告したように、ロープに引かれ、体が船体に打ち付けられた時、船内に音が響いた可能性がある。普通の貨物船ならば漂流物との衝突を疑うだろう。しかし、この船は巨大な工作船だ。船員が舷側から確認してくる可能性があった。それでも、三杉たちが取り付いている場所は、船体のえぐれた部分で甲板からは死角となっている。何らかの手段で、この場所を確認しようとしてくる可能性も考えられた。今はそれを最大限警戒しなければならない。

楠から命じられたとおり、特殊機雷の安全化作業と突入作戦は、午前九時が予定されている。安全化作業を行なうと、それが『ワイズマイト』の船内にいると考えられている指揮官に、露見してしまうらしい。安全化作業を行なうことのできる最も早い見込み時刻だそうだ。三杉たちは、それまでこのオーバーハングで静かに時を待たなければならなかった。

二月七日　〇五時二〇分

「よし。じゃあ問題を出すぞ」

ＥＯＤ待機室の中、大越は、作業机の上で用具のチェックを行ないながら、いっしょに作業を行なっている茉莉邑海士長に向けて問いかけた。まもなく日の出となる。ちょうど待機交代を予定している時刻だ。疲れが見えても不思議ではなかったが、若い茉莉邑は元気そうだ。

「はい」

彼女は、緊張に満ちた声で答えた。

幹部自衛官は指揮官だが、平素にあっては教育者であることが多い。海士長の茉莉邑には、マスターダイバーである武田一曹や江古田三曹も先輩海曹として教育を行なうが、四人でチームを組むEODは、ローテーションによっては大越が直接教育することもある。手を動かす作業を行ないながら、頭も使わせようという算段だった。

「今回、成形爆薬を七個設置した。七個は、どういう意図で設置したものか？」

「三個は、ハイドロフォンを破壊するためです」

大越は無言で肯いた。これが答えられなければ、術科学校からやりなおしだ。

「残りは二個ずつを缶体の上と下に付けましたから……それぞれ予備だと思います」

茉莉邑は、自信なげに答えた。

「上下一つずつを連動させるように配線したんだから、予備じゃないとは言えないが、その答えだと三〇、いや二〇点だな」

大越の採点に、彼女は目を丸くして考えていた。

「えと、爆薬の量を変えていたので、少ない爆薬で、穿孔を開けられなかった場合に、多い爆薬のほうを使って穿孔を開け直します」

缶体に使用されている高張力鋼は、七〇ミリ以上の厚さがあると見込まれている。太平洋戦争当時の戦車の装甲厚は、それ以上だったが、戦後に主流となった成形爆薬を使用した成形炸薬弾で容易に貫徹可能となっていた。特殊機雷の缶体を貫徹することは十分に可能なはずだ。むしろ、内部の損傷を抑えることを考えなければならない。

「五〇点」

大越が、冷厳に点数だけを告げると、茉莉邑は、いよいよ焦りだしたようだ。目が泳ぎ始めた。

「最初から多めの爆薬を使わない理由と上下に設置した理由はなんだ?」

助け船のつもりで、追加の問いを投げ掛ける。

「爆薬が多すぎると、内部の構成品が発火してしまうかもしれないからです。それと……」

穿孔を開けるだけに留めたいことには、誘導すれば到達できた。問題は、上下に穿孔を開ける理由だった。

「発火しやすい構成品がなさそうな場所を狙った……とかでしょうか」

「そんなことは当たり前だが、上下に穿孔を開ける理由にはならないぞ」

茉莉邑は、うつむいて「分かりません」と答えた。大越は、ため息をついて正解を教える。

「今回、危険なのは、成形爆薬のメタルジェットが内部の可燃物を発火させることだけじゃない。特殊機雷を沈降させ、着底して安定するまでに穿孔を開け、内部に海水を導入しなければならない。特殊機雷が、深度計のデータか、もしくは時限作動で再びハイドロフォンでの異状を検知し始めるまでに処理することが必要だ。時限作動だったらラッキーだが、それは希望的観測だ。我々は、悪いほうを予測しなければならない」

「上部の穿孔は、内部の空気を抜くためということですか？」

茉莉邑は、自信なげに答えた。

「一応正解か。では、抜けない場合、どんな危険がある？」

「え？　海水に満たされない部分ができるので、そこではショートさせられないということですよね？」

大越は、拳を握ると、息を吹きかけ鉄拳制裁のポーズをしてみせる。実際に鉄拳は振るわない。大越自身は、数え切れない回数受けてきたが、今日日それはダメだ。パワハラになってしまう。茉莉邑は、首をすくめていた。

「すみません」

「まだ作業を行なう場所の状況が分かっていない。一回目の起爆で缶体の耐圧殻を貫通させられず、二回目の起爆を行なわなければならないかもしれない。そして、二回目をどの程度の深度で実施できるか分からない。意外と深いところで起爆させなければならない状況もありうる。その場合、下は当然だが、上部に穿孔を開けても、高い水圧がかかるため、上部の穴からも海水が吹き込む。空気は、どこかで圧縮される。しかも、メタルジェットや吹き込んだ爆風で熱せられた空気も含まれる。それらは海水で冷却もされるだろうが、急激に圧縮されると断熱圧縮で可燃物が発火するかもしれない。弾頭は金属で覆われている。これで点火するとは考え難いが、運悪くロケットモーター付近で空気が圧縮されると、点火してしまうかもしれない」

「ミサイルが飛び出してくるんですか？」

「馬鹿野郎！」

茉莉邑は野郎ではないが、悪態に性別はないはずだ。

「采女三佐が言うには、水深三〇〇メートルにも耐える耐圧殻だぞ。穿孔を開けてあるとはいえ、内部でロケットモーターが着火すれば、内部は凄まじい圧になる。ロケットモーターの推進薬は、通常では爆薬のように燃焼速度が速くなくとも、耐圧殻のおかげで内部が高圧になれば、全体が一気に着火する。爆発的に燃焼するんだ。そうなれば、耐圧殻も耐えられなくなる。あの缶体自体が巨大な爆発物になる」

茉莉邑は、青ざめた顔で絶句した。

「そんなに危険なものだったんですね。采女三佐が、簡単に爆発するようなものじゃないと仰ったと聞いていたので、安心してました」

大越は、息をついて心を落ち着けると、のんきな茉莉邑を諭した。

「采女三佐は、ミサイルや爆発物については知っているだろう。だが、海中で機雷や爆発物を処理するＥＯＤじゃない。そこは、俺たちＥＯＤが考えなければならない。水と爆発物、両方のプロなんだからな」

茉莉邑は、「はい」と答えて口を引き結んだ。少しは悔しいようだ。

「しかし、術科学校じゃ、こんなことまで教えてはくれない。現場で少しずつ覚えるしかない。若いうちにこんな事例に出会えたんだ。そういう意味では、お前はラッキーかもしれないな」

そう言って、気落ちした様子の茉莉邑を励ますと、それほど低くない汽笛が聞こえた。汽笛の音は、大型船ほど低い音を使用することになっている。『ひらど』は、多くの漁船に比べれば大きいものの、貨物船や内航タンカーと比べても小型だ。音は高からず低からず。その汽笛が、約一秒の短音で繰り返された。五回以上の短音の繰り返しは警告信号だ。

それに続いて、艦がかすかにゆれ、行き足が落ち始めた。EOD待機室の下は機関部だ。エンジンの回転も落とされた。何か、異状事態が起きたに違いなかった。

「艦橋を見てくる。お前はここで待機」

護衛艦と違って掃海艦は小さい。艦内電話もあるのだが、走ったほうが状況把握はしやすかった。大越は、一旦後部甲板に出てから垂直梯子を登り、中部甲板、旗甲板を経由してウイングからブリッジに向かうつもりだった。若干遠回りになるが、狭い艦内を移動するより、このほうが早いのだ。空は白み始めていたが、まだ日は昇っていない。

旗甲板まで上ると、そこに当直士官の山代掃海科長がいた。ブリッジから出てきていたようだ。双眼鏡を使い、後方を見ていた。大越は、山代が見ている方向に目を向けながら、問いかけた。

「どうしました？」

「無線連絡したのに、貨物船がワイヤーの上を突っ切りやがった。右手に抜けていったヤツだ」

右手を見ると、そのまま走り去って行く貨物船が見えた。ワッチ、見張りがいい加減なのだろう。曳航しているワイヤーを引っかけたかもしれないことなど気が付いてもいないようだ。東京湾に向け、急いでいるのかもしれなかった。

大越は、ブリッジまで駆けて双眼鏡を手にすると、旗甲板まで戻って浮標を探した。まだ暗いが、浮標に付いたポールにはライトも付けられている。浮標は、簡単に見つかった。曳航浮標のほうだけが、離れすぎていた。

「貨物船がワイヤーを引っかけたと聞きましたが」

艦長の茂田もやってきた。山代は、大越に告げたのと同じ内容を報告していた。

「引っかけたのは、曳航浮標を繋げたワイヤーだけみたいですね。運が良かった」

大越は、茂田に双眼鏡を手渡しながら言った。

「フローティングアイは、異状なさそうです。網の後ろに浮力追加用で付けてあった曳航浮標を繫ぐワイヤーが切られたんだと思います」

大越の見立てを聞いて、茂田も双眼鏡をのぞき込んでいた。

「大越一尉の言うとおりのようですね。曳航浮標のほうは徐々に離れていますが、フローティングアイは尾いてきてます。曳航浮標測位装置で確認しましょう」

係維掃海の際には、曳航浮標の位置把握が重要となる。リアルタイムで位置を確認する装置が装備されていた。

「どうしますか?」

山代が問いかけた理由は、すでに新島が近いからだった。目印としては、最初に付けたフローティングアイがあればこと足りた。再度沈降した場合などのため、曳航浮標は、浮力の追加を意図して付けたものだった。取り付け直すほうが望ましいが、その作業のため停船すれば、新島到着の時間は遅くなる。リスク回避を採るか、早期到着を採るか、微妙なところだった。

「上からは、遅延しないように言われてます。他の作戦との関連があるそうです。このまま行きましょう。曳航浮標の回収だけ、やって下さい。EODはこの後作業があります。掃海科で他のメンバーを選定して下さい」

新島に着けば、大越たちEODは忙しくなる。茉莉邑と行なっていたチェックもそのための作業だ。大越がEOD待機室に戻ると、茉莉邑は、ドライスーツを着て一人でチェックを続けていた。待機を命じただけだったが、ＥＯＤの仕事は潜ることだ。予想して準備していたようだ。

「心がけは大切だが、まだドライスーツは必要ないぞ」

そう告げて茉莉邑にも状況を教える。

「忙しくなるのは、まだ先だ」

艦は一旦停止し、曳航浮標回収用の作業艇を下ろした後、再び曳航を始めた。

二月七日　〇五時三〇分

王は、目覚まし時計のベルで目を覚ました。据え付けの冷蔵庫に入れてあったソフトドリンクを取り出し、水分を補給する。上海で買い込んだものだ。北朝鮮でも、手に入らないことはないものの、品質のよいものは地下市場で買うことになる。値が張る上に、入手すること自体が難しかった。ベッドの脇には、ちゃんと冷える冷蔵庫があり、寝起きの体に冷たいソフトドリンクが心地よい。金から取り上げた船長室のおかげだった。北朝鮮の軍用艦艇に比べたら、非常に快適だ。

のどを潤すと、すぐに船員服に着替えブリッジに向かう。就寝中に起こされることはなかった。問題はないはずだったが、朝食よりも、まず状況の変化がないか確認しておきたい。

　ブリッジに入ると、航海直が報告してくる。

「未明、四時過ぎに、機関直から異音の報告がありました。しかし、点検の結果、異状はなかったとのことです。その他に特異事象はありません」

「その異音というのは、機関からの音か？」

「いえ、断続的な金属の打撃音のようなものだったそうです。固縛（こばく）の甘かった物品が、どこかで落下したのかもしれません。機関室内ではなかったようです。夜間帯には使っていない区画でのことかと思います」

　王は、「そうか」と答えてブリッジを出た。これだけ大きな船になると、この程度の問題は常に起こる。船の些事（さじ）は、金に処理を任せればよかった。

　続いてブリッジの直下にある戦闘指揮所（CIC）に向かう。ブリッジと異なり、ここには、元から『ワイズマイト』の船員だった者はいない。偽装のため、王と同じように船員服を着ているものの、勤務する全員が軍の所属だ。今は、当直勤務の一名が室内にいた。王が戦闘指揮所（CIC）に入ると、かかとを打ち付け敬礼してくる。当直士官が声を張り上げて報告した。

「沈降した一基を除き、特号機雷に異状はありません。先頭のものは、房総半島の勝浦（かつうら）沖まで到達しています。二〇基中、一七基が障害と考えられていた伊豆諸島のラインを通過しました」

「残り三基の状況は？　島に漂着しそうなものはないか？」

「紀伊半島沖で黒潮から外れかけ、速度を落とした一基は、まだ伊豆諸島から一〇〇キロほど西です。二基が島周辺の反流に乗ってしまったのか、伊豆諸島ラインで停滞気味です。今のところ島に漂着しそうな様子はありません」

「その二基のプロットを出せ」

王は管制端末のパソコン画面をのぞき込んだ。一基は、八丈島の東側にある反流に捕まっているようだ。島の東側で旋回するような動きを見せ、停滞していた。もう一基の動きに違和感を覚えた。

「おい。これは何だ？」

三宅島の東で、反流に捕まったかのような動きを見せた後、三宅島から新島に向かうように移動をしている。まるで、黒潮の流れを横切っているかのようだった。

「島の周辺は、流れが複雑なので、神津島の影響を受けているのかと思ったのですが」

そんなはずはなかった。三宅島の東から、新島の南端に向け、ほぼ一直線に移動していた。西から東に流れている黒潮の中にあって、人為的な力がかかっているのでなければ、ありえない動きだった。

「馬鹿者！」

王は、平手で当直士官の頰を張った。

「島の反流で、こんな動きをするものか！　緊急沈降させろ！」

当直員が、慌てて特号機雷にコマンドを送ろうと、端末として使っているパソコンの操作を始めた。その特号機雷は、新島の南端に近づいていた。

何らかの理由で沈降した一基に続き、その近くを浮遊していたもう一基が、明らかに異状な動きを見せている。

「待て！」

王は考え直した。このような人為的な動きをする以上、自衛隊か米軍、さもなくば海上保安庁が関与している可能性が高かった。漁網に捕らえられている可能性もあるが、あれだけ大型の特号機雷が網にかかれば、普通の漁業者なら網から外すなり、網を切るなりして特号機雷を排除するはずだった。

日本の政府機関が関与しているならば、緊急に潜水艦発射弾道ミサイル(SLBM)を発射できるようにしておいたほうがよかった。

「目標情報をセットしてから沈降させろ。プリセットの目標情報に東京の防衛省が入っている。そこにセットしろ」

特号機雷は、あらかじめ、目標候補を十五カ所ほどプリセットで入力されていた。そのうちの一つ、市ヶ谷にある防衛省を目標に定めさせた。ミサイルの発射指令には、本国司令部の指示を仰ぐ必要があるが、こうしておけば、日本国内にいる潜伏工作員に指示を出し、伊豆諸島近海の釣り船からでも、音響コマンドを送ることができるはずだった。

「分かりました」

当直士官と当直員は、震える声で答えた。

「プリセットから、東京の防衛省を目標にセットし、沈降させます」

当直員は目標のセット情報を入力し、コマンドを送信する。

「送信開始。送信完了まで三分です」

超長波は伝送速度が遅い。それは、如何ともし難かった。そのかわり、水中の特号機雷とも通信できたし、機雷が地球の反対側まで流れてしまっても通信できるのだ。

じりじりとした三分が経過し、端末に送信完了の文字が浮かぶ。

「送信完了しました。了解応答が返ってくるまで、二〇秒ほどかかります」

当直士官も、当直員が操作していた端末画面をのぞき込んでいる。やがて、画面に了解応答の受信と、予想沈降点が表示された。応答信号は、人間の会話で言えば「了解」にあたるものだ。電波の伝搬状況やアンテナの状態によっては、沈降の指令が受信できないこともありえる。沈降させたはずが、浮遊したままだったということでは困るのだ。そのため、最低限の情報として、受信を完了し、これから沈降することを示すために応答信号を送信することになっていた。

できることなら、沈降する場所の情報も応答するようにしたいところだ。しかし、そんな情報まで送信することにしたら、緊急で沈降を命じるはずなのに、沈降するまでに長い時間を必要としてしまう。そんな間は設けたくなかった。緊急に沈降させた場合は、定期的に送信されていた位置情報の履歴から、管制端末が現在の位置を予想して表示するようになっていた。

「沈降開始しました。着底は、こちらでは確認できません」

当直士官の言葉に、王は憮然として応えた。

「そんなことは分かっている！」

王は、踵を返すと、戦闘指揮所を出て通信室に急いだ。自衛隊と米軍が対処を始めている可能性が高い。報告し、日本国内の報道やスパイから情報を集めてもらう必要があった。

「残り二〇基の投入を急がなければ……」

二月七日　〇五時四〇分

大越は、総員起こし、つまり海自での起床時刻までに予定していた準備作業を終え、しばしの休憩を取っていた。新島到着まで仮眠をとる時間もないため、コーヒーを飲んでいる。目の前にいる海士長の茉莉邑は、マジックペンで自分のマスクにせっせと何かを書き込んでいた。

「今さら名前でもないだろう。落書きか？」

「落書きだなんて……」

眉根を寄せた茉莉邑は、マスクを差し出し、書いていたものを見せてきた。一筆書きの五芒星(ごぼうせい)と、井の文字に線を増やしたような図形だった。予備知識なしに見れば、間違いなく落書きかいたずらだと思うだろう。

「セーマンドーマンか」

「知ってるんですか？」

セーマンドーマンは、鳥羽の海女(あま)が身につける魔除(まよ)けだ。大昔の陰陽師(おんみようじ)に由来するという話を聞いた記憶があった。

「詳しくは知らないが、海女のお守りだろ」

「こっちのセーマンは、安倍晴明(あべのせいめい)という陰陽師の紋で……」

茉莉邑は、五芒星のほうを指さして言った。

「こっちのドーマンは、蘆屋道満(あしやどうまん)という陰陽師のらしいです。トモカヅキっていう海の妖怪や龍宮からのお迎えを防いでくれるんです。おばあちゃんは、海に入る時、このセーマンドーマンを縫い付けた頭巾(ずきん)をかぶって漁をしています」

茉莉邑は、ドライスーツの内側にも、セーマンドーマンを書き始めた。

「怖いか?」

大越が問いかけると、茉莉邑は手を止めてうつむいた。

「すいません。怖いです」

マジックを握る手は、力を入れすぎているのか白くなっていた。

「どうして海女がセーマンドーマンを身につけると思う?」

「え? 魔除けなので……」

茉莉邑は、なぜそんなことを問われるのか、先ほど言ったはずではないかと訝しげな顔をしていた。

「潜った回数は、何回だ?」

「え? ログは付けてますが……正確な数は」

今度も、なぜ問われたのか分からないという顔をしていた。

「俺たちは、何度も何度も潜る。海女もだ。俺たち以上だろう」

茉莉邑は、こくりと肯いた。

「EODとしての潜水には、慣れてきたか?」

「何とか、慣れてきたと思います」

その答えに、今度は大越が肯いてみせる。

「トモカヅキってのは、確かそっくりさんに化ける妖怪だよな」

「はい。アワビをくれたりして、深い海に誘い込んでしまう妖怪です」

大越は、またもや肯いて次の問いを投げる。

「トモカヅキの正体は、何だと思う?」

「え、妖怪の正体なんて……見間違いじゃないですか?」

大越は、嘆息して答えを告げる。

「そりゃ、見間違いだろうさ。妖怪なんて存在しない。だが、なぜ存在しない妖怪が見えるかってことだ。たぶんだが……」

大越は、言葉を切って、コーヒーを口にした。

「窒素酔いの幻覚だろう」

ダイビングに関わる身体の異状には、様々なものがある。最も良く知られているのは減圧症、いわゆる潜水病だが、高圧環境は、その他にも様々な身体異状を引き起こす。その一つが、血中に溶け込んだ窒素による窒素酔いだ。アルコールによる酩酊(めいてい)と似たような症状を起こすことから、窒素酔いと呼ばれる。

通常は、潜水具を用いて三〇メートル以上潜る場合に発生する症状だが、体調や潜水の頻度(ひんど)、天候など多くの要素によって、もっと浅い深度でも発生する。海女は、いわゆるスキンダイビングだが、中には驚くほどの深度まで潜る者もいる。獲物を狙って深いところまで潜水を繰り返す者が窒素酔いを発症してもおかしくはない。

「そうかもしれません」

茉莉邑の言葉に、再び肯いてみせた。

「当然、昔の人は、窒素酔いなんて知らない。だが、それで亡くなった人や水中で異状行動をとる人を見ただろう。そして死なずに済んだ人も。そうした人に見えたモノが、トモカヅキや似たような妖怪として語られた」

大越は、セーマンドーマンが書き込まれた茉莉邑のマスクを手に取る。

「その妖怪を遠ざけるためなんだろうが、その妖怪を忘れないためでもあったんじゃないか。俺は、そう思ってる。これは、何度も潜ることで慣れてきたお前が、トモカヅキという名の高気圧障害に対して油断しない、恐れ続けることを忘れないためのお守りなんだ」

「はい」

茉莉邑は、噛み締めるようにして短い答えを返してきた。

「もっとも、俺たちが恐れ続けなければならないのは、トモカヅキだけじゃなく、機雷もだがな。油断することなく、常に基本に忠実に、やることは同じだ。だから、怖がってもいいんだ。立ち向かうことさえできればな」

茉莉邑は、口を開かずに肯く。

「行けるか？」

大越は、最後の問いを静かに発した。答え次第では、茉莉邑を外さなければならない。

「行きます。もちろん。そのために書きました」

力強くはない。だが、決意を込めた答えだった。大越は、肯くと手にしていたマスクを差し出した。茉莉邑が手を差し出す。だが、その手はマスクを摑めなかった。艦がわずかに揺れたのだ。

先ほどとは違い、エンジンは変わらぬ音を響かせている。異状事態であることは同じだった。だが、異状は異状でも、状況が違うようだ。

「待機してろ！」

大越は、茉莉邑の胸元にマスクを押しつけると、EOD待機室を飛び出した。つい四〇分前と同じように甲板に出てから、ブリッジに向かう。太陽は出ていないものの、水平線の光は、明るくなっていた。

ブリッジに飛び込むと、山代掃海科長は、掃海用コンソールのところに立っていた。

「今度は何ですか？」

「特殊機雷が沈降したようだ。ワイヤーを長く出していたこともあってテンションが強くなっている。思った以上に重い。今は微速に落としているだけだが、このまま沈降すれば、逆進をかけなければならないかもしれない。ワイヤーが切れそうだ」

特殊機雷に大きな機関音を響かせないため、掃海具を引くためのワイヤーは限界近くまで延ばしてあった。特殊機雷が、何かの理由でフロートを切り離して沈降を始めたのであれば、艦が前進しているためワイヤーに今まで以上の力がかかる。掃海具を引くワイヤーのウインチには、ワイヤーが切れないように、強い力がかかると警報を出すとともに自動でワイヤーを繰り出してテンションを弱めるオートテンション機能が備わっている。しかし、そもそもワイヤーを目一杯まで繰り出してあったため、長さに余裕がない。いずれは逆進をかけ、特殊機雷が真下にぶら下がる状態にせざるをえないようだ。

特殊機雷に付けられていた防舷物利用のフロートは、かなり大きかった。日本製の防舷物を参考に浮力を算定していたものの、北朝鮮製の防舷物は、単なる風船に近い代物だったのかもしれない。トラブルが発生する可能性を考慮して、曳航浮標を付けてあったのだが、そのためのワイヤーは、間抜けな貨物船に切断されていた。

「ついてないな」

掃海用ワイヤーが垂直になってもテンションがかかりすぎるようなら、ワイヤーが切れてしまう恐れがある。それに、特殊機雷が艦の真下に来てしまえば、どんな作業を行なうにしても艦自体が危険だ。

「ここの水深は？」

「約六〇〇」

大越は歯がみした。そんな深度に沈んでしまっては、早期の回収は絶望的だ。采女は、今までに得られた情報で、特警隊を動かす理由としては足りると言っていた。だが、それは政治的な根拠の話だ。部隊が動くためには、多くの情報を必要とする。特殊機雷の敷設船を押さえるため、そして残りの特殊機雷をより安全に処理するには、極力多くの特殊機雷の情報が必要なはずだった。

それがないまま動くことは、作戦の失敗に繋がる。特殊機雷が核やダーティーボムを積んでいる以上、それは、紗雪のように理不尽ないじめに遭う子供が増えることに繋がる。

それに、作戦の失敗は、特警隊員など、関わる隊員の死傷とイコールだ。もし、三杉が死ぬようなことにでもなれば、何よりも、紗雪が悲しみ、苦しむことになる。

「特殊機雷に浮揚装置を付ける。沈降を始めたのなら、安全化するチャンスも今しかない。同時に実施する。できるだけ沈降を抑えるように、可能な限り前進を続けて下さい」

安全化の完了した機雷や腐食が進んで危険性のなくなった古い機雷は、危険物浮揚装置を使用して浮上させる。巨大なゴム風船に、水中で膨らませるためのカートリッジ式高圧タンクを付けたものだ。特殊機雷は大型であるため、一個では浮上しないはずだ。特に、成形爆薬を使って安全化をしてしまえば、内部が海水に満たされ、空気が入っていることで得られていた浮力が失われる。今以上に重くなるのだ。

大越は、逆経路でEOD待機室にとって返すと、茉莉邑に指示を飛ばした。

「潜るぞ。ヘリウム混合ガスだ」

茉莉邑は、今度もドライスーツを着込んでいた。違うのは顔つきだった。怖さはあるのだろう。だが、同時にそこには決意も浮かんでいた。

出港前に、二人で積み込んだヘリウム混合ガス(ヘリオックス)が役に立ちそうだった。ヘリウム混合ガス(ヘリオックス)は、深深度に潜るための装具だ。本来、一〇〇メートルを超えるような深深度には、時間をかけ、ゆっくり潜らなければならない。しかし、今はそんな余裕はなかった。どの程度まで潜らなければならないかも分からない。ヘリウム混合ガス(ヘリオックス)を使っても、潜水病などの危険はあった。

本来であれば、茉莉邑のような低錬度の者を連れて行く任務ではない。だが、武田一曹と江古田三曹は、仮眠を取っていた。間もなく総員起こしの時間だったため、すぐに起きてくるはずだが、彼らを待っている余裕もなかった。急いで危険物浮揚装置を取り付け、同時に今しかできない安全化作業を行なわなければならなかった。

常に着込んでいる水着の上にドライスーツを重ね、ヘリウム混合ガス(ヘリオックス)のタンクを背負う。マウスピースなどの装具と危険物浮揚装置を手に取ると、武田と江古田がやってきた。

「特殊機雷が沈んだ。前進を続けて沈降を抑えてもらっているが、このままじゃワイヤーが切れる。ヘリウム混合ガス(ヘリオックス)を使え。俺と茉莉邑で浮揚装置を付ける。続けて安全化も行なうから、発火器と母線を持ってこい！」

特殊機雷には、成形爆薬を仕掛け、電気雷管を埋め込んである。それを発火させるためには、発火器と、電気雷管に高電圧高電流を流すための発火母線と補助母線が必要だった。大越は、二人にそう告げ、EOD待機室を出て艦尾に向かった。大越が二つ、続いている茉莉邑が二つの危険物浮揚装置を手にしている。

「ワイヤーを伝って、一気に特殊機雷まで潜る。俺のベルトに摑まってついてこい。もし途中で限界になるなら浮揚装置を俺に渡して浮上しろ。分かったな」

「はい」

茉莉邑の瞳は不安でいっぱいだった。どこまで潜ることになるのかも分からないまま行くのだ。窒素酔いだけではない、酸素中毒や減圧症など、高気圧障害が発生する可能性は高い。しかし、これは任務だった。危険だからと言って、避けるわけにはいかない。

「大越！」

すでに、角度が三〇度近くにまで傾斜したワイヤーにカラビナをかけ、茉莉邑と飛び込もうとするところで声がかかった。振り返ると、艦長の茂田が、中部甲板まで降りてきていた。

「まずは危険物浮揚装置を取り付けます。その後に、安全化も行ないます。浮力が変化しますが、極力引いて下さい」

浮揚装置を四つ取り付けても、内部に海水を導入した特殊機雷を浮上させるには浮力が足りないかもしれない。艦で引っ張ることで、風のない時に凧を揚げる要領で、特殊機雷を引っ張る必要があった。

茂田は、「分かった。処分艇を出しておく」とだけ言っていたが、他にも何か言いたげな様子だった。「行くぞ」と茉莉邑に声をかけ、自分のベルトを掴ませると、まだ暗い海に飛び込んだ。

ＥＯＤが通常使う潜水具は、音を出さないために呼気を海中に放出しない循環式や閉鎖式、あるいはリブリーザーと呼ばれるものだ。しかし、今は音を気にする必要もない。二人は、スクーバ式のタンクを背負っていた。ヘリオックスヘリウム混合ガスのタンクは、陸上では一度に二本を運ぶのがやっとの重さだが、加圧されているとはいえ酸素とヘリウムしか入っていない。水中では浮力と重さが釣り合う中性浮力に近い。その上、二人とも耐寒のためドライスーツを着込んでいた。名前のとおり、ドライスーツの中に水は入ってこない。結果として浮力になってしまう。体全体を中性浮力にするため、多めのウエイトをベルトに付けている。そして、ベルトの内側には、さらに大きめのウエイトを挟み込んでもいる。一気に潜るためだ。特殊機雷までたどり着いたら、このウエイトを捨て、中性浮力にして作業を行なうのだ。

フリーダイビング競技には、錘を使って一気に潜水する種目もある。大越が取り組んでいるのは、自分の泳力だけで潜水するものだったが、錘使用の種目にもチャレンジしたことはあった。潜水具を付けないフリーダイビングと比べれば、潜ることに関しては条件がよいとさえ言えた。大越自身も、怖さは感じている。それでもフリーダイビングの経験が、その恐怖を和らげていた。

頭を下にして、ウエイトの重さと艦が前進する水の流れを使い一気に深度を稼いだ。水圧は急激に上昇してくる。それに合わせ、内耳の圧力を高める耳抜きを連続で行なわなければならない。通常の潜水作業では、こんな無理はしない。茉莉邑がついてこられるか不安だったが、振り返ったライトに照らされた目に、苦痛は見て取れなかった。さすがに、現役海女の孫だけはあった。

空は明るくなり始めていたが、日は昇っていない。透明度の高い黒潮の中とはいえ、あっという間に真っ暗になる。ヘッドランプで腕に着けた深度計を照らすとすでに七〇メートルを超えていた。吸っているのは窒素の代わりにヘリウムを入れたヘリウム混合ガスだが、潜るまでは通常の空気を呼吸していた。一気に潜っているため、肺に残っていた窒素は体内に取り込まれているだろう。浮上時に潜水病を発症する可能性が高かった。再度茉莉邑を振り返ると、指でOKサインを出してきた。今のところは大丈夫なようだ。

深度が一〇〇メートルを超え、一一〇メートルに達しようとしたところで、ワイヤーの先にフローティングアイが見えてきた。その先に特殊機雷も視認できた。中華鍋のようなカバーで隠れていた上部が見えている。写真で見た弾道ミサイル潜水艦のミサイル発射用ハッチにそっくりだ。

ワイヤーの先には、掃海科の連中がロープで編んだカゴ状の網がくくりつけられている。それが特殊機雷を包み込むようにして支えていた。艦が前進中のため、うっかり手を離せば流されてしまう。腰のベルトには、ロープで繫がれたカラビナが付けてある。そのカラビナをワイヤーから外し、網に付けると作業に取りかかった。茉莉邑にも、同じようにカラビナを網に付けさせる。

網の上端に危険物浮揚装置を取り付ける作業だ。ロープに付ければいいので、取り付け作業自体は簡単だった。取り付けが完了すると、装置付属のバルブを開け、非磁性小型タンクから圧搾(あっさく)空気を送り込む。しかし、深度は一二〇メートルを超え、なお緩やかに沈降していた。空気を送り込んでも、バルーンがゆっくりとしか膨らまない。だが、着実に膨らみ続けている以上、装置を増やせば、なんとかなるはずだった。内心では焦りながら、次の浮揚装置を取り付けにかかる。茉莉邑も、一つ目を膨らませ始めた。大越は二つ目も取り付けを終え、バルーンを膨らませ始めると深度計を確認する。一二〇メートルを少し超えたところだった。ほぼ中性か徐々に浮上しているところだろう。茉莉邑の作業を手伝い、最後のバルーンに空気を送り込み始める。深度は一一五メートルになっていた。

次は、安全化のため、成形爆薬によって缶体に穿孔を開ける作業だ。発火器などを持ってくる武田と江古田を待たなければならない。その時間はもどかしくもあり、都合よくもあった。考えなければならない問題があったからだ。

問題は二つ。一つは少しずつ浮上を始めている特殊機雷が、安全化作業を行なうと内部の空気を失い、再び沈降を始める恐れがあったこと。バルーンは、まだ膨らみきっていない。深度が深く、水圧が高いためだ。浮上していけば、バルーンも膨らむ。バルーンが完全に膨らめば、缶体内部の空気が失われても沈降を防げるかもしれないが、微妙な感じがした。艦に積んでいた危険物浮揚装置は、全て使用している。バルーンが膨らみきるくらいの深度まで浮上したところで安全化を行ない、あとは出たとこ勝負で、何か浮力の追加措置をするしかないだろう。もう一度潜ることになるかもしれない。

もう一つの問題は、作業する大越たちEODの安全が確保できない状態で成形爆薬を発火させるしかないことだった。本来であれば、電気雷管に補助母線と発火母線を取り付け、浮上した後、発火器を処分艇上で作動させる。しかし、特殊機雷が完全に浮上してから起爆させるのでは、特殊機雷のトラップが、ハイドロフォンの信号を無視することを止め、再び作動するかもしれない。沈降を始めた特殊機雷が、海底の斜面などにぶつかる可能性から、信号処理を止めている時間は、そう長くはないはずだった。一時停止している間に、ある程度の深度で起爆させたかった。一方で艦が前進しつづけているため、母線が切れないように浮上することは事実上不可能だった。

完全な安全確保は不可能だ。それならば、被害を局限するしかない。つまり、リスクを負う者を限定するのだ。指揮官としては、誰かに命じるべきだろう。大越は指揮を続けなければならない。だが、部内から叩き上げてきた大越には自負がある。最も危険な作業こそ、自分で行なうつもりだった。

ふと、何かが頭をよぎる。しかし、それがはっきりと形になる前に振り払う。今は、余計なことを考えている時ではなかった。

武田と江古田がワイヤーを伝って潜ってきた。深度計を確認する。深度は八〇メートルほどまで浮上していた。バルーンもかなり大きく膨らんでいる。二人には、母線と発火器を持ってくるように命じた。水中での作業を少なくするため、それらを接続し、あとは電気雷管と繋ぎさえすればよいようにして持ってきているはずだった。

母線は三つの系統に分けられている。ハイドロフォンの破壊用、爆薬量の少ない缶体上下の穿孔用、そして爆薬量の多いものだ。茉莉邑に、発火器を持たせ、ワイヤーと網との接続場所を指し示す。待機しろとの意図は通じたようだ。江古田には、三本の補助母線が分離している発火母線を渡す。これでハイドロフォン用の爆薬に繋げるのだと理解するだろう。そして、上下用の補助母線の短いほうを武田に渡し、長いほうを自分で持つ。武田に缶体の上部を示し、自分は、ロープで編まれた網を伝って缶体の底に向かった。事前に取り付けてあった成形爆薬に異状がないことを確認し、電気雷管に補助母線を接続する。

作業を終えると、艦の前進で水流に流されないよう、網を伝って、ワイヤーとの接続部に上った。深度は六〇メートルまで浮上していた。左腕の関節に、わずかな痛みを感じる。減圧症が出始めているようだった。茉莉邑を見ても、マスク越しでは異状の有無までは分からない。急激に浮上させれば、潜水病を発症する可能性が高い。艦には治療用の再圧タンクもあるが、入れるのは二人までだ。武田と江古田に異状が出ないことを祈るしかなかった。

武田と江古田が完了のハンドサインを出した。大越は、特殊機雷に取り付けたままだったフローティングアイのロープを切り、武田に持たせる。海上には、茂田が処分艇を出しているはずだった。外洋の荒波の中で、どこに浮かび上がってくるか分からないダイバーを見つけることは難しい。フローティングアイにはレーダーリフレクタも付いている。艦の水上レーダーがすぐに発見してくれるはずだった。

茉莉邑から発火器を受け取ると、三人に浮上の指示をハンドサインで送る。武田の肩に叩くように手を置く。武田は、大越の意図をくみ取ってほんの少しだけ躊躇(ちゅうちょ)したようだ。だが、誰かが残って起爆しなければならない。浮上してからの起爆では、艦が前進を続けているため、水流で母線が外れてしまうかもしれない。それでは、全てが水の泡だ。それに、起爆後の状態確認ができない。

武田の肩に置いた手に力を込めると、武田がかすかに肯いた。そして、江古田と茉莉邑を急(せ)かすようにして、フローティングアイに掴まり、浮上していった。

大越も、極力爆薬から離れたかったが、艦が前進を続けているため、ワイヤーかロープを摑んでいるしかない。浮上速度を考え、三人が間違いなく海面に到達したと思われる時刻まで待った。三人の頭部が海上に出てから、成形爆薬を起爆させたかった。成形爆薬の爆薬量は多くないが、水中では衝撃波が伝わりやすい。成形爆薬程度の量では、衝撃で死ぬことはないだろう。だが、怪我は覚悟しなければならなかった。

それに、安全化に失敗し、特殊機雷が爆発してしまう可能性もゼロではない。だが、それはさほど気にならなかった。爆発すれば、一瞬のうちに海の藻屑だ。ＥＯＤをやっていると、そんな局面は、今まで何度もあった。可能性が少々高いというだけだ。

三人が浮上する十分な時間が経過したことを確認し、発火器のトグルスイッチに指をかけた。ふと、ライトに照らされた特殊機雷の向こうに、自分と同じ装具を付けたダイバーが見えた。

大越は、「誰だ？」と身構えたが、誰もいるはずはなかった。お前に用はない！

大越は、目をつむり、トモカヅキを視界から消すと、発火器を持った右腕の肩口を右耳に押しつけた。そして、左の掌で左耳を押さえると、スイッチを入れた。最初は、ハイドロフォンの破壊用だ。爆薬量は極少にしてあったが、全身を殴られるような衝撃に襲われた。水深が深いためか、バブルパルスと呼ばれる衝撃の繰り返しはなく、すぐに収まった。幸い、耳に痛みはなかった。鼓膜は大丈夫だったようだ。特殊機雷にも変化は見られない。爆破したハイドロフォンがあったはずの部分が、吹き飛んで少しえぐれている程度だ。

続いて、少量の爆薬を仕込んだ成形爆薬を起爆させる。ハイドロフォン用よりも爆薬量が多いため、先ほどよりも強い衝撃が来る。今度は腕で押さえていても耳が痛んだが、鼓膜は破れずに済んだようだ。むしろ、肺が圧迫され胸が痛んだ。

大越は、ロープを伝って、缶体上部の爆破した箇所に右手をかざしてみたが、特殊機雷に吸い付けられはしなかった。穿孔は開いていないということだ。

トラップが作動していれば、恐らくすでに命はない。今なら、次を爆発させても、トラップが作動しないことは間違いない。だが、次でも穿孔が開かなかったり、メタルジェットが内部を大きく損傷させ、弾頭まで損傷してしまう可能性、それに茉莉邑にも説明したように、断熱圧縮で推進薬が発火してしまう可能性はあった。

大越は、かろうじて穿孔が開くことを期待して、最後の成形爆薬に点火した。衝撃と共に、右耳に激しい痛みが走る。どうやら、腕で耳を押さえきれていなかったか、爆破の衝撃が予想以上だったようだ。鼓膜を損傷したらしい。内耳まで損傷したのか、めまいで頭がくらくらした。

しかし、状況を確認せずに浮上することはできない。左耳には異状がなさそうだったが、右耳を損傷してしまったので、音で判断はできなかった。再び、缶体上部の爆破した箇所に右手をかざすと、吸い付けられそうになった。穿孔を開けることには成功したようだ。ロープを伝って潜り、同じように下部の穿孔も確認する。下部にも穿孔は開いていた。

めまいのせいか、急に吐き気を感じた。水中で吐くようなことになれば、マスクの中が嘔吐物で埋まり呼吸ができなくなる。一旦マスクを外して付けることはできるが、嘔吐しながら海中で呼吸をコントロールできる自信などなかった。嘔吐だけで命取りになる。大越は、必死で嘔吐を留めながら、深度計を見つめた。しばらく観察して、沈降しなければ大丈夫だ。手を離して浮上すればいい。

穿孔を開けてからも、深度は徐々に浅くなっていた。しかし、水深五〇メートルほどで浮上は止まってしまった。まだ上部の穿孔から空気は出てこない。缶体内部の圧力が、外と同じになれば、より圧の高い下部から水が入り、上部の穿孔からは空気が出てくるはずだった。つまり、缶体への水の浸入はまだ続いており、特殊機雷は、四つの危険物浮揚装置を付けても、沈もうとしているのだった。

この場で取りうる措置を考えてみたものの、思いつく方法はない。深度計を再確認すると、五五メートルに達していた。やはり沈降している。

一旦浮上して、艦から、何か浮力のあるものを持ってくるしかないと思案していると、特殊機雷を引いているワイヤーの角度が急角度に変わり始めた。内耳を損傷して平衡(へいこう)感覚がおかしくなっているため、異状な感覚にとらわれているのかと思ったが、目に異状はない。明らかに角度だけが変わっていた。それも急激にだ。

背筋に電撃が走った。ワイヤーが切れ、急激に沈み始めたのかもしれない。慌ててワイヤーに手を添える。しかし、ワイヤーのテンションは高いままだった。周囲の水流も、艦の前進を感じさせた。深度計を見ると、再び五〇メートルほどに浮上している。大越は、状況の理解ができないままワイヤーを見つめていた。既に垂直近くまでワイヤーが急角度になっている。そして、その先になにやら白い物体が見えてきた。それとともに、その白い物体の手前にダイバーの姿も見えた。

またトモカヅキなのか。大越は声を出さずに毒づく。やがて、白い物体が近づき、はっきりと視認できるようになってきた。

それは、係維掃海用の曳航浮標だった。かなり大型のフロートなので、浮力は相当ある。危険物浮揚装置の浮力と合わせ、浮力を失いつつある特殊機雷を浮揚させる力になっていた。艦が前進していることによる水の流れを利用して、ワイヤーを伝って曳航浮標を沈めてきたようだ。特殊機雷が浮上し、深度が浅くなっていたからこそできた芸当だった。当然、その曳航浮標には、人が付いて運んできているはずだ。トモカヅキかと思われた人影は、確かにダイバーのはずだった。先に浮上した武田たちであるはずはない。時間的にありえない。マスク越しに見える目を見ても、誰なのか分からなかった。彼を手伝い、曳航浮標から伸ばしたロープを網に取り付ける。カラビナを引っかけるだけだ。

その作業完了と同時に、缶体の上部から、空気が泡となって吹き出した。缶体の内部が、ほぼ海水で満たされたのだ。空気は、圧縮され体積が少なくなっているため、すぐに泡は止まった。深度計を見ると、四〇メートルを切り、周囲が明るくなってきた。曳航浮標を持ってきたダイバーは、上を見ていたが、明るくなってきたことを認識したのか、大越を見つめて、目を和らげた。そして、拳を差し出す。その動作を見て、大越は、ダイバーが誰なのか悟った。采女だ。ダイバーとしての資格を持っているとは言っていなかったが、ここにいる以上、持っているのだろう。

確かに、潜水艦にもダイバーは乗り込んでいる。潜行中にスクリューが漁網を絡めてしまうというようなトラブルが発生することもある。その際、船外に出て絡まった漁網を外したり、切るといった作業が必要になる。それに、ダイビングとは異なるが、潜水艦乗員は、沈没した潜水艦から脱出するための訓練も受けている。

采女が来てくれなければ、特殊機雷は再び深度を深め、武田たちが再度潜って引き揚げることが間に合わなかったかもしれなかった。大越は、采女に拳を差し出し、フィストバンプで感謝を伝えた。

二月七日　〇六時〇〇分

樺山統合情報部部長は、ここのところまともに眠れてはいない。昨夜も、何度かの報告と、それを受けての命令を何度か発していた。その合間に、細切れの睡眠をとっただけだ。おかげで、起きていても頭は冴えない。

しかし、先ほど駆け込んで来た樋口三佐の報告は、その寝不足の頭を強引に覚醒させた。やっとのことで確保できたと思った特殊機雷が、曳航中に沈んだという報告だった。掃海隊群司令部に派遣した戸倉一尉から連絡が入ったという。曳航中だったため、即座に沈んだわけではないものの、特殊機雷が大型で重量もあるため、ワイヤーが保たないかもしれないと聞かされ、気が気ではなかった。

曳航中に突然沈んだという情報が事実なら、特殊機雷がコマンドを受信して沈降した可能性が高い。コマンドを受信したということは、こちらの動きを察知し、特殊機雷を確保させないために沈降させたに違いなかった。

その分析結果だけは、速報と共に統幕に報告済みだ。それを受けて、統幕では九時に予定されている作戦の前倒し決行を検討している。浮遊している残りの特殊機雷が沈降させられてしまったら、日本にとっての脅威が絶大だからだ。その前に、無理をしてでも沈降を阻止することになるだろう。

作戦が決行されると、政府・防衛省としてはある程度情報を公開せざるをえない。後になって、極秘のまま海上警備行動を発令し、外国の船舶に対処していたなどということになれば、マスコミは政府を非難するだろう。そのまま放置すれば、日本国民が核の脅威にさらされるのだとしても。

しかし、情報を公開するにあたっては、万人が納得できる特殊機雷の中身の情報が欲しかった。それが、樺山の焦りの原因だった。

まんじりともせず待ったものの、続報はなかなか届かなかった。しびれを切らして掃海隊群司令部に連絡を入れさせても、戸倉も『ひらど』に行った采女と連絡がとれないという。

「采女は何をしているんだ？」

樺山が問いかけると、樋口は言いにくそうな顔を見せた。

「沈ませないように支援するとかで、采女も潜ったらしいです」

樺山は絶句して、コーヒーカップを口にした。こうなったら、焦ってもどうしようもなかった。

「沈降前に、送信はあったのか？」

樺山は、頭を切り換えて樋口に問いかけた。『ひらど』に電子戦支援機材(ES)を送り、アンテナに直結させてデータを取るようにしていたため、もし特殊機雷から送信があれば、データが取れたはずだった。

「短い送信ですが、確認できました。一定間隔で送信していたときと同じ波長の超長波でした」

「だとすると、それはよくない情報だな……」

「はい。全ての通信を単一周波数で行なっているとは考え難いので、定期送信と突発事態の送信が同じだとすると、最悪、一基ずつ周波数を割り当てられている可能性があります。数基まとめて一つの周波数を使っている可能性もありますが、判明した周波数で妨害できる通信は、特殊機雷の一部のものに留まるであろうことは、間違いなさそうです」

複数の特殊機雷が、同じ送信周波数を使っていれば、混信してデータが受信できなくなる可能性がある。定期送信と突発事態での送信が同じ周波数を使用していたということは、突発送信が他の機雷が送る定期送信とかぶる可能性がない、あるいは可能性がきわめて低いということだ。

「だが、妨害できる可能性もあるんだ。統幕は妨害をやる予定か？」

「まだ意向は確認できていません。検討中のようです」

「統幕が妨害を行なわないのならば、情報収集を継続しろ」

確認できた周波数の発信源を、えびの送信所と『せいりゅう』を使って調べるのだ。運がよければ、つまり、同一周波数を使って送信している特殊機雷が、少数でもあれば、発見できる特殊機雷が増えるかもしれなかった。

　二度目の退出をした樋口は、五分もしないうちに、再び報告にやってきた。

「沈降した特殊機雷の確保と安全化に成功したそうです。采女はまだ『ひらど』に戻っていないようなので、詳細は分かりません。戻り次第、詳細を急ぎ報告させます」

　その報告を聞いて、樺山は胸をなで下ろした。

「中を開けて写真が撮れるのは何時ごろになる見込みか報告させろ。それが一番重要だ」

「了解しました。采女が『ひらど』に戻った後、急ぎ、報告するよう命じます」

　樺山は、体を椅子の背もたれに預けると、大きく息を吐いた。沈降は、作戦決行を前倒ししなければならない統幕にとってはバッドニュースだが、安全化に成功したのなら、統合情報部としてはグッドニュースだった。少なくとも、これで防衛大臣や官邸から追及されることはない。残る問題は、政府の発表に写真が間に合うかどうかだった。潜水艦発射弾道ミサイル（SLBM）の写真さえあれば、国民は納得させられるだろう。樺山は、そこまで考えをまとめ、思考を広げた。

「あとは、米軍か……」

　樋口が戻ってゆくと、樺山は独りごちた。作戦決行と同時に、米軍への情報を開示する許可は得ていた。いつまでも、米軍をごまかしていることは、信頼関係を損ねる結果になるからだ。しかし、協力を依頼をすることがあれば、あくまでこちらから連絡する予定だった。今回に限っては、利益が相反する以上、仕方がない。

むしろ、米軍が勝手に動くことがないように、彼らを抑えるだけの情報が必要だった。『ワイズマイト』のデータが、何としてでも必要だった。それが手に入れば、まだ位置の判明していない特殊機雷を確実に処理ができると言える。米軍に、手を出すなと言うこともできる。そのための動きは始まっていた。樺山は、拳を握りしめた。

二月七日　〇六時三〇分

「聞こえるか？」
減圧症を治療するための再圧タンクの窓から、采女の顔が見えていた。タンク内には、大越と茉莉邑海士長が入っている。タンクは、本来一人用で、茉莉邑が入っている部分は衛生員が入る側だ。大越だけでなく彼女も減圧症になってしまったため、二人で再圧タンクに入っている。彼女の病状はさほど酷い状態ではないそうだ。減圧症は、潜水の状況だけでなく、体質や体調によっても症状が変わる。大越は、睡眠不足ぎみだったこともよくなかったのだろう。それに、減圧症は、急浮上した場合に、最もかかりやすい。もちろん、それは分かっていたものの、内耳の損傷によるめまいで、嘔吐寸前だったため、やむを得ず急浮上した。実際、浮上してから吐いた。結果的に、減圧症の症状が重く出てしまっていた。

「片耳しか聞こえないので、なんとか聞こえるというところです」

再圧タンクの内外は、マイクとスピーカーごしに会話することになるため、なおさら聞こえにくかった。

「無茶をしてくれたおかげで、沈まずに済んだし、安全化もできたはずだ。このまま新島まで曳航した後、浜に引き揚げて分解することになるだろう」

タンクの中にいても、艦が全速で移動していることはエンジンの振動でわかった。もう、音を響かせないよう気にする必要もないからだ。

「それはよかったです。ですが……どうして突然沈降したんでしょうか？」

「分からない。特殊機雷は、定期的に位置を送信していたようだ。移動が異状だと判断された可能性が高いが、推測でしかない」

「しかし、そうだとすると、こちらの動きに気づかれたということですよね。この後の動きは大丈夫なんですか？」

「君が気にすることじゃない……が、大丈夫なはずだ。それなりの動きは取っている」

「そうですか」

それを聞いて安心した。やるべきことはやれたらしい。

「それから、『あわじ』も、沈降していた特殊機雷の撮影に成功したそうだ。沈降後の状態も確認できた。予想どおり、短係止機雷のような状態だ。あとは、ミサイルの確認だけだ」

「自分の手でやれないことが残念です」

ここまでやったのだ。自分の手で解体し、ミサイルをこの目に焼き付けたかった。しかし、鼓膜の損傷は別として、残念ながら、減圧症の治療は再圧タンクの高圧純酸素の中で、時を過ごすしかない。

「もう十分だ。ゆっくり休んでくれ」

采女は、そう言うとどこかに行ってしまった。

再圧タンクの中は、自衛隊艦艇の三段式ベッドよりも狭い。寝返りを打つことはできたが、手を横に広げることさえできない。細い土管に横たわっているようなものだ。内耳損傷によるめまいが酷く、タンク内でなくとも動き回ることはできそうにないが、暇だった。

「まだ痛みますか？」

茉莉邑の声が響いた。再圧タンクの中には、土管の中で、頭と頭を突き合わせるような形で入る。治療役でもある茉莉邑は、大越に薬も渡してくれる。

「大して効いてないぞ。あれは本当に鎮痛薬だったのか？」

「そのはずです。痛みが酷いようなら、もう一錠飲んでもいいそうです。飲みますか？」

「あるならくれ」

茉莉邑は、「眠くなるらしいですが」と言いながら、錠剤と水の入ったコップを差し出してきた。

「眠くなるほうがありがたい。動きがあったら教えてくれ」

大越は目を閉じた。紗雪の顔がまぶたに浮かんだ。

「あとは、お前の仕事だぞ」

大越は、心の中で三杉に告げた。

第三章　南洋

二月七日　〇六時〇〇分

三杉たち、第四小隊が取り付いている舷側は、ロッククライミングでいうオーバーハングのような、上がせり出した状態だ。おかげで、甲板上からは死角になっている。体を休めることはできないが、精神的には楽だった。

取り付いた直後は、反応を警戒して緊張していたものの、今は次のアクションに向けて休息しながら、可能な範囲で情報収集中だ。耳を船体に付けて音を探り、死角からゆっくりと顔を出し、舷側に取り付けられた超長波用のアンテナと甲板上の動きを探る。

船内からは、機関音と時折何かをぶつけるような音はしたものの、特異な音は確認されていない。舷側のアンテナは、はっきりと見えた。明らかに、元から貨物船に付けられている装備ではなかった。錆があちこちに浮いた船体に、ステンレス製のアームが異様だった。死角から顔を伸ばしてみる限りでは、甲板上に動きらしい動きはない。三杉は、密かに取り付けたことに安堵し、報告していた。もし、取り付いたことを気取られていたら、海に飛び込み、救助のUS－2が来るまで、ひたすら浮いていなければならなかった。

第一段の難関は突破した。次は、警戒の隙を突いて、甲板に上がらなければならない。超長波用アンテナに爆薬を仕掛け、船尾楼の上に上がり、その他のアンテナ類にも爆薬を仕掛けるのだ。三杉は、腕時計を睨んだ。

「そろそろ定時だな」

まだ、甲板に上がるのには早い。爆破の直後に、ヘリで急襲する第三小隊がファストロープで降下することになっている。その後に、第一、第二小隊も応援で駆けつける予定だ。彼らと時間を合わせなければならない。それまでは、定期的に状況を報告するだけだ。

三杉は、定時報告を上げるため、無線機を担ぐ菰田一曹に呼びかける。菰田は、視線を向けてきたが、同時に左手を上げて、三杉を制した。どうやら、通信が入ったようだ。

「コウノトリ、フォース、了解。確認する」

菰田の目つきが厳しいものになっていた。

「艦隊指揮所より、問い合わせです。即座に通信遮断を行なうと同時に、戦闘指揮所(CIC)へ突入・占拠し、応援の到着まで維持が可能か聞いて来ています」

基地から艦艇を出せなかったため、洋上にあった第六護衛隊の三隻が、作戦に投入されている。艦隊の指揮所は、後方の『たかなみ』に設けられ、『おおなみ』と『てるづき』

が接近してきているはずだ。

『たかなみ』に置かれた指揮所が、予定の変更を急遽（きゅうきょ）検討するということは、なにがしかの異状事態が発生したに違いない。その異状事態が気になるものの、最前線の指揮官に求められているのは全般状況の把握ではなかった。求められていることが可能なら実行し、不可能なら、それを報告する。

「現在地では、判断不可能。爆薬設置後に、船尾楼から再度報告するか、可能と思われれば実行するかどちらかになる。ただし、占拠が困難なら、撤退せざるをえない可能性がある。また、戦闘指揮所（CIC）占拠の成功・失敗にかかわらず、予定されていた船尾楼上からの支援は困難になると思われる」

三杉が、手を振って報告を促すと、菰田は復唱するようにして送信した。三杉たち第四小隊の主な任務は、通信遮断のためのアンテナ破壊だった。それは、最初に楠から隠密潜入が可能かと問われた時から決まっていたことだ。隠密に潜入可能な極少人数では、できることが限られるからだ。

超長波用のアンテナ以外は、船尾楼の上にある。そのため、これらのアンテナを破壊するなら船尾楼の上に上ることが必要だ。そして、上をとることは、戦術上有利となる。船尾楼に上る前に、舷側の超長波用アンテナには無線作動爆薬を仕掛ける予定だ。これを船尾楼上のアンテナと同時に破壊し、通信を遮断する。そのあとは、船尾楼上で、全員が選抜射手（小銃手と狙撃手の中間的戦闘員）として、甲板上の敵兵を射撃することで、ヘリやリブから乗り込んでくる他小隊を支援することになっていた。特に、ヘリからファストロープで降下予定の第三小隊の支援は重要だった。ヘリは対空射撃に対して脆弱だ。三杉たちが対空射撃を行なう敵兵を阻害できなければ、ヘリから降下することは困難だろう。戦闘指揮所に突入してしまえば、占拠できたとしても、ヘリからの降下支援をすることができなくなることは明らかだ。戦闘指揮所を占拠することが、何にも増して重要になったのだろうということだけは想像できた。

三杉は、戦闘指揮所の突入・占拠を行なう流れを頭の中で組み立てた。超長波用アンテナへの爆薬と無線起爆装置の設置、その後、船尾楼上に上り、アンテナ類に爆薬を設置するまでは、予定とほぼ同じだ。

変更しなければならないのは、船尾楼に上る際に、戦闘指揮所への突入ルートを偵察し、爆破準備の後に、突入準備を行ない、爆破と同時に突入することだった。

「艦隊指揮所より命令。即座に行動を開始し、通信遮断と同時に、戦闘指揮所へ突入・占拠し、応援の到着まで維持せよ」

「了解。通信遮断、戦闘指揮所への突入予定時刻は追って報告する」

三杉は、再度、時刻を確認すると、すぐさま命じた。

「〇六〇二をもって行動開始。各自、戦闘指揮所へのルートを確認しつつ、船尾楼上に達するまでは予定どおり行動せよ。その後の行動は、船尾楼上で指示する」

菰田が艦隊指揮所に命令の了解を伝え、B班にも命令を伝達すると、砧二尉と佐野三曹が、死角の縁ぎりぎりまで前進する。

我々が潜んでいることは、船員に露見していない。慎重に行動すれば、通信遮断と戦闘指揮所(CIC)の奇襲は可能なはずだった。問題は、その後だった。急な行動は、他の小隊も同じはず。応援が来ると言っても、第三小隊の搭乗するヘリ、SH-60は、後方にいる『たかなみ』から発進することになっている。急行したとしても二〇分ほどはかかるはずだ。しかも、三杉たちは、彼らの乗船を支援できなくなった。

そして、一小隊と二小隊は、それぞれ、『てるづき』と『おおなみ』に乗艦している。両艦とも、『ワイズマイト』の水上レーダーにかからない場所にいるはずだ。護衛艦が最高速で急行しても、かなりの時間を要するはずだった。

しかし、それを心配することは、三杉の仕事ではなかった。アンテナ破壊のための爆薬の他にも、船内に突入するための閃光発音筒(フラッシュバン)は携行している。強烈な音と光で、一時的に視覚、聴覚、平衡感覚を失わせ、戦闘力を奪うものだ。

「奇襲できるかどうかが全てか……」

三杉は独りごちた。慎重さは必要だったが、急ぐ必要もあった。ヘリや接近する護衛艦がレーダーにかかり、警戒される前に突入しなければならなかった。

「行きます」

時計を睨(にら)んでいた砧の言葉に、三杉は「GO」と答えた。

二月七日　〇六時一〇分

王(ワン)は、戦闘指揮所(CIC)に設置された操作卓を睨みながら黙考していた。第一報は、口頭で報告した。詳報となる第二報を、当直士官だった男に作成して送るように命じた。今は、送信のため無線室に行っている。

往路で海中に投入した特号機雷は二〇基だ。残り二〇基は、復路で投入する予定にしていた。時期が異なれば、海流も変わる。確実に、目的の海域に到達させるための措置だったが、王は後悔していた。往路で全て投入すべきだったのだ。

「どこかで情報が漏れたか、それとも読まれていたか……」

王の独り言(ひとりごと)に、操作卓をのぞき込んでいた当直員が反応した。

「李九(リグ)は、搭載している潜水艦発射弾道ミサイル(SLBM)を製造していただけで、作戦については知らされていなかったのでは？」

「そのはずだ。それだけで読まれるとは思えないが、アメリカと日本が、なんらかの動きを執っていることは間違いない。スパイが入り込んでいたとも思えない。偶然に見つかったとすれば、不運だが、仕方ない。第一目標の攻撃を諦めて、第二目標を狙うために沈降させたくはない。二回目の投入も急ぐ」

王は、攻撃目標を第二目標として設定してあった日本に切り替えることも考えていた。その場合は、浮遊している特号機雷をすぐにでも沈降させればいい。数千メートルの海底に沈んだ特号機雷の捜索は容易ではない。だが、日本を攻撃できたとしても、アメリカに対する抑止力としては弱すぎた。自衛隊や米軍が本格的な対処を始めているとは限らない。決断は難しかった。

「なんだ？」

王が、本国に判断を仰ぐべきだろうと考えていると、当直員が怪訝な顔で、背後にある戦闘指揮所の入り口ドアに視線を向け、呟いた。

「どうした？」

「いま、外でうめき声のようなものが聞こえた気がして……」

王が、振り返ったとたん、激しい衝撃と共に轟音が響き、薄暗い戦闘指揮所に光が差した。

非常事態なのは、間違いなかった。それが何なのか判断はできないが、敵襲だと考え、任務の継続を図るべきだった。敵襲ならば、完全に奇襲を受けたことになる。準備した相手に、腰のホルスターに入れたトカレフで応戦しても、勝ち目はない。

王は、「操作卓を破壊しろ」と叫ぶと、身を翻してドアに背を向けた。幸い、戦闘指揮所と言っても、もともとあった作業室を改造したものだ。窓をふさぎ、壁面には鋼板を追加して防護力を上げただけ。二つあった入り口は、片方を閉鎖して非常口にしてあった。船橋のある船尾楼は、構造上横長だ。左舷側の入り口から突入を図られたようだったが、右舷側の非常口から脱出できる可能性が残されていた。

王にとって幸いだったのは、特号機雷との通信が超長波しかなく、管制が非常に単純だったことだ。そのため、操作卓も市販のパソコンを使用している。予備端末も、市販のノートパソコン一つだった。日本製の防塵防水で、耐衝撃性の高いものだ。

正面の壁に貼り付けてある太平洋の海図の横、ラックに予備端末が入っている。王が、それを手にした瞬間、背後で轟音が響き、背を向けていたにもかかわらず目がくらんだ。耳鳴りもしてよく聞こえない。手をかざし、非常口に向けてよろよろと進んだ。

当直員の叫びが、おぼろげに聞こえた。彼が操作卓を破壊できたのか、確認する余裕もない。手探りで非常口のノブをひねると、右舷側の廊下に転がり出る。廊下は、右舷側と左舷側で分かれている。幸い、右舷側の廊下に敵はいなかった。階段室まで走り、急なタラップをたたらを踏みながら下りた。

どうやら、最初の爆発で、入り口ドアを完全に破壊できなかったようだ。補強が奏功したのかもしれない。隙間から投げ込まれたのは、フラッシュバンだったのだろう。手榴弾だったら、王は今ごろ生きてはいなかったはずだ。

奇襲してきた勢力の規模が不明だった。一旦、安全圏と思われる乗員の居住区画まで下りると、船内電話でブリッジにかける。耳も目も、ほぼ回復してきた。

「王だ。ブリッジは無事か？」

「はい。ブリッジに異状はありません。上下で大きな音がしました。何があったのでしょうか？」

王は、その無頓着さ加減に腹を立てたものの、喉から出かかった大声は飲み込んだ。ただの船員では仕方がなかった。警備以外のブリッジ勤務員は、元からこの貨物船に乗り込んでいた、ただの船員だ。

「戦闘指揮所が襲撃を受けた。ブリッジを死守しろ。それと、本国司令部に報告しろ。戦闘指揮所を押さえられたとな」

王が命じると電話口から金の声が響いた。

「本国司令部と無線が通じません。無線機は作動しているもようです。アンテナが破壊されたか、アンテナまでの線が切断されています」

「クソ！」

王は毒づくと一旦電話を切り、警備司令部ともなっている食堂兼船員控室に掛け直す。

「王だ。状況を報告しろ」

「戦闘指揮所（CIC）の警備と連絡が取れません。戦闘指揮所（CIC）付近と船尾楼の上、それと両側の舷側で爆発音を確認。一個分隊は、即座に動けます。残り一個分隊が出動準備中です」

「戦闘指揮所（CIC）の奪還を図れ。敵は少数だ」

ブリッジが襲撃されていないということは、敵にブリッジを襲う余力がないことを示していた。敵からすれば、奇襲はできていた。彼らの戦力が十分ならば、ブリッジにも奇襲をかけたはずだった。ブリッジが襲われていないという事実は、戦闘指揮所（CIC）に突入してきた勢力が全てということなのだ。

考えるべきなのは、これからどうするかだった。だが、どうしても奇襲を受けてしまったことに意識がゆく。朝食前のブリッジで聞いた、機関当直からの異音報告があったことを思い出した。

「あれを気にかけるべきだったか！」

どうやって侵入したのかは分からない。だが、分かったこともあった。予想していたよりも、はるかに日米に対応されているということだ。恐らく、間を置かず、周囲に敵が殺到するはずだった。

舷側で爆発音が確認されている。遮断されたのは、本国との通信だけではないはずだ。予備端末はあっても、超長波のアンテナが破壊されていたのでは、第二目標を攻撃するために特号機雷に沈降信号を送ることもできない。

「だが、作戦が失敗と決まったわけではない！」

王は、自分を鼓舞（こぶ）するように叫んだ。

二月七日　〇六時一〇分

艦船の指揮所と言えば、第二次大戦まではブリッジだった。別に戦闘指揮所（CIC）が設（もう）けられるようになっても、通常、操船に関しては、今でもブリッジで指揮を執る。だから、『ワイズマイト』に戦闘指揮所（CIC）が設けられているならば、ブリッジの近く、特に直下が怪しかった。無線室はブリッジに近い。急造の戦闘指揮所（CIC）をブリッジから離れた場所に設けることなどできるはずがないからだ。

もし直下に戦闘指揮所（CIC）がなければ、ブリッジが戦闘指揮所（CIC）も兼ね、操船も特殊機雷の指揮も執っているはずだった。扉の前に、警備兵が立っていたことで、戦闘指揮所（CIC）がブリッジ直下に設けられていることは、簡単に分かった。その警備兵をテーザー銃で無力化し、爆薬を仕掛けて戦闘指揮所（CIC）に突入を図った。誤算だったのは、入り口が補強されていたため、ドアを一度の爆破で破壊できなかったことだ。おかげで、突入を図った時に、一人に逃げられてしまった。

反面、戦闘指揮所（CIC）の補強は、明るい材料でもあった。これから、この戦闘指揮所（CIC）の占拠を続けなければならない。敵が強力な爆薬でも持っていない限り、部屋ごと破壊されることはなさそうだ。

フラッシュバンで戦闘力を失い、武器さえ持っていなかったオペレーターらしき船員服を着た男を拘束し、戦闘指揮所の制圧、確保は完了した。三杉は指揮下の隊員に次の動きを命じた。

「A班は戦闘指揮所の奪還阻止。廊下にバリケードを構築しろ。この部屋は装甲強化されているようだ。基本的にこの戦闘指揮所に籠もる。室内に爆発物を投げ込まれない限り、相当粘れるはずだ」

砧二尉の命令で、菰田一曹と佐野三曹が室内にあった備品を取り外し、廊下に運び出す。強行突入を防ぐための障害だ。ほんの一瞬でも接近を阻めれば、射撃で突入を阻止できる。

「B班は、戦闘指揮所内の重要物品の確認を行なえ」

特殊機雷の操作端末らしきパソコンには前田二曹が取り付いた。艦隊指揮所からは、この端末の確保、維持が最優先だと言われている。

三杉自身は、無線通話が可能か試みた。爆薬で破壊してしまったので、戦闘指揮所の入り口は開け放たれているが、そもそも船尾楼自体が鋼鉄の塊だ。無線は通じにくい。船尾楼後方のドアを開け放ったままにしているせいか、時々途切れるものの、何とか通話は可能だった。

「コウノトリ、フォース、戦闘指揮所（CIC）の占拠完了、被害なし、拘束二、戦闘指揮所（CIC）内の機材については一見では問題なさそうだが、現在確認中、後ほど報告する。増援の到着見込みを知らせ」

「フォース、コウノトリ、戦闘指揮所（CIC）占拠了解。サード搭乗のSHは、約二〇分で到着見込み。『てるづき』、『おおなみ』の到着は、五〇分後」

三杉は、了解を告げると思案した。戦闘指揮所（CIC）は、守りやすい構造にはなっている。警戒されていれば苦しかったが、奇襲できたからこそ占拠できた。船員の保有する武器が銃だけならば、銃弾が続く限りは、防衛できるだろう。重火器を持ち出されれば、どうなるか分からない。それに、小銃だけだとしても、残弾が残り少なくなれば、離脱しなければならない。最短でも、第三小隊を乗せたSH-60が到着するまでは、孤立無援だった。

「弾薬を節約しろ。結構粘らなければならない可能性があるぞ」

三杉が、砧たちA班に命令すると、館林三尉から報告が届く。

「船内電話は使えそうです。ブリッジの番号も分かりました」

彼には船内電話を探すように指示してあった。もちろん、使うためだ。

「よし。ブリッジに停船を命じろ」

館林は、朝鮮語を得意としていた。三杉も、形どおりの警告や命令ならできるものの、会話となると難しい。館林は、まず日本語で「こちらは日本国の自衛隊だ。『ワイズマイト』号は、ただちに停船せよ」と告げ、同じ内容を朝鮮語で告げようとしていたが、途中で止めた。

「切られました」

「だろうな。聞きはしないだろうが、通告した事実は必要だ。続けてくれ」

三杉がそう言うと、砧から叫ぶような報告が届く。

「来ました」

自動小銃の連射音が響く。佐野が入り口から銃口を出すようにして反撃している。外れたドアを横倒しにして盾として使い、バリケードも築いてあるため、そうやすやすと突入されることはないはずだ。不安は時間と残弾、そして何よりヘリで接近中の第三小隊が、乗り込めるのかどうかだ。三杉たちが船尾楼の屋上にいれば、甲板上のほとんどの場所は、射撃で制圧できる。対空射撃を阻害できるため、ヘリから強行して乗船することも可能だったはずだ。それが不可能になった。孤立したまま、長時間耐えなければならない可能性もある。

そして、任務達成上の不安材料は、もう一つあった。

「小隊長、シャットダウンしても、データは保存されそうです。少なくとも、ログらしきものがあるので、最新のデータ以外は、ハードドライブかＳＳＤに保存されていそうです。画面の写真も、撮れるだけは撮りました。シャットダウンしますか？」

端末を調べていた前田の報告に、三杉は「やれ」とだけ命じた。これで、戦闘指揮所(CIC)の電源を切られても、最優先で確保しろと言われたデータは維持できそうだった。

「あとは、持ちこたえられるかどうかだな」

二月七日　〇六時一五分

普段は、和気藹々(あいあい)とした歓声が響く部屋に、怒号が渦巻いていた。食堂兼控え室は、長い航海のため、中国から輸入された娯楽用のテレビとビデオ機器が備え付けられている。今は、その一角が警備司令部となっていた。

「状況はどうだ？」

王(ワン)は、部屋に入りざま、その一角に問いかけた。船内電話に怒鳴っていた警備責任者の呂(ヨ)が、立ち上がる。紅潮した顔が、みるみると青ざめた。

「申し訳ありません。いつ、どこから侵入されたのかは分かっておりません」

「そんなことは後だ。排除できるのかどうか聞いている！」

呂は、直立不動で叫ぶように答えた。

「現在、先行の分隊が戦闘指揮所(CIC)に到着し、排除を試みています。しかし、戦闘指揮所(CIC)の装甲化がされている上、簡易のバリケードが設けられており、突入はできておりません」

「排除はできるのかと聞いている!」

王は、この船に乗り込んでから、一度も声を荒らげたことはなかった。その王の激しい言葉に、呂は震え上がっていた。

「RPGを使用して排除します」

「できるのならばやれ。どこから撃つつもりだ? 階段室から、室内に撃ち込めるのか?」

戦闘指揮所(CIC)は、ブリッジの一階層下、船尾楼の中央にあった。その入り口は、左舷側にある階段室から、いくらか距離がある。ドアは廊下の左横だ。階段室から射撃すると、入射角が浅くなる。直接室内に撃ち込むことは難しい上、ロケット弾発射機であるRPG7は、成形炸薬(さくやく)が起爆せずに、壁面で弾かれてしまう可能性が高い。牽制(けんせい)としては使えるだろうが、効果がどの程度あるのかは怪しかった。

「で、では、甲板から機関砲を外して持ってまいりますか?」

船首部の甲板下には、使用時にせり上がる二三ミリ口径の高射機関砲、ZU‐23が備え付けられていた。対空、対水上射撃のためだ。しかし、王は、何のために排除するのか考えることのできない男に、これ以上問いかけても無駄だと思った。

「そんなことをしている間に、自衛隊の船に囲まれる。RPGは、十分な数があるのならばやってみろ。だが無理ならば、むしろ温存してこれから乗り込んでくる他の敵に使え。戦闘指揮所（CIC）の奪還が無理なら無理で構わん。圧力をかけた上で、少数で戦闘指揮所（CIC）に籠もった敵の封鎖を続けろ。出てこられないようにしておけば、それでよい。それと急ぎで戦闘指揮所（CIC）の電源を切れ！」

呂は、船内電話に取り付いて王の命令を遂行（すいこう）すべく、命令を下し始めた。王は、心を落ち着けて考える。

どう考えても、離脱は不可能だ。二〇〇一年に発生した九州南西海域工作船事件でも、海上保安庁は機関砲を使用した。今回は、最初から自衛隊が出てきている上、大型の貨物船相手だ。あの時以上の火力を使うこともためらわないだろう。高射機関砲があっても、自衛隊の艦艇には歯が立たない。速度もあちらの三分の一程度しか出すことのできない『ワイズマイト』には、この状況から逃げ切ることなどできるはずもない。逃げることができないのであれば、なおのこと、可能な限り、任務を遂行すべきだった。

「電話を貸せ」

王は、ブリッジに電話をかけ、金（キム）を呼び出した。

「第四船倉のハッチカバーを開け。私は第四船倉に向かう。状況はどうだ？」

「レーダーで、ヘリと自衛隊の艦艇らしき船二隻を捉えています。ヘリは約一五分、艦艇は四五分程度でこちらに来そうです。進路は、このままですか？」

「一五分か。何としても、ヘリから乗り込まれないようにしなければならん。呂に対処させるが、なるべく時間を稼げ！」

「了解しました。左に変針して、少しでも接触を遅らせるため、南方に待避します」

王は、受話器を置くと、呂に向き直った。

「ヘリが来る。迎撃しろ。たとえ撃墜できなくとも、絶対に乗り込ませるな！」

二月七日　〇六時二〇分
「小隊長、攻撃が散発的になってきました」

三杉は、砧二尉の報告に肯いた。船内は、閉鎖空間であるため、音が響きやすい。けたたましく響く銃声が、少なくなってきていることは、三杉にも分かっていた。

「意図をどうみる？」

問題は敵の意図だ。

「奪還を諦めたか、何か策があるのか、どちらかだと思います。今は、こちらが動きをとれないよう牽制してきている感じです」

三杉は、その言葉にも肯いた。恐らくそのどちらかだろうが、それを判断する材料がなかった。

「粘らなければならないこちらとすれば好都合だ。奪還策には留意しておけ」

砧に命じると、三杉は頭を切り換えた。端末のシャットダウンが完了後、前田二曹には、カメラで撮影した端末画面を確認させ、特殊機雷の大まかな位置を無線で報告させている。別府士長には、離脱しなければならない状況に備えて、固定されている端末を取り外すよう命じてあった。戦闘指揮所(CIC)内の確認作業は継続中だ。今、三杉が命じなければならないことはなさそうだ。

三杉が、接近しつつあるヘリや艦船に意識を飛ばすと、突然、船が左に進路を変え始めた。船が大型のため、非常にゆっくりだ。接近中のヘリや艦艇からも分かることではあるが、変針の状況を報告させる。

「コウノトリ、フォース、『ワイズマイト』は左に変針、進路不明」

まだ『たかなみ』まで距離があり、US-2が無線中継していた。前田が報告し終わると、突然室内の灯(あか)りが消えた。

「シャットダウンしておいて正解でしたね」

三杉は、前田の言葉に肯いた。戦闘指揮所(CIC)の電源が切られたのだ。予想したとおりなので、三杉たちに焦(あせ)りはない。端末をシャットダウンしてあるため、データが壊れた可能性もないはずだった。

間もなく日が昇る。灯りはないものの、船尾楼の後方ドアを開け放っていることもあってか、暗いとはいえ、十分な明るさは確保できていた。そして、それには灯り以外の発光物も影響していた。

「モニターは、そのままだな」

戦闘指揮所(CIC)に備え付けられた装備で目立つものは、特殊機雷の管制用と思われる端末の他には、船外の確認用と思われるモニターと三杉たちにはなんなのか分からない、いくつかのランプが付いた表示装置だった。その他は、海図や朝鮮語のドキュメントだ。モニターには、船尾楼のどこかから前方を俯瞰(ふかん)したカメラと、逆に船首マスト上に設置されていると思われる後方を向いたカメラの画像が映っていた。電源が切られれば、当然確認できなくなると思っていたが、なぜか消えることはなかった。明るく輝く画面が、灯り代わりにもなっていた。

「電源……と映像も、上から引いているみたいです」

さっそく、モニターの裏をのぞき込み、確認していた別府が言った。壁面上部にマウントされているモニターは、映像も電力も、上にあるブリッジから引いているのだろう。

「こいつはラッキーだな。電源を落とすことで、モニターも見られなくなったと思っていたんだろう」

相手のうかつさにほくそ笑んでいると、モニターに映る映像に変化があった。

「対空砲のようですね」

館林三尉が、苦々しげに言った。船首マストの前方に、下からせり上がってくるものがあった。

「くそっ。前田！」

三杉がモニターを指し示すと、引き続き、特殊機雷の位置報告をしていた前田が、対空砲の状況を報告する。危惧したとおり、船尾楼の上を押さえなかった悪影響が出てしまった。この対空砲を何とかしない限り、ヘリが接近することはできないはずだ。

「小隊長。対空砲の件を報告しました。対策は講じるとのことです」

こちらで考えるようなことは、司令部でも考えていたようだ。何か準備はしてあるのだろう。少しだけ安心していると、船内電話のベルがなり、ランプが点滅する。

心臓が飛び上がった。初めて、船員側からアプローチがあったのだ。三杉は、館林に肯いて、電話に出るように促した。館林は、神妙な顔で連絡を聞いていた。

「これ以上、本船を攻撃した場合は、日本を攻撃すると言っています。これを日本政府に伝えろとも」

「攻撃するとは、どういう意味か聞け。それと、停船も命じておけ」

まともな答えが返ってくるとは思えない。だが、極力情報は収集しておかなければならなかった。館林が朝鮮語で話していたが、通話が切られたのか、受話器を置いて報告してくる。

「攻撃は、弾道ミサイル攻撃だそうです」

「それだけか？　停船命令については？」

「他には何もありません」

「よし。前田に代わって、報告しておけ」

館林が、報告を始めてしばらくすると、モニターの中で、またしても変化があった。

「なんだ？」

三杉の口から、呟きが漏れた。最も後方、船尾楼に近い前から四つ目の船倉ハッチが左右に開き始めていた。

「館林。これも報告しろ」

そう言って、モニター画面を指し示す。何が起こるのか固唾(かたず)を飲んで見守っていると、船倉の船荷を吊り上げるクレーンも動き始めた。三杉には、何が行なわれているのか、さっぱり分からなかった。

クレーンは、船倉から裏返しにされた中華鍋のようなものを吊り上げていた。その周りには、防舷物が三つ付けられている。三杉にできることは、報告し判断を仰(あお)ぐことだけだった。

二月七日　〇六時二五分

船倉の壁は、赤茶けた粉塵で覆われていた。以前は、鉄鉱石を運んでいた名残だ。今、その船倉には、灰色の石ころにしか見えないフェロシリコンが三分の一ほど入れられている。経済制裁を回避するため、製鋼用の中間製品としたものだ。上海を出るまでフェロシリコンの下に隠してあった五基の特号機雷が引き出され、フェロシリコンの上に出されている。そのうちの一基だけを立て、上部のフロートをクレーンで外して投棄したところだ。

王は、第四船倉内に設けられたキャットウォーク上にいた。キャットウォークは、フェロシリコンを運搬するだけなら必要はない。特号機雷を運搬するために設置されたものだ。

「急げ」

フロートを外し終えた今、缶体だけになった特号機雷を再び横たえる必要があった。

「衝撃を与えれば、故障するかもしれません」

王が持ち出した予備端末を渡され、特号機雷の操作を命じられた技術責任者の兪は、不安げな顔をしている。

「ミサイル部分は、多少の衝撃では壊れはしない。発射の衝撃に比べれば、ぶつけた程度で故障するものか！」

ミサイルの加速は、もし人が乗っていれば即死するレベルだ。高い位置から落とせば別だったが、クレーンで吊った缶体を少々ぶつけたところで、瞬間加速は、大した数値にならない。

「しかし、機雷部分は、そこまでの耐衝撃性を持たせていません」

王は、その質問に答えず、鼻で笑った。

「何のためにフロートを外したと思っている。機雷として使いはしない。さっさとミサイルハッチを開けろ」

再び横倒しにされた特号機雷が目の前にあった。兪が、予備端末から延ばしたケーブルを整備用の耐圧コネクタに接続し、端末を操作する。特号機雷の上部からかすかな音が響き、ミサイルハッチがゆっくりと開き始めた。

「この後の作業にも、給電は必要か？」

王は、給電・管制用のケーブルが気になっていた。缶体の下部に繋（つな）がれ、特号機雷の性能維持と状況把握のために使われている。管制用でもあることが問題だった。特号機雷の状況（ステータス）を戦闘指揮所（CIC）に表示させるためのケーブルでもあったからだ。戦闘指揮所（CIC）の電源は切ってあるが、アナログな状況表示盤は生きたままかもしれなかった。配線図を見れば確認できるものの、そんな時間はない。

「何をするかによります」

「ミサイルに細工すると言っただろう」

「そうですが、細工した後にハッチを閉めるなら、給電は必要です」

王は、舌打ちすると、兪の耳元でささやく。周りには、彼の部下もいる。まだ兪以外には聞かせたくなかった。兪は、王の言葉に目を見開き、喉をゴクリと鳴らせた。そして、うわずった声で答える。

「あとは……ミサイルそのものへの操作なので、もう電源は必要ありません」

「では、給電・管制ケーブルは外せ。戦闘指揮所に閉じ込めてある日本人に特号機雷の状況を知られたくない。他の特号機雷のケーブルも外しておけ」

王が命じると、兪は、部下に命じて他の特号機雷も含めて、給電・管制ケーブルを外し始めた。

「準備にどれだけかかる？」

兪は、目を閉じて思案する。頭の中で手順を追っているのだろう。

「一時間以上かかります」

王は、歯がみした。

「そんなにかかるのか！　急げ」

王は、そう命じると、船倉の船尾側に急造されたドアから船内に入った。廊下を歩き、手近な船内電話に手を伸ばす。ブリッジに繋がると、金を呼び出した。

「自衛隊の状況はどうだ？」

「ヘリが約一〇キロまで接近しています。艦艇は、恐らくあと四〇分というところです」

「絶対に乗り込ませるな。可能な限り時間を稼げ」

「はい、分かっています。しかし、ヘリは何とかなると思いますが、艦艇が到着したら、できることは限られます」

「手段は問わない。ぶつけようと何をしようと構わん。可能ならば、むしろぶつけて沈ませろ。この船が沈んでも構わん。ただし、半端にやって乗り込まれることだけは避けろ」

「了解しました。しかし、特号機雷の現物やデータを渡さないことが最優先でしたら、戦闘指揮所（CIC）周辺に火を付けますか？」

「火を付ければ、やつらは脱出するかもしれん。人数はこちらが上だが、こちらが気づかないうちに侵入してきた連中だ。火の回り次第では、こちらも混乱する。ブリッジもだろう。その間に、データを持って脱出されることだけは防ぎたい。確実な措置が必要だ。その準備はこちらで行なっている。お前は、侵入を阻止し、時間を稼ぐことだけ考えろ」

金が了解すると、王は、注意を付け加えた。

「それと、船倉で作業中だ。もし衝撃が来る場合は、事前に教えろ。船倉の作業を遅延させたくない」

王は、やるべきことを見据えて、口を引き結ぶ。腹は決まっていた。受話器を置き、船倉に向けて踵を返した。

二月七日　〇六時三〇分

三杉は、モニターを睨み、ヘリの接近を固唾を飲んで見守っていた。ただし、視線を向けている先は、迎撃しようとしている『ワイズマイト』の船員側だ。船首にある機関砲の状況は報告してある。船尾側は、撮影しているカメラが船首マストの上にあるためか、船尾楼が邪魔になって真後ろは見えないものの、船尾楼周辺で動き回る船員の状況は見て取れた。

カメラには写っていないが、恐らく携帯式の地対空ミサイルがあるだろう。甲板上では、船尾楼が対空戦闘の邪魔になる。船首に機関砲を据え、船尾楼周辺では、小回りの利く携帯SAMを発射するつもりだと思われた。

それらはすでに報告してある。『たかなみ』に置かれた艦隊指揮所からは、囮と牽制を兼ねて、空自のF－15戦闘機が来るとの情報を聞かされていた。船首の機関砲は、恐らくヘリに狙いを付けているのだろう。徐々に船首から左舷側を経て、船尾側に回転していた。それが突然右舷側に回転させられ、猛然と機関砲弾をばらまき始めた。

「SAMです」

三杉は、船首側の機関砲を見ていたが、砧二尉の指摘で隣のモニターに目を向ける。そこには、船尾楼から携帯SAMを持ち出す人影が見えていた。機関砲を撃っている方向に向けて、携帯SAMが発射されようとしていた。無線機を操作している前田二曹が、すかさずそれを報告する。三杉が息をのむ間に、その携帯SAMは発射されてしまった。ほぼ同時に、戦闘指揮所(CIC)の中にまで、戦闘機の轟音が響いてくる。空自のF－15だろう。戦闘指揮所(CIC)にあるモニターは、船の前後しか見えないため、ミサイルが命中したのかどうかは分からない。だが、エンジンの轟音は徐々に小さくなっていった。

「F－15は、ミサイルを回避したそうです」

前田の報告にほっとするが、携帯SAMが、残り何発あるか分からない。これではヘリが近寄ることはできないだろう。

「SHは、一旦離脱して策を練り直すそうです」

「だろうな」

今や『ワイズマイト』は、袋の鼠(ねずみ)だった。大洋のただ中で通信手段を絶たれ、速度も一〇ノット少々しか出せない。逃げることは不可能だった。それでも、抵抗を止めるつもりはないようだ。過去の不審船でも自沈した。そう簡単に白旗を揚げるとは思えなかった。しかし、これだけの大型船は、自沈させることも容易ではない。取水配管に設けられたキングストン弁を開放すれば、海水は船内に入ってくる。船舶を自沈させる際には、開放することが多いことから、自沈用と誤解されていることが多いものの、あくまで補助手段の一つにすぎない。開放したところで、そう簡単に沈みはしない。その間に、必要なものを持ち出す時間は十分にある。

三杉が、艦隊指揮所がどう動くのか想像していると、佐野三曹が、怪訝そうな声をあげた。

「これって、前からこのとおりでしたか？」

佐野が指し示していたのは、何かの表示装置だった。一〇個のランプが点灯していたが、そのうちの一個だけが黄色になっていた。他は緑色だ。ランプは、全部で四〇個あったが、二〇個は元から消灯している。

「いや。確か緑色だったはずだ」

そして、注目している間にも、黄色だったランプが消えた。そして、残りの緑ランプも、次々に消えてゆく。

「前田、これも報告しておけ。どうやら例のミサイル機雷のステータスランプじゃないかと思うが、何だか分からん」

数字が書かれているものの、ランプの色が何を示しているのかは、判断できなかった。しかし、この戦闘指揮所（CIC）が特殊機雷を管制するための指揮所であることから考えれば、船倉に積まれている特殊機雷のステータスだと考えるべきだった。

「まだここに特殊機雷が積まれているのか？　まさか、ここからミサイルを撃つつもりじゃないだろうな？」

二月七日　〇六時三五分

特別警備隊が『ワイズマイト』の戦闘指揮所(CIC)を占拠し、必要なデータの数々を入手できる可能性が高くなったことで、統合情報部の部長である樺山の仕事にも一つの目処(めど)が付いた。いよいよ部隊が本格的に動く段階となった。樺山は、統合情報部の部長として、情報の収集、分析の指揮を情報本部で執るよりも、情報配布の一翼(いちよく)を担(にな)うべき段階になったと判断し、市ヶ谷の地下深くにある中央指揮所に移動していた。分析した情報に関して、助言を求められた際にアドバイスをするためだ。統合情報部は、情報本部の部の一つでありながら、実質的に統合幕僚監部の情報部門でもあるからだ。

中央指揮所は静かだった。防衛大臣も統合幕僚長も、ほとんど発言していない。正面に設けられた特大スクリーン群の中で、新たな状況が、淡々と更新されてゆく。白い壁に光を放つスクリーン。まぶしいくらいの空間の中、遥(はる)か彼方(かなた)で進行する、実際には目にすることのできない状況が、文字と音声だけで進行してゆく。奇妙な非現実感が支配する空間だった。だが、ここでの一言は、現場の状況を一変させることも可能だった。

指揮には、段階がある。今回の事態において、現場で細かな部隊の動きを指揮しているのは、第六護衛隊司令だ。ヘリで進出し、『たかなみ』の戦闘指揮所で指揮を執っている。現場で、艦隊を支援している空自のF－15戦闘機の指揮は、統合任務部隊を任された自衛艦隊司令官だ。第六護衛隊司令の要望に応じて、戦闘機にオーダーを出している。間にいる形の第二護衛隊群は、現場の第六護衛隊で戦力が足りない事態になれば、戦力を補充するべく準備をしている。とはいえ、今回の事態は、対処に時間がかかるものではない。それに、三隻の護衛艦で、戦力としては十分すぎるはずだ。

実態として忙しい指揮所は、第六護衛隊司令のいる『たかなみ』戦闘指揮所だけで、その上級指揮所である第二護衛隊指揮所も、自衛艦隊指揮所も、そして中央指揮所も、基本的には状況をモニターし、現場が動きやすいようにサポートすることが仕事だ。もし口を出すとしたら、それは、よほどの事態だけだった。

樺山としても、基本的に、報告されてくる状況を目で追っているだけだ。必要な情報を提供するという自分の任務は、ほぼ達成できていたからだ。

特殊機雷の現物を確保したことで、政府が、国民に対し、海上警備行動を発令したことの説明を行なう準備はできていたし、『ワイズマイト』の戦闘指揮所を占拠し、必要なデータを確保したことから、米軍がしゃしゃり出てくることを抑えられるようになっていた。

しかし、『ワイズマイト』側から、ミサイルを発射するという警告を受け、戦闘指揮所（CIC）で特殊機雷のステータスランプらしきものが変わったという報告を得て、眉をひそめていた。

直前に、特殊機雷のフロートらしきものが投棄されたという報告があったため、海中に投入せず、積まれたままになっていた特殊機雷があったのだろうということは推測できていたが、『ワイズマイト』の指揮官が、何を狙っているのかが疑問だった。アンテナを破壊したため、通信遮断はできている。日本列島に沿って流れる特殊機雷にコマンドを送ることはできない。今、『ワイズマイト』がコントロールできる特殊機雷は、積まれたままのものだけだった。位置の判明している『ワイズマイト』から一発だけのミサイルを発射したところで、ミサイル防衛で迎撃できる。本国と連携し、南東と北西から挟撃すれば話は別だったが、通信手段を断ってある以上、連携できるはずがなかった。

「逃げるためのブラフか?」

合わせた両手に息を吹き込むようにして独りごちた。

しかし、それもあるはずはなかった。どう考えても逃げきることなどできるはずはないからだ。ブラフだとしたら、敵の指揮官は、すでに錯乱しているとしか考えられなかった。

樺山は、采女が最初に報告を提出してきた時に言っていた言葉を思い出した。特殊機雷も、公算的兵器なのだという話だ。大半の現代の兵器は、照準や誘導性能を高め、百発百中を目指している。ところが、機雷というのは逆なのだ。百発を使用してただ一発が命中すれば、それで十分なのだ。

特殊機雷は、艦船を狙う機雷とは、若干性質が異なる。それでも、核弾頭やダーティーボム弾頭を搭載することで、この点に関しては同じだと言っていた。そして、敷設さえしてしまえば、基本的に自律的に作動する。外部から管制が可能な特殊機雷にあっても、最終的な攻撃以外は自律作動するはずだった。

そのことを考えれば、『ワイズマイト』の狙いは、作戦の続行であるはずだ。ただ一基が、目標を攻撃可能な位置、つまりアメリカ西岸に到達できればよかったし、そこまでは自律的に作動するはずなのだ。

意図に牽制や妨害があるとしても、ミサイルを発射したところで、機雷の捜索活動には大した影響は及ぼせない。

そうであれば、『ワイズマイト』指揮官の狙いは、自沈にあるのではないだろうか。もしくは、それに近い形で戦闘指揮所（CIC）や積まれている特殊機雷を破壊することにあるのではないだろうか。

中央指揮所や自衛艦隊は、『ワイズマイト』から弾道ミサイルが発射されることを懸念して、弾道ミサイルへの警戒を強めている。もちろん、それは必要なことだ。だが、それは相手の意図を読み違えているのではないか。

樺山は、組み合わせていた両手の指に力を込めた。目の前に置かれた電話に手を伸ばし、統合情報部の短縮ダイヤルをプッシュする。

「樺山だ。『ひらど』の采女に繋いでくれ」

今までの対応を見ると、『ワイズマイト』には武器らしい武器は多くなさそうだ。貨物船として、港で検査を受けた際に見つかることを警戒したのだろう。個人携行火器がほとんどのようだ。それでは、『ワイズマイト』を沈めることはできない。だが、特殊機雷を使えば、大きな破壊力を得られる可能性があるのではないだろうか。細かい検討をしていた采女に問いただすつもりだった。

「お待たせしました。戸倉です」

電話口に出たのは、采女ではなく、掃海隊群司令部にいる戸倉一尉だった。

「采女三佐は、艦に戻っているらしいのですが、捉まりません。向こうから連絡するように伝言を頼みました」

樺山は、いらだちを抑えることなく、受話器を叩きつけた。

「あのボケ。分析のプラス評価を帳消しにしたいのか？」

二月七日　〇六時四〇分

三杉は、戦闘指揮所（CIC）の防衛を担当させている砧二尉に声をかけた。

「その後、船員側の動きはどうだ？」

砧は、かるく肯くと、三杉の疑念を裏打ちするような言葉を返した。

「最初こそ、制圧する様子が見えたのですが、途中からこちらを牽制してくるだけで、奪還を考えているような様子は感じられません。こちらが少数なのは分かっているはずなんですが……」

第三小隊を乗せたSH－60が一旦待避し、『おおなみ』と『てるづき』は、全速力で接近を図っているものの、到着までは間がある。そして、そのことは『ワイズマイト』の指揮官にも分かっているはずだ。戦闘指揮所（CIC）を奪還するつもりなら、戦力を集めることができる今がチャンスなはずだった。

「不思議です。なんだか、ここに押し込めておけば、それで構わないと思っているような気がします」

三杉は、砧の言葉に肯いた。問題は、その意味だった。

低速の『ワイズマイト』に逃走の手段はない。にもかかわらず、排除する必要がないと考えているのであれば、九州南西海域工作船事件の時と同じように自沈するか、それに近い壊滅的状態を狙っているのではないだろうか。

　三杉は、この推測を含め、敵に戦闘指揮所の奪還意図が見られないことを『たかなみ』の戦闘指揮所に報告した。

二月七日　〇六時四五分

　主要な船員のほとんどが集まったブリッジは、緊張に満ちあふれていたものの、意外なほど静かだった。北朝鮮の外航航路に乗り込む船員は、朝鮮労働党のエリートだ。思想が強固でなければ、寄港した先で逃亡の恐れがあったし、制裁などで諸外国の臨検を受けた際にも、党の方針どおりに動かなければならない。

　エリート党員である船員たちは、今回の任務を命じられた時点で、危険は覚悟していた。もちろん、その危険に見合う報酬も約束されている。しかし、その報酬を、自分ではなく、家族が受け取るためには、任務を完遂しなければならなかった。

　その覚悟は、むやみに慌てさせることなく、必要な言葉だけを口にさせていた。

「金船長、後方から接近中の自衛隊艦艇が判明しました。左後方やや前に出ているのがあきづき型護衛艦、恐らく『てるづき』、その右後方にいるのがたかなみ型護衛艦、『たかなみ』、もしくは『おおなみ』だと思われます。共に、砲熕兵器は一二七ミリ単装砲と二〇ミリ機関砲です」

金は、肯くと言った。

「では、そろそろ警告射撃が始まりそうだな」

「はい」

外航航路の船員は、国際法についてもある程度は承知している。日本の防衛関係法規についてもだ。自衛隊の艦艇が、ミサイルを撃ってくるはずはなかった。無線での警告や船内に侵入した自衛官が船内電話で行なってきた警告の内容からして、自衛隊は、防衛出動を発令されていない。恐らく、海上警備行動を根拠として行動している。そうでなければ、日本の領海内を通過した際に違法行為を行なったとして、停船しろなどとは言ってこないはずだった。

ミサイルを使用せず、一二七ミリ砲と二〇ミリ機関砲しか撃ってこないのであれば、十分に時間を稼ぐことができるはずだった。『ワイズマイト』の巨体が武器になる。一九七四年に東京湾で発生したLPGタンカーの衝突炎上事故、第十雄洋丸(ゆうようまる)事件では、炎上したタンカーの撃沈処分を海上自衛隊が行なうことになった。その際、一二七ミリ砲を七〇発以上撃ち込んだ上、ロケット弾や爆雷、それに魚雷を用いてなお、撃沈までに長い時間を要した。

しかも、自衛隊艦艇が砲弾を撃ち込んでくる場所は限られている。自衛官が占拠した船尾楼内、ブリッジ直下の戦闘指揮所(CIC)を避けなければならない。それに、ミサイルの搭載をほのめかした船倉部分を攻撃することも難しいだろう。自ずと、砲弾を撃ち込めるのは船首と船尾しかなかった。後方から接近してきていることから考えても、撃たれるのは船尾だった。

「最初は、警告だろうが、最低限の機関科員を残し、残りは一旦船尾楼内に待避させ、火災の発生に備えさせろ」

怖いのは火災だった。船員が命令を船内に放送する。不安がこみ上げ、金は、一応の再確認を行なった。

「閉鎖した隔壁の水密扉は、開けてはいないな?」

貨物船も、軍艦と同様に、浸水事故に備え、隔壁を持ち、水密扉で閉鎖できるようになっている。一二七ミリ砲では、水線下に大きな破口が開くことは考え難い。金が恐れたのは、砲撃よりも、どこからか自衛官が乗り込み、船内を移動することだった。

「はい。戦闘指揮所を占拠されたあとに、全て閉鎖し、以後は開けていません。特に船首側は、両側からロックしてあります」

王から与えられた指示は時間稼ぎだった。最終的には、自衛官が籠もる戦闘指揮所を人間の盾として使うことができる。

人間の盾は、湾岸戦争でイラクが使った方法だ。クウェートにいた外国人を連行し、〝人間の盾〟として攻撃が予想される重要施設に監禁した。その施設を攻撃すれば、〝人間の盾〟とされた外国人を殺すことになるとして、施設の盾としようとした。

自衛官を人間の盾とし、船尾楼に籠城することで、乗り込んでくる自衛官の動きを遅延させるつもりだった。警備責任者の呂とも摺り合わせが終わっている。

金は、船員の答えに肯くと、独りごちた。

「どれだけ持ちこたえられるかは、一二七ミリ砲が、機関部に届くかどうかだな」

巨大な貨物船は、数多くの小区画に分かれている。砲弾が飛び込んでも、外側の鋼板で砲弾が爆発するはずなので、内部に被害は及びにくい。信管に遅延がかかっていたとしても、複数の鋼板が砲弾の進路を変える効果も期待できる。ある意味で、巨大な船は、空間装甲の塊なのだ。二〇ミリ機関砲など、全く意味を成さない。脅威なのは一二七ミリ砲だけだった。

「発砲炎を確認！」

左ウイングで双眼鏡をのぞき込んでいた船員が叫んだ。空気を切り裂く音と同時に、左舷前方で小さな水柱が上がる。

「いちいち報告しなくてもいいぞ。当分は警告だ」

金は、そう命令すると誰にも聞こえないように小声で呟く。

「逃げる場所もないしな」

そして、重要なことだけ報告するように命じた。

「自衛隊艦艇の位置、進路、速度の変化だけは正確に報告しろ」

その命令を聞いて、操舵員が振り向いた。金と目が合うと無言のまま肯く。やるべきことは分かっている顔だった。金も、静かに肯き返した。

追いすがってきている自衛隊艦艇と『ワイズマイト』は、全長だけを見ればさほど差がない。『ワイズマイト』のほうが、二〇メートルほど長いだけだ。しかし、積み荷を若干降ろしたとはいえ、『ワイズマイト』の総重量はいずも型護衛艦の二倍もある。後方の自衛隊艦艇と比べれば四倍以上の重量だ。

衝突すれば、沈む可能性が高いのは自衛隊艦艇のほうだった。

二月七日　〇六時五〇分
悪い癖だということは重々承知していた。妻には「偉くなったのに、みっともないわよ」と言われながら、いまだに直せない貧乏ゆすりをしながら、統合情報部部長の樺山は、目の前にある電話機をチラチラと見ていた。中央指揮所内なので、着信しても音は出ない。着信を示すランプが光るだけだ。そのランプが赤く点滅すると、樺山はすかさず手を伸ばした。
「采女が捉まりました。このまま繋ぎます」

樋口三佐が、そう言うと、回線の切り替わる音がした。

「采女です。遅くなりました。申し訳ありません」

「言いたいことは山ほどあるが、後だ。特殊機雷を開けられるのは、いつになる？」

「急いではいますが、まだ分かりません。やっとヘリが曳航できる状態になりました。ヘリでどこまで引けるのか、やってみなければ分からないそうです。上部ハッチの蝶番(ちょうつがい)(ヒンジ)部分を浅いところまで持って行けば、なんとかなるはずです」

「分かった。見込み時刻が判明し次第、報告しろ」

「了解しました」

その口調で、采女が安心したのが感じ取れた。それがイライラを助長させる。中央指揮所には、そんな余裕はない。どうしても口調が刺々(とげとげ)しくなった。

「もう一つ聞くことがある。『ワイズマイト』の状況からして、やつらが自沈を狙っているような気がしてならない。未投入の特殊機雷があるようだ。それを使って、自沈、あるいは一気に戦闘指揮所(CIC)を破壊するようなことはできるか？」

采女は、一瞬考え込むような声を出すと、樺山の不安を裏付けることを言い始めた。

「北朝鮮でも、潜水艦発射弾道ミサイル(SLBM)は、本来は、潜水艦で運用するもののはずです。そのため、特殊機雷を作るにあたって、ミサイル自体に大きな改造がされているとは思えません。そのため、発射せずに、弾頭を起爆させることはかなり困難だと思われます。どんなミサイルでも、弾頭のセイフティーは厳重です。そんな簡単に起爆できるようなら、事故が起きます」

「だろうな」

それは、樺山にも納得できる兵器製造上の一般論だ。

「ですが、運用する軍人だけでなく、相応の技術者がいれば、当然可能です。『ワイズマイト』に未投入の特殊機雷がある、しかも、樋口三佐から聞きましたが、ステータスランプらしきものが二〇個もあったとの情報から考えれば、彼らはトカラ海峡通峡時に半数しか投入しなかったことになります。彼らとしても、海流の流れは不確定要素なため、半数の投入にとどめ、復路で再度投入を図るか、あるいは大西洋側への投入を考えていた可能性も考えられます。この点は分かりませんが、それだけ臨機応変に作戦を変更するつもりであったのなら、相応の技術者を乗り込ませている可能性は高いだろうと思います」

「そうだな。指揮官にも、相応の権限を持った者が乗り込んでいるだろう」

樺山が懸念を口にすると、采女も別の言葉で結論を言った。

「はい。特殊機雷の弾頭が核であることを、見せつけるつもりかもしれません」

樺山は、情報を報告し、対処させる必要を切実に感じた。コーヒーしか入れていない胃が、引き絞られるように痛んだ。

二月七日　〇六時五五分

三杉たちが籠もる戦闘指揮所（CIC）にも、砲弾が空気を切り裂く音が、散発的に聞こえていた。警告射撃のため、命中することはないと分かっていても、思わず首がすくむ音だ。わずかな光が差し込むだけの薄暗い戦闘指揮所（CIC）で聞いていると、なおのこと不気味に響く。

「小隊長、警告射撃を行なっても停船しないため、危害射撃を実施するそうです。船尾の機関部を狙い、訓練弾を撃ち込む予定。状況変化があれば、知らせよとのこと」

ブリッジに船内電話をかけても、出る者がいないため、こちらからは警告できていなかった。しかし、警告射撃を行なっている『てるづき』と『おおなみ』からは無線で危害射撃を行なうことも伝えているだろう。それでも止まらない以上、危害射撃に踏み込むことは予定の行動と言えた。

通常弾ではなく、訓練弾を使用するのは、意図しない火災の発生を防ぐためだろう。訓練弾は、内部に炸薬の入っていない鋼鉄の塊だ。爆発することはない。それでも、火災を引き起こす可能性は考えられた。その兆候があれば、砲撃を中断するつもりなのだろう。

船首マスト上から撮影していると思われるモニターの映像にも、追いすがっている『てるづき』と『おおなみ』の姿が、はっきりと映っていた。

左舷後方の『てるづき』が、発砲炎でかすかに光ると、いきなり下方から衝撃に襲われた。続いて激しい音が響く。音速をはるかに超える砲弾が、重量三〇キロを超える質量で鋼板を撃ち抜いた衝撃だった。事前に聞いていても、砧二尉たちの表情に不安が影を落とす。

「コウノトリ、フォース、着弾を確認。異状なし」

三杉たちに被害がなく、火災が発生したようでもなければ、報告は『異状なし』だった。初弾での影響を確認したためか、その後は三秒間隔で連続して砲弾が撃ち込まれた。

だが、砲撃が止むと、足下から響いてくる機関の振動に変わりはないように思われた。

「やはり、一二七ミリじゃ、このサイズの船相手には厳しいか……」

三杉は、モニターの中の『てるづき』を睨みながら独りごちた。『てるづき』が装備する六二口径五インチ単装速射砲は、『おおなみ』が装備する同じ一二七ミリ口径の五四口径一二七ミリ単装速射砲に比べ、発射速度は落ちているものの、高い精度での砲撃が可能になっている。『ワイズマイト』の機関部を狙い、正確に撃ち込んでいるのだろうが、砲弾はそこまで到達できていないようだった。

正確に砲撃するためなのか、後方で距離を保っていた様子だった『てるづき』と『おおなみ』が、モニターの中で再び白波を切り裂き始めた。距離を詰めているようだ。当然ながら、船体は縦に長く、大型船と言えど横幅には限度がある。横から機関部を狙うつもりなのだろう。後方から撃ち込むよりは、機関部を損傷させられる可能性が高くなる。

すると、突然機関砲の連続発射音が響いた。『てるづき』や『おおなみ』からではなく、

『ワイズマイト』の船首に据え付けられた対空機関砲が、距離を詰めてきた『てるづき』に対して発砲したようだ。モニターの中で、ZU－23二三ミリ高射機関砲の砲口から、白い煙がたなびいていた。

護衛艦に対して、二三ミリ機関砲を撃ち込んだところで、大した効果はない。それでも、ブリッジにでも命中すれば死傷者が出るはずだ。三杉が、当然反撃するだろうと予想したとおり、すぐに砲撃が始まった。弾種は、訓練弾のままなのだろうが、装甲化もされていない機関砲が、連続して一二七ミリ砲弾をくらえば、ひとたまりもなかった。人だったと思われる物体が吹き飛び、機関砲はひしゃげて沈黙した。

機関砲を黙らせると、『てるづき』とやや後方の『おおなみ』は、『ワイズマイト』を後方から挟み込むような形で接近してきた。

二月七日　〇七時〇〇分

「呂(ヨ)は、間抜けか？」

金(キム)は怒鳴り声を上げていた。『ワイズマイト』にとって、対空機関砲は、いずれ接近してくるヘリやリブに対する虎の子火力だった。それを、意味のない攻撃で使用したことで、相手に反撃の根拠を与え、あえなく吹き飛ばされるなど、愚の骨頂(こっちょう)と言えた。

残された重火器は、RPG7だけだ。火力はあるが、ヘリや小回りの利くリブを狙うことは難しい。むしろ、敵が乗り込んで来たあとに使用したほうが効果的だろう。小銃で動きを抑え、RPG7で打撃を与えれば多少の時間は稼げる。

王から時間稼ぎを命じられているにもかかわらず、早々に有効な戦力を無駄に消費した呂は、とても軍人とは思えなかった。金には、外航航路船員である自分のほうが、よほど軍人らしく思えた。

いよいよ腹を決めるしかない。

「準備はいいな?」

金は、ブリッジの面々を見回した。それぞれが自分の仕事を心得ている顔だった。彼らは、一様に肯いた。

二月七日　〇七時〇五分

砲撃は止んでいた。『てるづき』、『おおなみ』が接近のため高速で航行しているので砲撃を控えているのだろう。もちろん、艦砲は艦の揺動に合わせて砲の向きを自動調整できる。しかし、揺れが激しければ誤差が大きくなる。機関部を正確に砲撃するため、接近してから砲撃を再開するつもりなのだろう。

三杉たちが通信している相手は、『たかなみ』に置かれている艦隊司令部のため、『てるづき』と『おおなみ』の細かい動きは分からなかった。

モニターを見ると、両艦は、『ワイズマイト』のやや後方に、両側面から挟み込むように位置していた。若干前に出ている『てるづき』が、砲撃を再開した。今度は、距離が近いため、即座に砲撃音が響いてくる。そして、命中する場所が変化したためか、着弾して砲弾が船体を穿つ音も大きく響いてきた。三杉たちが行なうべきことは、砲撃が落ち着くたびに、状況を報告することだ。

「たかなみ、フォース、焦げ臭い匂いがしているが、火災は発生していないもよう。その他、異状なし」

『たかなみ』との距離が近くなっていたため、US－2に無線中継してもらう必要はなくなっている。機関部に影響が及んでいないらしいことを伝えると、砲撃が再開される。より威力を高めたいのか、砲撃している『てるづき』は徐々に近寄って来ていた。

そして、何十発目かの砲弾が、船内に飛び込むと船底付近から耳障りな音が響いてきた。だが、その音はすぐに止んだ。そして、同時にかすかに左に回頭し始めたことが体感で分かった。

音からして、機関部、恐らく減速機に砲弾が命中し、機関を停止させたに違いなかった。だが、回頭の理由は分からない。左軸のみが停止したためなのかもしれなかったが、音と体感だけでは判断できない。三杉は、状況を報告させるに留めた。

「たかなみ、フォース、着弾で異音が発生。異音はすぐに止まったが、同時に左回頭を始めた模様」

体感だけでは、どの程度回頭しているのか分かりにくい。だが、モニターに映る『てるづき』との位置関係の変化で、左軸が損傷しただけでないことは分かった。

「ぶつけるつもりだぞ！」

三杉が叫ぶと前田二曹が即座に報告する。

「たかなみ、フォース、左に急回頭。『てるづき』にぶつけるつもりと思われる」

『てるづき』も、すでに回避のため急回頭を始めていた。しかし、行き足のついている船は簡単に止まらない。『ワイズマイト』よりも小回りの利く『てるづき』は、回頭しつつ加速して躱すつもりのようだった。しかし、もともと『てるづき』が、やや後方に位置していた上、『ワイズマイト』のほうが先に回頭を始めていた。『ワイズマイト』が『てるづき』の前方から覆い被さるような形で、両艦は急接近していた。

モニターの中、スローモーションのように大型艦艇どうしが接近してゆく。左に回頭しながら、『ワイズマイト』の船首が『てるづき』の艦尾をかすめるかと思われた瞬間、船首方向から、鋼材をゆっくりとひしゃげさせる嫌な音が響いた。どうやら、回避しきれなかったようだ。微妙なタイミング。『てるづき』と直接無線交信していて、回頭が始まった段階で連絡できていれば避けられたかもしれない。接触はしたが、船尾楼から前方を映すモニターの中、『てるづき』は徐々に離れていった。両艦船とも大きな損傷はなかったようだ。

大きな変化は、『ワイズマイト』の行き足が次第に落ちていることだった。減速機が砲弾で損傷し、機関を止めた上、船首の損傷で抵抗が増えたのかもしれない。間を置かず、完全に停止するはずだった。動いている大型船にとりつくことは難しいが、止めてしまえば方法はある。

「よし。動きが出るぞ。指示が来たら動けるように、各自準備しろ」

『ワイズマイト』の右後方には、『おおなみ』が見えていた。

二月七日　〇七時一〇分

王は、作業を行なっている兪と部下を見守っていた。

「王大佐、ブリッジの金船長より電話です」

後方に設けられたハッチから呼びかけられ、船倉の周りを囲むように設置されたキャットウォーク上を急いだ。

「王だ。沈めるほどの衝突にはならなかったようだな」

「はい。直前に減速機が損傷を受け、舵の利きが今ひとつでした。自衛隊艦艇の艦尾を傷つけはしましたが、沈みそうにありません。艦尾を損傷した自衛隊艦艇は、その後の動きが悪いため、舵を損傷させることができた可能性はあります。本船の船首の損傷は、大したことがなさそうです。浸水状況は確認していませんが、軽微だと思われます。減速機は応急修理も難しそうです。まもなく行き足が止まります」

「そうか。呂はどこにいる？」

「食堂兼控え室が危険だったので、警備司令部ごとこちらに移動中です」

「敵の状況は？」

「周囲に自衛隊艦艇が二隻、ヘリが一機、戦闘機が二機います。また、自衛隊艦艇からリブが二艘発進しています」

いよいよ乗り込んで来るつもりなのだろう。

「よし。船員を、全員呂の指揮下に入れろ。船尾楼に戦力を集中させて、敵を第四船倉に近づけさせるな。船首には乗り込ませても構わない。水密扉は全てロックしてある。船内での移動は不可能だ。船首に隙を作れば、船首側に上がるだろう。船尾楼から牽制を続けて時間を稼げ。あと一五分だけ第四船倉の作業を邪魔させるな」

「了解しました。呂にそのように伝え、船員は呂の指揮下に入らせます」

「残念ながら、任務の一〇〇パーセント完遂は不可能だ。だが、この作業を完了できれば、五〇パーセント以上は達成したことになる。何が何でも、保たせろ！」

　王は、受話器を置くと、船倉に踵を返した。

二月七日　〇七時一五分

　電源の切られた戦闘指揮所では、船の状態はモニターに映る映像と周囲から聞こえる音でしか確認できない。それだけでも、『ワイズマイト』が完全に停止したということは分かった。『たかなみ』に置かれた艦隊司令部からは、いよいよ突入を開始すると通報を受けていた。三杉たちに課された任務は、引き続き戦闘指揮所の維持と分かる限りの情報を報告することだ。

　しかし、報告できる情報は少なかった。モニターの映像は、画角が限られ、船の左右も上下もほとんど見えなかったからだ。

「せめてカメラが雲台に乗せられていて、動かせたらよかったですね」

砧二尉のぼやきには、必ずしも同意しかねた。

「いや、たとえ機能があっても使えない。ここで見ていることがバレたら、すぐに映像を切られるさ」

「なるほど。確かにそうですね」

リブもヘリも、モニターで動向が確認できなかったが、SH－60のローターが立てる特徴的なブレードスラップ音が聞こえて来た。モニターを見つめ、再度携帯SAMを担いだ船員が出てこないか注視していたが、甲板上に人影はなかった。モニターの死角になる船尾楼後方の甲板に出ている可能性はあるものの、そちらは『おおなみ』が監視しているはずだった。

もし、携帯SAMを発射する構えを見せれば、『おおなみ』と『てるづき』の近接防御火器システム（CIWS）（Close In Weapon System）で攻撃する手はずになっている。

携帯SAMは、装甲化されていない兵が持つ火器だ。それに対して、二〇ミリ機関砲であるCIWSを撃つことは、過剰な火力の使用にも見える。野党やマスコミが、海上警備行動で許された法の範囲を逸脱（いつだつ）していると非難しかねない。しかし、携帯SAMを放置すれば、多数の人員が乗り込んだヘリが撃墜される。それに、携帯SAMの射手を制圧するために、護衛艦から小銃で射撃する場合は、護衛艦はかなりの近距離まで接近する必要がある。口径の大きな六四式小銃を使用したとしても、数百メートルまで接近しなければならない。そうなると、『ワイズマイト』船首の対空機関砲は破壊してあるものの、当然保有している可能性の高いRPG7のようなロケット弾発射機で艦船が被害を受ける可能性があった。

CIWSならば、RPG7が命中する可能性が低い遠距離からでも、携帯SAMの射手を攻撃できた。そこまで考慮してのＣＩＷＳ使用だった。

しかし、携帯ＳＡＭの射手が出てくる様子はなかった。出てくるとしたら、当然船尾楼周辺となる。三杉たちは、至近距離に二〇ミリ機関砲が撃ち込まれる可能性を考慮して、伏せる用意をして身構えていた。

「意外ですね」

「そうだな」

砧の感想は、三杉の疑念でもあった。『ワイズマイト』の乗り組み兵にとって、自衛隊に乗り込まれることは最も阻止すべき事態のはずだ。しかし、携帯ＳＡＭを持っているはずの彼らが、それを行なおうとしないのは意外だった。

「理由があるとすれば、戦力の温存か……」

船首に据え付けてあったＺＵ－23二三ミリ高射機関砲が速射砲で破壊されたように、携帯ＳＡＭで攻撃しようとすれば、相応の火力で攻撃されることは分かっているはずだった。

「そうか！　奴ら、俺たちを〝人間の盾〟にするつもりだな」

イラクが行なった人間の盾は、到底、戦術と呼べるようなものではない。イラクは、非人道的だとして激しい国際的非難を浴び、結果的にさらに孤立することになった。

しかし、今回の場合、三杉たちが勝手に乗り込んで来た以上、そのようなデメリットはない。敵は、戦闘指揮所(CIC)の周辺にいるだけで、強力な火器の使用を阻(はば)むことができると見ているのだろう。

「前田、やつらの狙いは、船尾楼に立てこもっての籠城だ。援軍が来るはずもない以上、狙いは時間稼ぎかもしれない。『たかなみ』に報告しろ」

三杉がそう命じると、菰田一曹が思い出したかのように口を開いた。

「そう言われてみれば、というところですが、何だか騒がしい感じです。廊下の奥は階段室ですが、上下階の人の数が増えているのかもしれません」

やはり、籠城して時間を稼ごうとしているのだろう。いたずらに戦力を失う行動をせず、火力の大きな兵器を使用される可能性のない戦闘指揮所(CIC)周辺に、戦力の集中を図っているようだ。

場合によっては、戦闘指揮所(CIC)から出て、騒擾(そうじょう)を図ることも有効かもしれない。しかし、三杉たち第四小隊は総勢七名だ。誰か一人でも怪我をしたら劣勢に陥(おちい)りかねない。結果的に戦闘指揮所(CIC)を失う事態だけは絶対に避けなければならなかった。

三杉が、もどかしい思いを噛み締めていると、突然轟音が連続して響いた。モニターを見ると船首マストが根元から吹き飛んでいた。同時に、船首側から船尾方向を映していたカメラの映像が消え、モニターでは船尾楼から見た前方しか確認できなくなった。外部からの攻撃でしかありえないことを考えれば、『おおなみ』が一二七ミリ砲で砲撃したのだろう。

そして、船首付近の噴煙の中に、ＳＨ－60が突っ込んで来たのが見えた。ローターが巻き起こすダウンウォッシュで、ヘリの周りだけ、噴煙が吹き飛ばされている。恐らく、船首の先を超低空飛行で接近してきたのだろう。邪魔な船首マストを吹き飛ばしてもらい、まるで船首の上に飛び乗るように機動したようだ。三杉が、そう推測した瞬間に、ＳＨ－60の両サイドから、転げ落ちるようにして二つの人影が飛び出した。

ヘリから降下する方法にはいくつかあるが、最も早い方法は、文字どおり飛び降りることだ。飛び降りても怪我をしない超低空まで高度を下げなければならない上、ヘリにとっては重量変化が急激になるため、操縦が難しい。だが、少数の人員を、最短時間に降下させるには最適だった。二人と何か小さな荷物を投下すると同時に、ＳＨ－60は、横にスライドするように滑りながら、高度を下げ、再び超低空で逃げを図っていた。

激しい銃撃音が響いた。船首楼から小銃で銃撃したようだった。それでも、それは一瞬遅かったようだ。その一瞬で、ＳＨ－60は飛び去り、飛び降りた二人は、最も前方にある第一船倉ハッチの陰に隠れていた。

「たかなみ、フォース、ＳＨより二名が降下、遮蔽物（しゃへい）に隠れた。なお、戦闘指揮所（ＣＩＣ）で確認できていた後方観察用モニターは消えた。以後は船尾楼から前方を見た状況のみの報告となる」

三杉が指示せずとも、前田が状況を報告した。モニターを凝視していると、牽制の射撃を縫って、降下した二名は、同時に落とされた荷物を確保していた。どうやら縄梯子（ジャコップ）のようだ。遮蔽物の陰に隠れたまま、どこかに固定したのだろう。舷側に縄梯子を放り投げていた。船首側に船員がいないようなので、これでリブから多数の特警隊員が、重火器を持って上がってくることができるだろう。

船員側は、相変わらず銃撃だけを続けていた。縄梯子のような単純なものは、破壊が難しい。たとえＲＰＧ７のようなロケット弾発射機を使ったところで、損傷はするだろうが、機能を失うことはないだろう。ＲＰＧ７を温存しているのかもしれなかった。多数が上がって来た後のほうが危険な可能性があった。

いっそ、爆薬で戦闘指揮所（ＣＩＣ）近くの天井を破壊してやろうかとも考えた。ブリッジを混乱させれば、船首に上がった特警隊の危険性を少なくできる。三杉が、その作戦を上申しようかと考えていると、船内電話が鳴った。すかさず、館林三尉が受話器を取った。

「警告に従わないのであれば、核ミサイルを日本に発射すると言っています」

上申よりも先に、報告が必要だった。

二月七日　〇七時二〇分

統合情報部部長の樺山は、相変わらずスクリーンを睨み続けていた。時折、奥歯が嫌な音を立てる。樺山は、舌打ちすると、机の中からガムを取りだし口に放り込んだ。

子供のころから歯ぎしりをする癖があった。貧乏揺すりに歯ぎしり、どちらも碌なものではないのだが。子供のころからの癖ほど、直しにくいものはない。元々、歯ぎしりは、さほど酷いものではなかったのだが、幕僚勤務をするようになってから激しくなった。某司令部にいて今は退官した当時の上司が、ストレスの原因だった。

歯科でマウスピースまで作り、妻から嫌というほど注意されてやっとのことで緩和したものの、子供のころからの癖は完全には消えない。ガムは必需品だった。今まで、統合情報部の部長は、それほどガムを必要とする仕事ではなかったが、どうやらガムを買い足す必要がありそうだった。

二〇〇一年に発生した九州南西海域工作船事件でも、追い詰められた北朝鮮工作船は、最終的に自爆、自沈している。それは、関係者全員が知っていることだ。

それに加え、今回の特殊機雷は、かなり変わり種とはいえ、公算的兵器である機雷の特質を考慮すべきだと報告してあった。それは、敷設した機雷のうち、一基だけでも効果を発揮すれば、期待効果としては十分なのだということだ。それに、機雷は、一旦敷設してしまえば、あとは何ら手を下さずとも、自律的に効果を発揮する。

樺山は、そのことを考慮すれば、『ワイズマイト』の自沈、もしくはそれに近い事態は、最も警戒すべき展開だと考えていた。『ワイズマイト』戦闘指揮所（CIC）のデータが破壊されてしまえば、特殊機雷は、捜索網をすり抜けてしまうかもしれない。それが一基だけだったとしても、北朝鮮にとっては十分なのだ。

しかし、中央指揮所では、〝政治〟への配慮なのか、『ワイズマイト』のブラフと思われる弾道ミサイルの発射にばかり、意識が集中してしまっている。弾頭が核かもしれないという情報があるため、無理からぬことではあったが、敵の意図を読み違えることは、致命的なミスに繋がりかねない。自衛艦隊司令部から上がってくる報告も、イージス艦の態勢など、弾道ミサイル防衛に偏（かたよ）っていた。

現場で指揮を執っている『たかなみ』の艦隊司令部は、さすがにそうではなかったが、逆に生身の人間を送り込んでいる『たかなみ』は、『ワイズマイト』船上での戦闘に意識が行きすぎ、その狙いを読み違えているように思えた。

そのもどかしさが、樺山の歯を痛めつけていた。目の前に置かれた電話の着信ランプが光る。統合情報部からだった。

「樋口です」

名乗った声が緊迫していた。

「何だ？」

統合情報部の前身は、緊急・動態部という名称だった。二〇〇六年に統合幕僚会議に代わり統合幕僚監部が新設されたことに伴って、統合情報部に改編されている。統合幕僚監部が、従来よりも大きな権限を持ったため、統合情報部の意義も高まったが、仕事自体は同じだ。動態、今まさに動いている事態について、分析することが任務となる。

「先ほど『ワイズマイト』が、『てるづき』にぶつけようとした行動について、部にいる艦艇勤務経験者で意図を分析しました。『てるづき』を沈める意図はもちろんとして、『ワイズマイト』が沈む結果になっても構わないという意図があったのではないかと思われます」

樺山は、またしても危惧すべき材料が出てきたことに焦りを覚えた。

「詳しく話せ」

「両艦船の位置関係、進路等から推察すると、衝突する際に『ワイズマイト』の横っ腹に『てるづき』が突っ込む可能性がありました。排水量等から考えれば、危険なのは『てるづき』ですが、全長はさほど違いません。横っ腹に突っ込まれれば、『ワイズマイト』も危険です。海自が砲雷撃することになった第十雄洋丸事件でも、そもそもの事故は五倍の大きさの第十雄洋丸が、横から鋼材を積んだ貨物船に突っ込まれたものです。結果炎上し、沈没処分せざるをえない状況になっています。『てるづき』が操船を誤っていれば、『てるづき』だけでなく、『ワイズマイト』も危険だったはずです」

「分かった。その第十何とか丸の資料を含めて、こっちに送れ」

統幕が、むやみに現地部隊の行動に口を出すことは好ましくない。船頭多くして何とやらになるからだ。だが、これはむやみやたらではなく、出すべき口だと思えた。そしてそのためには、樺山自身が、統幕長、そして防衛大臣に口を出さなければならなかった。

それは、統合情報部部長の責務の一つだったが、たかだか一等陸佐には、気の重い仕事だった。指揮所内なので、必要な情報を提供するということで、直接報告することは可能だ。並んでいる二人の横顔を見る。小磯統幕長は、いつもと変わらない内心を隠した無表情。沖田大臣は、普段から目立つ額の皺を深くして、後方に控える秘書を呼び、何かを指示していた。秘書が離れたら報告しよう。そう躊躇したのは一瞬だった。だが、その間に、一つの報告が上がって来た。

それを見て、樺山は思わず舌打ちした。『ワイズマイト』側から、改めてミサイル攻撃すると警告してきた。しかも、弾頭は核だという。脱北した李九の証言が、その警告の迫真性を高めてしまっていた。中央指揮所が騒然となることは避けられなかった。報告の機会を逃してしまったことを悔やむ。

第一報は、警告してきた事実のみだ。当然、自衛艦隊司令部から第二報が上がって来る。そこには、部隊としてどのように対処する方針なのかが含まれていた。

自衛艦隊司令部は、『ワイズマイト』から核搭載弾道ミサイルが発射されたとしても、展開しているイージス艦と地上のパトリオットミサイルで迎撃は可能と見ていた。そのため、リブから増援が乗り込むことで数の向上を行ない、同時に重火器を持ち込むことで質の向上を図る方針でいた。その上で、船員の制圧をゆっくりと行なうつもりなのだ。

だが、その方針は、船員側の行動が、乗り込んだ特警隊の牽制にすぎないからこそ、取りえている方針であるように、樺山には思えてならなかった。特警隊がゆっくり行なえばよいと考える状況を、『ワイズマイト』の船員が作り出しているように思えてならなかった。樺山は、敵の意図は時間稼ぎではないのかと訝しんだ。しかし、現地の映像を見ることができているわけでもない樺山には、その推測に確信が持てない。

焦燥と困惑に、追加のガムを口に放り込むと、再び電話の着信ランプが点滅した。樋口だ。先ほどの報告の追加かと思ったが、別だった。

「『ワイズマイト』に乗り込む予定で、『たかなみ』経由で特警隊に随伴、進出している玉井二佐からの報告です。船員側に、ヘリから船首に降りた二名の排除意思が見られないことを不審に感じているそうです。少数なので、排除のチャンスでしたし、縄梯子をかけて増援が上がってくれれば、船員側が不利になることは明らかです。飛び降りた二名は、状況によっては海に飛び込んで逃げることも考慮していたらしいですが、小銃で牽制しかしてこないことが意外のようです」

玉井は、ただのデブではない。普通科出身で、初級幹部時代は、小銃小隊を率いていた。小銃小隊は、八四と略される八四ミリ無反動砲、カールグスタフ一門を携行する。頼りになる火力だったが、本体だけでも一六キロ以上の重量がある。そのせいで、射手は小銃を携行せず、拳銃とカールグスタフだけを持つ。そして、予備弾を運搬する運搬手も確保しなければならない。玉井は、〝俺が持てば小銃手が増える〟という理由で、小隊長でありながら、予備弾運搬手を買って出ていたらしい。そのおかげで、歩く弾薬運搬車と呼ばれていたそうだ。さすがに今は昔ほどの体力はないと言っているものの、歩兵としての見識は衰えていないだろう。

その玉井が、不審だと言っているらしい。それは、船員側が、強行排除によって動ける人員が減り、逆に制圧されてしまう危険性を警戒しているからだと思えてならない。やはり、たとえじり貧に陥ったとしても、〝時間〟確保することを意図しているように思われた。

今は、誰も報告の声を上げていない。樺山は、意を決して立ち上がった。マイクを摑み、大きく息をして声を張り上げる。

「報告があります。過去の不審船事件や機雷の特性から、船員側が自沈か、それに近い事態を考慮している可能性は、既報のとおりです。それに加えて、『てるづき』との衝突作為も、『ワイズマイト』の沈没を狙った行動である可能性があります。これについては、資料が届き次第、詳細を報告します。また、船首に乗り込んだ特警隊員二名の排除意思が薄いとの情報が入っています。短時間の時間稼ぎをするため、じり貧に陥ることを覚悟の上で、戦力温存を図っているようです。彼らの狙いは、搭載されている特殊機雷内部のミサイル弾頭の自爆である可能性が高いと推察します。ミサイル攻撃はブラフです」

どう対処するかは、樺山が口に出すことではなかった。敵の意図だけを報告した。中央指揮所の面々は、表情を見る限り、樺山の言葉を信じてはいないようだ。だが、部隊に警戒するように命じなければ、後々責任問題にもなりかねないだろう。それが、樺山の言葉を無視しえないものにしていた。

「それは、どの程度の確度がある情報だ？」

質問は、小磯統幕長だ。その無表情は変わっていない。内心が分かりにくいと言われるだけではない。そもそも内心があるのかとさえ噂（うわさ）される。あだ名はマシーンだ。

「確度は申し上げられません。あくまで推察、その根拠は全て状況証拠です。ですが、戦術判断として敵の意図を読む必要があります。『ワイズマイト』の沈没を意図していた可能性のある操船、船尾楼への兵力集中と温存、船首部への乗り込みを誘導したかのような行動と遅滞戦闘とも見ることのできる戦闘状況。そして何より、通信が遮断され、圧倒的戦力で包囲され、逃走を不可能にされているという状況。これらを鑑（かんが）みれば、彼らの意図は、戦闘指揮所（CIC）のデータを我々に渡さないことにあると見るべきです」

樺山の言葉を受けて、小磯は沖田大臣に言葉をかけていた。二人の会話は聞こえない。

小磯の顔を見ても、樺山の報告を重視してくれたのかどうか分からなかった。顔を上げた沖田が口を開く。

「ミサイル攻撃は、ブラフだと言ったが、そう言い切れますか」

その問いを聞いて、樺山は安堵した。少なくとも、小磯は樺山の言葉を支持してくれたのだ。それに、沖田の問いに答える覚悟はできていた。

「それは、間違いありません。自衛艦隊司令官が報告したように、『ワイズマイト』から弾道ミサイルが発射されても迎撃が可能です。発射位置の判明しているSLBMは、ただの弾道ミサイルです。SLBMを多数確保することは、費用の面で、ほとんどの国で不可能です。しかし、SLBMを保有している国は少なくありません。少数でも、発射位置を秘匿できれば効果があるからです。そして、そのことを相手の指揮官も承知しています。彼の狙いは、我々が今ここで、議論に時間を費やすことです」

言い切った。あとは、沖田がどう判断するかだった。

「分かりました。自爆は阻止しましょう」

沖田の言葉に、小磯が方針を提案する。今からできることは、現場が動きやすいようにすることだけだ。

「詳細は、自衛艦隊司令官に一任します」

沖田は肯いた。

「足りないものがあれば、準備してやりなさい」

二月七日〇七時二二分

三杉は、臍をかむ思いでモニターを睨んでいた。ヘリから二人の特警隊員が船首に乗り込むことに成功し、舷側に縄梯子を垂らすことで、リブからも何人かが乗り込んできていた。しかし、彼らは、第一船倉のハッチの陰から出ることができず、釘付けにされている。

一般に、バラ積み貨物船は、船体中央部が船倉で占められ、船首も錨鎖庫などがあるため、基本的に人が活動するためのスペースは少ない。船首からブリッジや戦闘指揮所のある船尾楼に到達するためには、約一五〇メートルに及ぶ甲板上を移動しなければならない。そして、その甲板上は、ビル五階ほどの高さがある船尾楼から撃ち下ろすことが可能だった。遮蔽物は、途中に何カ所かある船倉ハッチだけだ。

特警隊は、小銃の他、ヘッケラー&コッホ社製のセミオートマチック狙撃銃MSG90を装備している。乗り込んだ第一小隊、第二小隊は、陸自から借りたのか重機関銃のM2も持ち込んだ様子で、船尾楼に向けて射撃しているものの、船員側も撃ち返し続けていた。恐らく、三杉たちが占拠した戦闘指揮所と同様に、ブリッジも装甲強化されているのだろう。一二・七ミリ口径の重機関銃でも抵抗を抑えられない様子で、このままでは、うかつに顔を出した者を狙撃するしか手がなさそうだった。

一度、前進を強行しようとしたが、その鼻先にＲＰＧ７を撃ち込まれ、前進は断念されている。船首からの突破に呼応して、三杉たちが船尾楼内で打って出れば、状況は変わるかもしれなかったが、たった七人で戦闘指揮所（ＣＩＣ）の確保を厳命されていたため、とても採れる選択肢ではなかった。

「フォース、ファースト、そちらの周囲に状況変化はないか？　こちらには、Ｍ２以上の火力がない。何か変化がない限り、動きようがない、オーバー」

船首に乗り込んだ第一小隊長の大矢一尉から問い合わせが来ても、よい返事はできなかった。

「ファースト、フォース、こちらでは、モニター画像と周囲の物音を聞くくらいしか状況を知る手段がない。聞こえる範囲では、変化は確認できていない。オーバー」

三杉の返答に、大矢の力ない「ラジャー」の声が返ってくる。そこに『たかなみ』の艦隊司令部から無理難題が届いた。

「ファースト・アンド・フォース、こちらはたかなみ、船員側の意図は、時間を稼ぎ、『ワイズマイト』を自沈させることではないかと思われる。自沈の方法は、特殊機雷内のミサイル弾頭起爆による核爆発だと推測されている。弾頭起爆の作業は、第四船倉で行なわれている模様。そちらで、弾頭起爆を阻止する方法はないか。もし方法がなければ、『おおなみ』、『てるづき』で船倉部を砲撃する予定。オーバー」

今までの砲撃では、『ワイズマイト』はなかなか止まらなかった。おまけに、掃海部隊からの情報によれば、特殊機雷の缶体は、相当な耐圧性能を持っているようだ。実弾を使って船倉を攻撃しても、ミサイル弾頭の起爆を防げるとは限らない。それに、もし砲撃でミサイルにダメージを与えられるなら、小さな核弾頭よりも、ミサイルの大半を占める推進薬を発火させてしまう可能性のほうが高いだろう。推進薬の発火だけなら『ワイズマイト』が沈没する可能性は高くない。だが、船尾楼前にある第四船倉で推進薬が発火すれば、戦闘指揮所(CIC)が焼き尽くされてしまう可能性もあるし、他の特殊機雷が誘爆する可能性もあった。

「弾頭って、やっぱり核なのか？」

無線の内容に、前田二曹が呆然(ぼうぜん)としたように、呟いた。それを聞きとめた菰田一曹が、前田の頭に拳骨(げんこつ)を食らわせる。

「核なら、今から逃げ出しても間に合うはずもないぞ。気にするだけ無駄だ！」

さすがの状況に、動揺する小隊員の掌握を菰田に任せ、三杉は考えた。何か手はないだろうか。

武器は小銃にフラッシュバン、そして爆薬のみだ。船員は船尾楼に集結している。

戦闘指揮所(CIC)は、ブリッジの下、船尾楼の上部、三階部分にある。ここから下って船倉に到達するのは、到底不可能だった。船首にいる第一、第二小隊に突撃してもらったとしても、この状況では、どちらも第四船倉に到達するのは不可能だろう。

三杉たちが、万に一つの可能性に賭(か)けて突破を図っても、その間に戦闘指揮所(CIC)のデータを破壊されてしまえば、元の木阿弥(もくあみ)だった。三杉は、玉井の言葉を思い出す。

「伊豆諸島のラインで待ち構えても、発見できるのはごく一部のはずです。戦闘指揮所(CIC)で確保したデータがなければ、黒潮に乗って浮遊している特殊機雷全ての発見、掃討は不可能です。通信を遮断した上で、『ワイズマイト』の確保が絶対に必要です」

通信は遮断した。『ワイズマイト』の逃げ道もない。船首には第一、第二小隊が乗り込み、数の上では、すでに我々(たくら)のほうが優勢なはずだった。だが、このままでは、相打ちになるだけでなく、奴らの企みは阻止できない。

「クソッ!」

三杉は、拳で戦闘指揮所(CIC)の壁を叩いた。拳の痛みで悔しさを紛(まぎ)らわせ、何か方策はないかと思案していると、無線機から、銃撃音を背景にした玉井の声が響いた。

「フォース、こちらファースト随伴(ずいはん)の玉井二佐、今からこちらに乗り込んだ全員に説明する。一緒に聞いてくれ」

なぜ玉井が一緒に乗り込んでいるのか、そして何を説明しようとしているのか、疑問が頭の中で渦巻いた。それを整理する間もなく、玉井がしゃべり始める。

「司令部からは、敵の意図が『ワイズマイト』の自沈だと説明がありましたが、その理由は、不審船事件のように証拠を隠滅することではありません。フォースが確保した戦闘指揮所のデータを破壊し、浮遊を続けている特殊機雷の掃討を阻害することです。掃海部隊は、かなりの苦労をして特殊機雷の一部を発見しました。データがなければ、大半の特殊機雷は処分できずに流れて行くでしょう。黒潮に乗った特殊機雷は、発見できなければ北太平洋海流に乗り、アメリカ西岸でアラスカ海流か、カリフォルニア海流に至ります。そこで沈降すれば、射程四〇〇〇キロの潜水艦発射弾道ミサイルは、ワシントンD.C.にもニューヨークにも届く可能性があります。もちろん、ロサンジェルスやカリフォルニアを含め、ほぼ米本土のどこでも、奇襲的に攻撃することが可能です。しかも、弾頭は核かもしれない。そうなれば、アメリカが北朝鮮に抑止され、日本に対する核の傘も機能しなくなるかもしれません。日米同盟が機能しなくなるということです。核問題でも、拉致問題でも、アメリカは、北朝鮮に対して今までのような強硬な姿勢は取りにくくなります。これは絶対に防がなければなりません」

　玉井は、言葉を切ると、それまでよりも強い調子で続けた。

「全員が突撃して、誰も生き残らなかったとしてもです。私も行きます。ですが、最初に言ったとおり、浮遊している特殊機雷を発見するためには、戦闘指揮所のデータは絶対に必要です。四小隊は動かないで下さい」

　玉井は、第一小隊と第二小隊に突撃させ、起爆を防ぐつもりなのだろう。この物言いを聞く限り、恐らく自分も突撃するつもりのようだ。上から銃を乱射される甲板上を一〇〇メートル以上も走らなければならない。自殺行為にしか思えなかったが、それしか手がないと思っているようだった。

「待って下さい」

　三杉がそう言うと、無線機の向こう、船首に上がった玉井と第一、第二小隊の間でもやりとりがあったようだ。

「アメリカのためなのかと言われましたが、アメリカのためではありません。日本のためです。アジアで北朝鮮が関係する戦火が起こった時、アメリカ本土が安全なら、アメリカも手を貸してくれるかもしれません。しかし、手を貸したことでアメリカ本土に核ミサイルが落ちるなら、アメリカの国民は手を貸すことに反対するかもしれません。それを防ぐためには、特殊機雷がアメリカ沿岸まで流れて行くことを阻止しなければならないのです」

「だったら、なんでアメリカの手を借りなかったんですか。ＳＥＡＬｓ（シールズ）（海軍特殊部隊）がいれば、無謀な突撃をしなくてもよかったんじゃないですか？」

　今度は、三杉が無線機に告げる。もう、無線での交話要領を守る余裕はなかった。

「それはダメでした。アメリカの手を借りたら、アメリカは、強引な手段を使ってでも対処してくれたでしょう。アメリカの近海まで流れたら困りますからね。でも、そうしたら特殊機雷の多くが日本の近海で沈んだかもしれません。想像してみて下さい。その場合、アメリカには届きません。でも、日本には届くんです。それに、重要なのは、今ここには、我々しかいないということです」

玉井は、この特殊機雷から日本の安全を確保するためには、アメリカの助けを借りず、自衛隊だけで対処しなければならなかったと言っていた。釈然としないものの、今現在ここにいるのは我々特警隊だけだった。

この状況で、玉井は、自らも含めて第一小隊と第二小隊に無謀な突撃をさせようとしていた。距離は一〇〇メートルほどとは言え、二〇三高地と変わりがない。誰かが撃たれずに目標に到達できればよいという、作戦とは呼べない作戦だった。米軍基地に突撃するベトコンのようとも言えるだろう。

三杉は、必死で考えた。ＥＯＤは、スマートさが信条とされる海自にあって、脳みそまで筋肉だと言われる。掃海部隊内にあってさえ、そうなのだ。そんなＥＯＤ出身の三杉も考えることは得意ではなかった。

「クソッ。俺が得意なのは水の中で動くことだけだぞ」

自分が吐き捨てた言葉で気が付いた。船は止まっている。今なら、水の中で移動もできた。そして、元EODゆえに、機雷の恐ろしさを誰よりも知っていることを思い出した。

「玉井さん、待ってくれ。俺が先に行く」

「戦闘指揮所の確保は絶対です。四小隊は戦闘指揮所から出ないで下さい！」

「出るのは俺一人です。船が止まっている今なら、一人でも、十分にやつらを混乱させられる。それに、砲撃と違ってミサイルのロケットモーターを発火させる可能性もない」

すぐにも反論があるかと思い、トークスイッチを離した。多くの無線機は、電話と違い双方向の通話、つまり同時に送信することができない。送受信を切り替える必要がある。

「策があるなら、教えて下さい、オーバー」

ややあって、それまでの玉井らしくない激しい口調から変わり、元の落ち着いた声が響いた。大矢や尾身一尉に諭されたのかもしれない。三杉は、急いで説明した。

「戦闘指揮所は、船尾楼の上部にある。突入時に使用した船尾楼後部のドアは、開け放ったままだ。外部は、テラスのようになっているだけで、階段で繋がってはいない。つまり、そこまでは、比較的安全に移動できる。おまけに、この船はトランサムスターンだ。船尾楼から後ろに飛び込めば、海に飛び込めるはずだ。海中から第四船倉の下に移動して、船底を爆破する。衝撃は強いはずだが、船倉に飛び込むのは水だけだ。爆薬は十分にある。バラ積み貨物船だから、二重船底のはずだが、十分な大きさの破口を開けられるはず。可能ならば、そこから侵入する、オーバー」

機雷や小型魚雷の炸薬量は、驚くほど少ない。それは、水中で爆発するため、爆破の威力が空中に逃げてしまわないことが大きい。第四小隊が携行した爆薬は、C4と呼ばれるプラスチック爆弾だ。弾頭のように爆発力を高める金属の外殻はない。地上では、ドアを吹き飛ばせる程度だ。それでも、水中で爆発させれば、地上で使用した場合よりもはるかに大きな破壊力を発揮させられる。数多くの実爆訓練を行なってきた三杉には、水中爆破の破壊力は十分すぎるほど分かっていた。

「本当に飛び込めるのか。オーバー」

第三小隊長の尾身の声だった。

確かに、問題はそこだった。

「やってみなければ分からん。だが、やってみる価値はある。オーバー」

戦闘指揮所（CIC）があるのは、船尾楼の三階部分だ。甲板まで高さにして一〇メートル少々。トランサムスターンのため、船尾は切り落とされたようになっているとは言え、多少の後部甲板はある。助走を付けて飛び出したとしても、飛距離が足らず、甲板に激突しないとは限らない。そうなれば、確実にお陀仏（だぶつ）だろう。船尾を越えさえすれば、海面までは二〇メートルもない。特警隊でなくとも、飛び込める海自隊員は多い程度の高飛び込みだ。

「分かった。やってくれ」

今度は、第一小隊長の大矢だった。

「こっちから全員で突撃しても成功する公算は低い。船底を爆破すれば、やつらは混乱するだろうし、船倉の防衛にも回らなければならなくなるだろう。だが、一人は止めろ。もう一人連れて行け。水中で一人はダメだ。それと、できれば爆破の瞬間を知らせてくれ、オーバー」

水中行動は、バディが基本だ。危険な任務だからこそ、もう一人連れて行けというアドバイスだった。もう一つの注文、爆破の瞬間を知らせる方法は、問題だった。三杉が無線機のトークスイッチを握りしめていると、菰田がささやいた。

「爆破は、水面から上がった瞬間にする必要があります。拳銃を撃てばいいんじゃないですか？」

水は、空気と違って圧力をかけても容積が減少することはない。だからこそ、水中爆破の威力は絶大となる。船底にプラスチック爆弾を仕掛けても、水中にいたままで起爆すれば、当然鼓膜は破れるし、それ以上に空気の入った肺が潰され、肺挫傷を起こす。死は免れなかった。水中から水面に飛び出し、その瞬間に起爆するしかないのだ。それでさえ、死なずに済む保証はない。その上、その瞬間に拳銃を撃つのは、難題もいいところだった。しかし、無線機を持って行けるはずもない。三杉は、菰田に肯くとトークスイッチを押した。

「了解。二人で行く。爆破の瞬間は、直前に拳銃を撃つつもりだ。だが、撃てる保証はない、オーバー」

「了解した。それで構わない。武運を祈る。オーバー」

無線での通話を終えると、三杉は、菰田を見つめて言った。

「いっしょに来てくれ。ここの指揮は砧が執れ。俺と菰田が失敗しても、同じことをやろうとするなよ。これ以上、人数を少なくしたら、ここを奪い返しに来るぞ」

菰田と共に、爆薬の準備をできるだけ行なった。登攀器のハンドルをロープで固定し、マグネットを露出させる。そして、そのハンドル部分にＣ４を押しつける。Ｃ４は油粘土のようなものなので、固定は簡単だ。そこに電気雷管を埋め込んでおく。

発火器に発火母線を繋げ、水中で母線を電気雷管に取り付ける作業だけ行なえば、準備は完了するようにしておく。今の段階で全てを接続しないのは、海に飛び込んだ拍子にスイッチが入って爆発することを防ぐためだ。これを二セット作った。二人のうち、どちらかが海に飛び込むことに失敗しても、任務を継続するためだ。爆破セットをウエイトベルトに付けたポーチにねじ込み、準備は完了した。武器は、常に身につけている拳銃とナイフだけ。小銃は邪魔すぎた。

準備が完了すると、三杉は、後の指揮を任せる砧二尉に告げた。

「お前らは、ここから出ずに射撃で支援してくれ。支援射撃の間に、後部ドアに繋がる通路まで走り抜ける。あとは後部のテラス部から飛ぶだけだ。この廊下を抜けられれば、その後に撃たれる心配はないだろう。飛距離が足りることだけ祈ってくれ」

砧が、「了解しました」と言うと、菰田に向き直る。

「飛び込んだら、そのまま潜って、一気に第四船倉の下まで行く、距離はスターンから三五メートル。こいつを取り付けたら、母線を繋ぎ、特に支障なければ、右舷側に出る。浮上した瞬間に撃たれる可能性は低いだろうが、息を整えることはしない。なるべく一気に浮上して、体を水面から出した瞬間に起爆する。一曹は、拳銃を撃ってくれ」

「了解！」

水中ではコミュニケーション手段が限られる。事前に打ち合わせておくことは、ＥＯＤ時代からの鉄則だった。

支援射撃の準備が整っていることも確認し、三杉は命令を発した。

「射撃開始！」

設けてあるバリケードの先、階段室からこちらをうかがい、こちらが顔を出すと射撃してくる船員に対して、佐野三曹と別府士長が、ヘッケラー＆コッホ社製のＨＫ４１６アサルトカービンを連射する。マガジンを撃ち切る前、連射が続く間に、三杉が飛び出し菰田が続いた。船尾側のドアに続く通路に飛び込んで振り返ると菰田も通路に滑り込んできた。階段室にいた船員が大声を上げ、今になって銃を乱射してきた。思わず頬が緩む。

菰田の目を見ると、肯いてきた。準備はＯＫだ。ここから船尾楼外のテラスを含め助走距離は四メートルほど。その先には、低めの手すりと日が昇ったばかりの南洋の青い空が見えていた。

「GO!」

三杉は、叫ぶと同時に、鋼鉄製の床を蹴った。手すりに足を乗せ、思い切り踏み切る。頭から突っ込むようにして空に飛び出した。みるみるうちに、船尾が迫る。

甲板に船員がいて射撃してきたのかもしれない。だが、そんなことは気にならなかった。船尾の手すりが、胸先をかすめる。思わず胸、腹、腰を引っ込めた。足先が当たったような気もしたが、その時にはすでに生暖かい南洋の海中にいた。

二月七日　〇七時二四分
「王大佐、ブリッジの金船長より電話が入っています」
またしても、船倉の船尾側に設けられたアクセスドアから、呼びかけられた。船倉内は、積み荷のフェロシリコンで埋まってしまうこともあるため、船内電話は設けられていない。キャットウォークを通り、ドアに向かった。
金は軍人ではなかったが、警備責任者にあてがった呂よりも、よほど役に立つ男だ。何にも増して時間稼ぎを命じるほど、王が時を欲していることを理解している。その状況で、時間を奪おうというのだ。想定外の事態が起こった可能性があった。

「何が起こった？」

「戦闘指揮所(CIC)に籠もっていた日本人のうち、二名が船尾楼後方から海に飛び込みました。戦闘指揮所内には、まだ数名残っています。飛び込んだ際、一瞬しか確認されていませんが、丸腰に近い状態だったようです。この状況で、二名だけが外に出た理由が分かりません。呂が、海面を見張るように指示を出しています」

王は、手渡された受話器を手にしたまま考えた。しかし、彼にも日本人の狙いは分からなかった。こちらが自爆を企図していることに気が付き、一部のデータだけでも持ちだそうとした可能性があるように思えたが、確信は持てない。核弾頭が起爆すれば、今から待避しようとしたところで間に合うはずもない。

「私にも狙いは分からない。こちらでも注意するが、そちらも警戒しろ。呂には、飛び込んだやつが浮かんで来たら、とにかく撃てと伝えろ」

船員に受話器を突き返すと、王は踵(きびす)を返した。キャットウォークを荒々しく踏みしだく。

「もう少しだ。何を狙っていようと、起爆してしまえば全てが終わる。我が国、主体(チュチェ)の勝利だ！」

二月七日　〇七時二四分

高い場所から飛び込んだ時、速度が低下するまで、むやみに体を曲げてはならない。想像以上の力がかかり、背骨を痛めることがある。

三杉は、ほとんど速度がなくなる時を見計らって、プールでクイックターンする時と同じように体を前に折り曲げ、船を下から見上げるようにして船底下に向かった。

海面からは、幾筋もの気泡が突き刺さっていた。甲板上から銃撃しているのだろう。射撃音も耳に響いていた。だが、水中では銃弾はあっという間に速度を失う。ライフル弾であろうとも、飛び込んだ三杉には届かない。

左を見やると、黒いウェットスーツが見えた。菰田だ。彼も船尾にぶつからずに済んだようだ。打ち合わせたとおり、船底下に向かう。

自衛官が、歩数で距離を測ることができるのは、歩幅を固定し、体にしみこませているためだ。測量道具がない状況でも、歩数を数えることで、距離を測ることができる。歩測と呼ばれる方法だ。特警隊員やEODも同じだった。一かきで進む長さは、体にしみこませてある。背泳のように、背中を下にして船尾下の通過を確認すると、そこから水をかく回数を数える。ゆっくりとストロークすることで、三杉は、一かき五〇センチの前進ができた。第四船倉下まで三五メートル。七〇ストロークだ。距離を誤れば、目標としている第四船倉にダメージを与えることができない。

『ワイズマイト』に乗り込む手段が特殊だったため、タンクなどの潜水具は持ってきていない。素潜りでの作業は、この後の作業を考えると呼吸が苦しいものの、水面に上がって呼吸することはできなかった。間違いなく、甲板上から狙っているからだ。焦る気持ちを抑え、ストロークを乱さずに、七〇ストロークで第四船倉下に着いた。二人とも無事に潜ることができたため、菰田が携行してきた爆薬を船底に取り付け、三杉は発火器から延びた母線を菰田に渡す。三杉は、菰田がそれを取り付ける作業を見守った。潜水具だけでなく、マスクも付けていないため、作業はやりにくそうだ。

呼吸は、相当に苦しくなっていた。菰田の目にも、焦りが見えた。だが、耐えなければならない。それに、耐えられるはずだった。潜水課程では、文字どおりの意味で、溺れるまで水中に浸からせられる。呼吸ができなくなると、人間は本能的に生命の危機を感じる。意図的にそこまで追い詰め、それに耐えられる、というよりも、自らの生命の危機に鈍感な人間を選別するのが潜水課程だ。しかし、そのせいで水がトラウマとなり、洗面器に顔を浸けて洗うことさえできなくなる人間まで出る。三杉も菰田も、それを乗り越えてきた。そして、実際の現場では、それ以上に苦しい時もあった。

やっとのことで、母線を電気雷管に接続し終わると、予定どおり右舷側に母線を繰り出しながら移動する。呼吸はいよいよ限界だった。手にした発火器を投げ出して、水面に出たいという衝動に駆られる。

ていた。孤田は、三杉以上に苦しそうに見えたが、それでも樹脂製のホルスターから拳銃を抜いていた。ハンマーは、飛び込む前にハーフ位置に落としてある。Ｐ２２６拳銃は、ハーフ位置からならば、リボルバー式拳銃のようにダブルアクションで射撃できる。トリガーがかなり重いものの、そのトリガーを引くだけだ。銃を落とした時にも暴発しない安全性を確保しながら、スライドを引いたり、セイフティーを解除することなく射撃できるため、緊急時に重宝する。ただしトリガーは本当に重い。ダブルアクションでは、至近距離以外で当てることは難しいだろう。だが今は、当てる必要などない。撃発音さえ響かせればいいのだ。

三杉は、孤田に目配せすると、わずかに遅れながら、両腕で水をかき、両足で水を蹴って浮上した。単に浮かび上がるだけでなく、イルカのジャンプのように、極力体を水面から出す必要があった。そのためには、体内に残っている酸素を使い切る勢いで水面に向かった。

水面から頭が出た刹那、Ｐ２２６の撃発音が響いた。水面到達に合わせて、左手に持った発火器のスイッチに右手を添えてある。スイッチのカバーを弾き、トグルスイッチを入れた。

その刹那、何も分からなくなった。全身に激しい痛みが走り、自分の体がどうなっているのかさえ分からない。平衡感覚も失われ、上も下も分からない。とっさにつむった目を開けても、視界は真っ白で何も見えなかった。耳鳴りで音も聞こえない。触覚、視覚、聴覚に加え、平衡感覚までが失われていた。感じることができたのは、どこからか噴き出した自分の血の味と匂いだけだった。

最初に戻って来た感覚は、触覚の一部だろう。気管に入り込んだ水の感覚だった。とっさに吹き出したものの、周囲に空気があるのかどうか分からない。口を開けると、海水混じりとはいえ、入ってきたのは空気だった。ゆっくりと吸い込むことで、空気だけを肺に送り、感覚を取り戻す。顔は泡立つ水面上にあった。手足の感覚が不十分なまま、条件反射で立ち泳ぎをして状況を確認する。手も足も、まだ繋がっているようだ。全身の痛みは激しく、損傷具合は分からないが、思考することはできた。耳鳴りが続き、聴覚は当てにならないものの、水しぶきが収まり始めており、視界は戻って来た。

すぐさま菰田を探す。海水が細かな泡に満たされている中、沈んで行こうとする黒いウエットスーツが見えた。とっさに手を伸ばしたが、摑めたのは泡だけだ。大きく息を吸い込むと、胸に激痛が走った。痛みをこらえて呼吸を止めると、体を折り曲げるようにして水中に体を沈める。続いて体を伸ばして水面から足を蹴り上げる。空中に出た下半身の重みで深度を稼ぐと、すぐに力を失った菰田の体に追いついた。背後から脇の下に手を入れ、抱きかかえるようにして浮上する。

甲板上を気にする余裕はなかった。意識がないことは間違いなかったが、どの程度水を吸い込んでいるのか分からない。左手で背中を叩く背部叩打法を試みる。意識を失っている以上、ベストなのは心臓マッサージなどを行なう心肺蘇生法だ。だが、海上から上に上がることもできない。海中では不可能だった。船首に行けばリブがあるはずだったが、そこまで何の処置もせずに菰田を連れてゆくこともできなかった。

背中を思い切り叩いても、反応はない。脇の下に入れていた手を鳩尾あたりに当て、本来異物をはき出させるためのハイムリック法を試みる。二度三度と繰り返すと、菰田が咳き込んだ。腕を再び脇の下に戻し、菰田の耳元で叫んだ。

「しっかりしろ！」

菰田は、まだ意識がもうろうとしているようだった。

「すまん。Ｃ４が多すぎた」

訓練での爆破は、何度も行なっている。それをイメージして、使うＣ４の量を決めていた。しかし、爆破の衝撃は想像した以上だった。爆薬の上に船体のような爆圧を押し止めるものがある状態で爆破を行なったことはなかったからだ。もちろん、理屈の上では、爆圧の逃げる方向がなければ、威力が増すことは知っている。頭で知っていることと実際の間に、大きな開きがあったというだけだ。それに、爆圧を直接受ける状態で爆破訓練を行なったことなどあるはずもなかった。

上部に逃げられない爆圧は、船体を押し上げると同時に、逃げ場を求めて両舷側に向かって来たのだろう。三杉と菰田は、それをもろに受けたことになる。三杉が、菰田を抱えて少しでも船首側に移動していると、咳き込んでいた菰田が、ようやく荒い息をし始めた。

「もう大丈夫です」

とりあえず、本人の意識はもどったようだ。だが、気が高ぶっている人間の自己判断は当てにならない。

「回れ」

三杉は、脇から腕を抜くとそう言って頭を水中に沈めた。目の前で菰田に回転させ、外傷の有無と動きのおかしなところがないかチェックする。爆破の衝撃で、気を失っただけだったのだろう。血がにじみ出しているところも、ねじれた関節もなかった。

「船首にリブがいるはずだ。行けるか?」

「はい。行けます」

菰田も、無理な同行は足手まといにしかならないことは分かっているようだ。離脱することを承知すると、上を向いた状態で水をキックして進み始めた。移動中も、甲板上を目視する必要がある。

三杉は、自分の体も改めてチェックする。呼吸が苦しい以外は、異状はないようだ。装備は、拳銃とナイフのみ。問題は、経路があるかどうかだ。若干とはいえ、船首側に移動していたため、まずは甲板上の監視を続けながら第四船倉付近まで戻る。しかし、途中で甲板上から海面をのぞき込む人影を見つけた。とっさに頭を水面から上げて息を吸い込むと、頭部の重さに加え、水をかき上げるようにして、身を海中に沈めた。

二月七日　〇七時二五分

立ったまま作業を見下ろしている王(ワン)の目の前、キャットウォークの突端で、技術責任者の兪(ユ)が額(ひたい)の汗を拭った。彼と彼の部下は、膝(ひざ)を突き、キャットウォークの上に置いた予備端末をのぞき込んでいた。

「加速度センサーをバイパスしました。これで、安全装置は全て解除できています。あとは、熱電池を起動させて、作動電圧の安定を確認し、キャパシタへの蓄電が完了したら、このスイッチを入れるだけです」

熱電池は、正確には溶融塩(ようゆうえん)電池とも呼ばれる特殊な電池だ。第二次大戦時のドイツで、V2ロケット用に開発された。長期間の保存が可能で、作動時にのみ高い出力を出せるという、まさにミサイル用と言える電池だった。現在でも、弾道ミサイルから個人携行式の小型ミサイルまで、各種ミサイルで使用されている。

大抵の熱電池は、使い捨てカイロのような化学反応を使い、電池を高温にする。それによって初めて電池として作動する。逆に言えば、暖まるまでは、十分な出力が出せない代物だった。

やっと準備が完了した。王は、無言で肯くと静かに命じた。

「やれ」

その命令が、自らの身に何をもたらすか、兪も、そして彼の部下も承知している。目は恐怖に見開かれ、「了解しました」と答えた言葉は震えていた。実行しなければならないことは、彼らも理解しているはずだ。

それでも、熱電池の起動スイッチを入れる指は、震えたまま中空で動かなかった。

「やれと言っている！」

どなるだけでなく、持っていた機関拳銃を構えると、やっとのことで、兪は、覚悟を決めた目を見せた。

彼の指がスイッチにゆっくりと伸びた。その指先がスイッチに届こうとした時、突如として突き上げるような衝撃が三人を襲ってきた。いや、正確には、一瞬気が遠くなり、気づいた時には、キャットウォークの格子板（グレーチング）に頬を付けて倒れていた。照明が消え、開け放たれたハッチから差し込む朝日が船倉の赤茶けた壁を照らしていた。サイレンのような耳鳴りが聞こえている。自分の体がキャットウォークに叩き付けられたのだ。体が勝手に動くはずはない。動いたのは周囲、つまり船だった。船体全体が、下から突き上げられたのだと理解した。

「魚雷か？」

魚雷など使おうものなら、『ワイズマイト』のような大型貨物船であっても一発で沈みかねない。原爆により周囲の自衛隊艦艇を巻き込めないことは残念だったが、王にとっての勝敗ライン、侵入した自衛官ごと戦闘指揮所（CIC）にある特号機雷関係のデータを回収不能とし、投入済みの特号機雷をアメリカ沿岸に到達させることはクリアできる。むしろ願ったり叶ったりと言えた。

「そんなはずはない。特殊部隊か！」

戦闘指揮所（CIC）にいた敵の一部が、海に飛び込んだという報告を思い出した。王は、舌打ちして、体を起こした。何が起きたのか推し量（はか）りつつ、周囲の状況を確認する。キャットウォーク上に、兪と彼を手伝っていた部下の姿はなかった。

「落ちたのか？」

下をのぞくと、特号機雷の下にあった拳大のフェロシリコンが、水と共に砂のように吹き上げられていた。水は、すでにフェロシリコンを完全に沈め、特号機雷も浸（ひた）し始めていた。二人の姿は見当たらなかった。キャットウォーク上には予備端末だけが残されている。気を失うほどの衝撃でも、予備端末は無事だったようだ。

「船底に穴が開いたか……だが、ここまで沈むことはないはずだな」

貨物船も、戦闘艦艇と同様にブロック構造だ。事故による一部の破損だけで沈没に至ることはない。第四船倉に大きな浸水があっても、喫水が深くなることはあれ、船全体としてみれば、それほど大きな影響はなかった。積み荷のフェロシリコンが破口から落ちることで、その分軽くなるという効果も期待できた。

浸水を放置しても、王のいるキャットウォークは沈まないはずだった。だが、発射ハッチを開放した特号機雷に入れられた潜水艦発射弾道ミサイルは水没してしまう。もちろん、本来海中から発射するためのミサイルだ。多少の防水性能はある。短時間なら機能を損なわないという程度のものだ。日常生活防水程度といえた。それは、必要性からだった。完全な防水性能を持たせてしまえば、発射され、大気圏外に出た後、ミサイルは内部の空気圧で破裂してしまいかねない。

「急がなければ」

王は、予備端末に取り付いた。愈は、安全装置の解除は完了したと言っていた。残る作業は熱電池を起動し、供給電圧の安定確認と核弾頭起動用のキャパシタへの蓄電完了を待ち、起爆スイッチを入れること。それだけならば、王にも可能なはずだった。

「急がなければ」

王は、朦朧としたまま、うわごとのように繰り返した。船底の爆破に呼応し、船首に取り付いていた敵兵も動き始めるはずだった。

二月七日　〇七時二五分

三杉がとっさに潜ると、水中にも、くぐもった銃声が響いてきた。周囲には、ライフル弾が気泡を引きながら海中に突き刺さってくる。再び水面に上がることは自殺行為だった。十分に息は吸い込めていなかったが、そのまま第四船倉下に向かう。透明度の高い南洋の海に、まだ昇り切っていない朝日が差し込んでいる。その朝日に照らされ、船底から、ゆっくりと沈みゆく鉱石らしきものが見えた。

少なくとも、二重船底をぶちやぶることには成功していたようだ。沈む鉱石の量は多くはなかった。破口が小さいか、破口の上にあった積み荷は、すでにかなりの量が沈んだかのどちらかだった。

機雷の処分を行なったことはあっても、実機雷で艦船に被害を与えてみたことはなかった。それでも、触雷した艦艇の写真は見たことがある。炸薬量からは考えられないほどの大穴が開いていた。船のサイズや触雷位置によっては、船体が折れて轟沈したケースもある。

それに、三杉自身、その威力を推し量り損ね、菰田一曹と共に死にかけた。十分な大きさの破口があるはずだった。

三杉は、一旦深く潜り、下から接近した。破口の大小にかかわらず、浸水は継続しているはずだ。破口が大きければ、船内まで吸い込まれるだけだからいい。だが小さければ、破口に吸い付けられて溺れ死ぬことになる。

破口の真下に行って見上げると、赤く塗られた船底に直径二メートル以上の暗い穴が口を開けていた。その穴の外辺付近から、流れに逆らって重い鉱石が落ちてきている。いくら重いとはいえ鉱石が落ちてきている以上、流入する水流は強くない。それに、鉱石が破口の外辺付近から落ちてきていることを考えれば、船底に十分な大きさの破口が開いていると判断できた。耳には、流れ込む水が、怪物の叫びのような不気味な音を響かせていた。

内部がどうなっているのかは分からない。覚悟を決め、出たとこ勝負で動くしかなかった。海警行動下の行動だったが、これまで、明らかな敵性対応をされている。三杉は、無抵抗な者以外は撃つと心に決めて、頭上に開いた黒い穴めがけて浮上していった。

船底から四メートルほどにまで近づくと、水の流れに吸い寄せられた。あとは、一瞬だった。まるで突き上げるかのような水流に飲まれた瞬間、全身を鈍器のようなもので殴打された。とっさに腕を上げ、顔面を保護し、体を丸めて状況の把握に努める。どうやら、水流で巻き上げられた鉱石がぶつかってきたようだ。全身への殴打は一瞬で終わり、下半身に散発的に打ち付けられるだけになった。わずかに目を開けたものの、ドロ混じりの水で、視界が全くなかった。呼吸も苦しくなってきていたし、何より状況を把握しないことには動きが取れない。

とりあえず上を目指すと、轟音渦巻く水面に出た。日が差し込んでいるようだったが、目に鉱石の粉が入ったのか、薄目を開けることしかできなかった。あふれる涙が鉱石の粉を洗い流すと、やっと周囲が見えてきた。

朝日に照らされた船倉の壁は赤茶色に染まっていた。鋼材が錆びていることもあるのだろうが、以前は鉄鉱石を運んでいたという話だったので、その色だろうと想像する。周囲の壁には、水面から一メートル五〇センチほどの高さにキャットウォークが据え付けられていた。ただし、爆破の衝撃でゆがみ、一部は崩れ落ちている。

船倉のほぼ中央から、鉱石と鉱石粉が混じり合った水が湧き立っていた。何もかもが、黒い水に汚れている。その中でも異彩を放っていたのは、増しつつある水に三分の一ほどが沈んだ特殊機雷だ。この第四船倉の中には五本の特殊機雷が横たわっていた。ドロ水をかぶっていたが、流れた跡を手で拭うと、真新しい紺色の塗料が目についた。

そのうちの四本には、一方の端に接岸時に使用する防舷物が三つずつ取り付けられていた。半ば浮きかけているためか、渦巻く水流に巨大な特殊機雷が煽られている。三杉が目指すべきは、その防舷物が取り外された残りの一本だった。しかも、その特殊機雷は、防舷物が外されているのみならず、ハッチが開いていた。クレーンで支えられているようで、開いているハッチは水面から出ていた。その脇にあるキャットウォーク上には、作業中の人影が見えた。かがみ込み、こちらに背を向け、何かをのぞき込んでいる。

三杉は、舌打ちするとその人影へ向けて拳銃を向けた。距離は十数メートルだ。しかし、水流に全身が煽られていて照準が定まらない。水中から射撃することを諦め、水から上がれる場所を探す。作業中の人物の近くには、上がれそうな場所がなかった。一旦、彼から離れ、崩れたキャットウォークが水に落ち込んでいる場所を目指した。浸水が収まりつつあるのか、水中にも大きな鉱石は巻き上げられていない。三杉は、鉱石の礫と粉がドロのように混じった水をかき分け、キャットウォーク上に上った。

作業中の人物は、船倉の周囲に巡らされたキャットウォークのほぼ反対側だった。噴き上がる水の轟音が足音を消してくれるだろう。それでも、なるべく音を立てずに接近する。キャットウォークは船倉の周囲を巡っていた。最初の角を過ぎた時、突然、その角にあった鋼鉄製のドアが軋みを響かせた。とっさに両手で拳銃を構えて振り向くと、そこにいたのは小銃を手にした船員だった。

「Ｆｒｅｅｚｅ！」

朝鮮語での警告のほうが適切だったろう。だが、とっさに口に出てきたのは訓練で最も使用している英語だった。そして、それを考え直す余裕もなかった。相手は小銃を構えようとしていた。

相対距離は二メートルほど。この距離なら拳銃でも外すことはない。三杉はためらわずに引き金を引いた。男は、黒っぽいベストを着込んでいた。ボディアーマーなのか、船員用の服なのか判然としない。確実に当てるために腹部に一発、胸部に一発、そしてベストがボディアーマーだった場合に備えて眉間に一発。思考を差し挟む時間はなく、単に訓練どおりに体が動いただけだった。

訓練どおりにいかなかったのは、男の背後から、あと二人が続いてきたことだ。撃ち倒した男の影となっていたため、はっきりとは見えなかったが、状況からして銃を持っていないとは考え難い。この二人も撃ち倒さなければ、特殊機雷を起爆させようとしている人物の元には向かえない。幸いなことに、先頭の男が狭いドアのところでくずおれようとしていたためか、後ろの二人は、銃を構えるような様子が見て取れたが、その目には迷いも見えた。

三杉は、眉間に穴を開けられ、呆然としたかのような顔をした男の体を盾にし、身をかがめ、狙い澄まして二人の男の眉間を撃った。

眼前の脅威は排除したが、まだ安全とは言えない。振り返ると、キャットウォーク上の人物は、かがみ込んだまま、作業を続けていた。警告や銃声は聞こえているはずだったが、作業を優先しているようだ。もしかすると、鼓膜をやられている可能性もあった。船倉には、爆風が吹き込んで来たはずだ。

このままキャットウォークの先に向かっても、後続が来れば背後を突かれる。ドアを封鎖するためのロックを探したが、船倉に入るためのドアは、基本的に船内からのアクセス用と見え、ロックもなければ、閂（かんぬき）のように開閉を止められそうなものもなかった。

それを一瞬で確認した時、ドアの奥、三メートルほど前方にある角の先から、駆け寄ってくる足音が響いてきた。

キャットウォークに向かっても、相手が小銃を持っていれば途中で撃ち倒される。ドアは閉鎖できない……前進するしかなかった。三杉は、三メートルを前進し、右コーナーに隠れて射撃するため拳銃を左手に持ち替え、右手を添えてサウスポースタイルに構えた。

相手は複数。こちらは拳銃だけ。一気に倒すしかなかった。

コーナーを遮蔽物として利用し、確認しながら脅威対象を射撃する手法は、カッティングパイと呼ばれる。ピザを中心から切り分けるように、少しずつ確認してゆくという意味だが、実際には徐々に確認する角度を増やしながら、視界に入った脅威を次々に撃ち倒してゆく。ピザを切るときのような多段階ではなく、無段階に動きながら射撃してゆくことになる。

相手が少数なら、一旦視認だけした上で角に身を隠し、次に身を出しながら確認した位置に射撃するクイックピークという手法も使える。しかし、足音は明らかに複数だった。

三杉は、少しずつ確認する範囲を増やしながら、視界に入った眉間を連続で撃った。撃ち損じて二発目を撃ち込んだ相手もいた。本来は、射撃した弾数を数え、残弾を管理しなければならない。だが、三杉にそんな余裕はなかった。走ってきた船員が逆襲されたことに驚いた隙に、その全てを撃ち倒した。五人の船員が、額を撃ち抜かれ、折り重なるようにして倒れていた。

眼前に脅威がないことを確認した時、三杉の心臓は破裂しそうに早鐘を打ち、足はかすかに震えていた。慌ててマガジンを抜き、残弾を確認する。マガジン内に残弾はなかった。スライドは後退していない。つまり、薬室に一発入っているのみだ。デコッキングレバーを下げ、ハンマーをハーフ位置に落とすと、腰に付けてあった軟質樹脂のマガジンポーチに手を伸ばした。しかし、手袋越しに触れたのはグニャリとした樹脂の感覚だけだった。首を回してポーチを見る。裂けていた。予備の弾倉は失われていた。船内に入る時に、どこかに引っかけたのだろう。

その時、廊下の先から、さらに多くの足音が響いてきた。だが、まだ距離があった。ここで船員の小銃を取って迎撃することもできる。小銃はAK-74のようだった。特別警備隊にも、資料として数挺(ちょう)ある。触って構えてみたこともある。だが射撃した経験はない。使いこなせるとは言えなかった。最低でも、セイフティーの位置や、照準の具合を確認し直さなければ使えないだろう。それに、やらなければならないのは、核弾頭の起爆阻止だ。船員との撃ち合いではなかった。

三杉は、空(から)のマガジンを戻した拳銃を右手に持ち、ふくらはぎに付けていたナイフを抜いて左手に持った。そして、船倉に続くドアを身をかがめて通過すると、極力足音を響かせないようにしながら駆けた。

核弾頭が起爆すれば、自分は死ぬ。だが、そんなことは少しも気にならなかった。想像することさえ難しい核爆発での死など、目にしたばかりの小銃を構えた男たちの視線ほど怖いものではなかった。今ここで核弾頭が爆発しても、硫黄島や南鳥島には、多少の放射性物質が降る可能性はあるものの、紗雪の住む江田島や両親の住む長崎に影響が出ることもない。怖いのは、大戦後、連綿（れんめん）と築き上げてきた我が国の防衛体制の崩壊だった。

敵基地攻撃能力を持つことで、我が国単独でも、敵を多少なりとも抑止できるようにしようという動きは進んでいる。だが、アメリカの核抑止がなければ、北朝鮮だけでなく、自由に基づく世界秩序に挑戦している中国など、横暴な国家群を止めることなどできはしない。

それに、核抑止に留まらないアメリカの強さを自衛官は知っている。一般の国民が思うよりも、米軍がはるかに強力であることを知っている。彼らと密接に協力をする中で、彼らと接することで、米軍の強力さを誰よりも知っているのが自衛官だ。

三杉自身、彼らから多くのモノを授かった。海自の特別警備隊は、その創設時から米海軍の特殊部隊であるＳＥＡＬｓから教えを受けている。それによって特警隊は強くなった。だが、全てを教えられてはいない。彼らは常に先を行っているのだ。

しかしながら、アメリカという国家の強さは、軍の強さだけで成り立っているわけではない。ヨーロッパからもアジアからも隔絶された北アメリカ大陸のほとんどを支配し、海というバッファーで隔てられた空間で、肥沃で広大な大地を使った食料生産と先進の工業による富を得る力を、バランスよく国内に抱えている。安全な〝国内〟を確保しているからこそ、NATO諸国や日本という同盟国にも安全を提供し、共に栄える世界を作ろうとしている。

そのアメリカの安全が脅かされれば、結果として日本の安全が脅かされる。北朝鮮が、韓国や日本を攻撃する時、カリフォルニア沖の深海に、いつでも目を覚ますことのできる潜水艦発射弾道ミサイル(SLBM)が沈んでいれば、アメリカの国民は、自ら危険を冒して日本や韓国を救援することを良しとしないかもしれない。

大戦時、この南洋で亡くなった先人は、三杉と同じように自らの命を賭けた。先人と我々は、命を張る者同士、時を超えた仲間だった。英霊の息吹に肩を押され、三杉は走った。

残弾は一発。作業をしている人影は、背後を気にしているようにも見えたが、かがみ込んだままだ。彼も、ボディアーマーらしきベストを着込んでいる。背を丸めているため、頭部はよく見えない。まだ距離は二〇メートル以上あった。ボディアーマーのない位置を撃つなら、腰部か臀部しか撃てる場所はなかった。それでは、大したダメージは与えられない。先制したところで反撃されるだろう。見えてはいなかったが、何らかの銃器は持っているはずだ。弾丸一発とナイフ一本で立ち向かうためには、もっと接近しなければならなかった。

やつらが時間稼ぎを狙っていたことから考えれば、作業の終了は、間近に迫っているはずだった。その上、後方からは、船員が迫っている。派手な足音と朝鮮語の叫びが聞こえていた。

三杉は、キャットウォーク上を必死に走った。内側の手すりをナイフを持った左手で引っかけ、コーナーを素早く曲がる。屈んだ人影まで一〇メートルを切ったところで、その人物が腰を上げながら振り返ろうとしていた。床に伸ばした手が、サブマシンガンを掴んでいる。恐らく、チェコスロバキアで生産されていたスコーピオンだろう。北朝鮮工作員の間でも、広く使われている。多種の拳銃弾を使用するバリエーションがあるが、いずれも、コンパクトで扱いやすく、連射性能の高い優れたサブマシンガンだ。

たとえその人物が戦闘に関して素人でも、スコーピオンがある以上、引き金の引き方さえ知っていれば、一発しか残弾のない拳銃だけで、撃ち合って勝てる可能性は乏しかった。止まって体を安定させ、眉間を狙い撃つ余裕も、身を隠す場所もない。

こんな状況で活きるのは、武道の心得や身についている喧嘩の経験値だった。三杉は、相手の体の中心部をめがけて引き金を引いた。ボディーアーマーに当たっても構わない。腰や顔など、ボディーアーマーのない位置に当たればラッキーだったが、何よりも当てることが大切だった。ボディーアーマーを着込んでいようと、銃弾が当たった衝撃は、相手を一瞬でもひるませることができる。

命中したのかどうかも確認しないまま、三杉は、相手の顔面に向け、残弾の無くなった拳銃を、手首のスナップを効かせて投げた。大したダメージは期待できない。だが、街中での喧嘩でも、眼前に物を投げつけられると、大抵の人間は、とっさに顔や、特に目をかばってしまい、本当に採るべき動作ができないものだ。

その男も、こちらに銃口を向けるより、左手で顔をかばうことを優先した。その一瞬で、一メートルは距離を縮めた。それでも、スローモーションのように持ち上げられるスコーピオンに先んじて、ナイフで腕の腱を切るには、まだ五〇センチ遠いように思えた。

その五〇センチの間合いを潰すには蹴りしかない。それに、後ろから船員も来ていた。数でも武器でも負けている。この状況で勝つには、有利な戦場に敵を引きずり込むしかない。文字どおり、引きずり込むべき水の中へ、だ。三杉は、蹴るというよりも、足先から体当たりするようにして、渾身の跳び蹴りを放った。

蹴りを放ちながら、こちらに向けられようとするスコーピオンをはねのける。すでにセイフティーは解除してあったのか、乾いた連射音が響いた。同時に、左の脇腹に、焼けるような痛みを感じた。

蹴りを食らった男が足を置く場所はなくなっていた。スローモーションの世界で、驚愕にゆがむ顔が見えた。奇妙なことに、その顔は、三杉を見てはいなかった。キャットウォークの上、そこに置かれたノートパソコンに向けられていた。三杉が真に倒すべき敵は、蹴り飛ばした男ではなく、その機械なのだと分かった。

だが、水中にたたき込むために跳び蹴りを放った三杉の体も、すでに空中にあった。とっさに手を伸ばす。その指先は、開いたノートパソコンのディスプレイの端を叩いただけだった。

三杉の体は、キャットウォークよりも下に来ていたが、必死に指先を伸ばし続けていた。何かを期待してではない。ただのポーズだったかもしれない。この南洋で散っていった英霊に恥ずかしい思いはできない。最後の瞬間、自らが事切れる瞬間まで、全力でいたかった。それが、生きている人々、紗雪や両親、それに特殊機雷を確保した大越に対して、胸を張るための条件だった。

その思いが届いたのかどうかは分からない。三杉が水に落ちる直前、彼の指は何かに触れた。触れたのはコードだった。指先に引っかかったコードは、キャットウォーク上のノートパソコンに繋がっていた。指先に力を込める。コードに引かれ、ノートパソコンはキャットウォーク上をすべった。三杉の体が水に落ち、視界がドロ水に覆われる直前、彼の目に見えていたのは、ディスプレイに浮かぶ真っ赤な文字と、コネクタから抜けたケーブルだった。

三杉が水に沈むと、衝撃でケーブルは指先を離れてしまった。それでもケーブルが抜け落ちた上、ノートパソコンも沈んだはずだ。これで、核弾頭の起爆は防げただろう。

だが、三杉にはもっと差し迫った危険があった。叩き落とした男が、水中でスコーピオンを乱射していた。視界が利かないため、どの程度脅威なのかは分からない。相手も、三杉を見つけられないため、やみくもに撃っているようだった。三杉は、銃弾をさけるため、下に潜った。ライフル弾でも、水中で殺傷力を発揮できるのは一メートル少々、スコーピオンが使用する拳銃弾などは、銃口から五〇センチも離れれば、殺傷力を失う。三杉は、左手に握ったままだったナイフを、ふくらはぎに付けたナイフケースに収めた。この状況ならば、三杉にとって最も強力な鎧は水であり、最も強力な武器も、また水だった。

三杉は、頭上に両手を突き上げ、ゆっくりと視界の利かない水中をまさぐった。それは、イソギンチャクの触手のようなものだった。毒こそないものの、獲物を捕らえて放さない。あるいは、水中に潜み、川を渡る獲物を襲うワニの顎かもしれなかった。

男を落とした位置は、三杉の目の前だった。多少の移動はしても、大きく動いているはずはない。その位置で両手をゆらゆらと動かす。浸水が収まりつつあるのか、小石大の鉱石は巻き上げられているが、もう大きな鉱石は吹き上げられてこない。視界が利かないだけで、三杉にとっては慣れた水だった。ＥＯＤ時代にも、視界ゼロの中、ナイフを海底のドロに突き刺しながら、文字どおりの手探りで機雷を探したこともある。

指先に小石が当たった感覚にびくりとしていたが、ついにグローブを通しても、はっきりと鉱石とは違う感触に触れた。それは、三杉が掴もうとすると、狂ったように動かされた。だが、水中での移動ならば、三杉のほうがはるかに上だ。水中で発射される銃弾の音が、耳に激痛となって響いていた。三杉は顔をしかめたが、もう聴覚は必要ない。右手が再び男の足に触れると、今度はがっちりと掴んだ。すぐさま、左手も添え、両手で掴むと、そのまま水中深くに引きずり込む。

男は、マガジンを交換したのか、再びスコーピオンを乱射してきた。だが、水の鎧がある。それでも、両腕に銃弾が当たったのか痛みが走った。三杉は、暴れる足を掴み続けた。腕よりも足のほうが強力だ。いくら三杉が鍛えているとは言え、ほとんどの人間の脚力にはかなわない。だが、それは踏ん張りの効く地上でのことだ。銃撃が止み、足の動きが収まって来たなと思った時、顔面になにか硬く、重い物が当たった。それでも構わず引っ張り続ける。どうやら、手放したスコーピオンが沈んでいったようだ。続いて、掴んでいた足も、男の体ごと沈み始めた。

三杉は、勝利を確信した。だが、それはこの男の脅威が去ったというだけだ。三杉は、別の脅威に対処しなければならなかった。接近してきていた船員は、もうキャットウォークの上にいるだろう。苦しくなってきた呼吸のため、水面から頭を出せば、蜂の巣になるのは避けられなかった。

浸水は収まってきていたはずだ。入ってきた破口から脱出できれば、殺到してきた船員からは逃れられる。だが、甲板上にいた船員がどうなったか分からない。爆破に合わせ、第一小隊と第二小隊が彼らの制圧に動いたはずだ。遠くに響く銃撃の音も聞こえている。ここで、顔を出すよりはマシだった。

三杉は、そのまま腕を触覚として前に伸ばし、船底に向かう。すぐに積み荷の鉱石に触れた。鉱石に手をついて体を固定すると、水の流れが分かる。海水が流入している破口に向かう。しかし、ほどなくして計画を断念せざるをえなくなった。かなり大きな破口を開けたため、この第四船倉に浸水しただけなら、もう流入は止まっているはずだった。しかし、爆破の威力が大きすぎ、別の船倉や区画に水が流れ込んでいるのかもしれなかった。おかげで、入ってきた破口からの浸水が続いていた。流れが強く、そこから出ることができなかった。

その一方、破口の近くでは、清浄な海水が流入していたため、視界が開けた。上を見上げると防舷物が付いているおかげで、横倒しのまま浮いている特殊機雷が見えた。その隙間から浮上すれば、特殊機雷が遮蔽物となって撃たれる可能性は低くなる。三杉は、呼吸を止めたまま三分以上潜っていることもできる。だが、それは静かに潜っている場合だ。むやみに体を動かしはしなかったが、男との格闘で腕には力を入れた。当然、血中の酸素を消費し、二酸化炭素は増えてしまった。もう、余裕はなかった。特殊機雷の間を目指して浮上し、音を立てないように顔を出す。

そこで三杉が目にしたのは、キャットウォーク上に並んでいた船員の顔だった。彼らは、なぜか上を見上げていた。一人だけ水面を監視していたらしい船員が声を上げ、三杉に銃を向けようとした。と同時に、他の船員も三杉に視線を向けた。彼らも、銃を構えようとしている。

今から潜っても、間に合わない。彼らが持っているのは、スコーピオンではなく小銃だった。水中では弾速が一気に減少するとはいえ、ライフル弾は拳銃よりも強力だ。浮かび上がったばかりの三杉がとっさに潜ろうとしたところで、間に合うはずもなかった。それでも、とっさに体は動き始めた。

目の前の船員が引き金を引けば全てが終わる。そう思った時、その船員たちが鮮血をまき散らした。と、同時に頭上から小銃の連射音が響いた。

二月七日　〇七時二六分

合図にした拳銃の銃声が響いた時、船首に乗り込んでいた第一、第二の両小隊と第三小隊の二人、それに玉井は、第一船倉ハッチに隠れ、船底爆破での衝撃に備えていた。膝を柔らかく構え、さらに船体が大きく持ち上げられた時でも、衝撃をなるべくそらすことができるように、パラシュート降下での着地時に採られる五点着地とか、五接地転倒などと呼ばれる手法をとるつもりでいた。足先からふくらはぎ、もも、臀部、背中と体を捻るようにしながら、頭を初めとした体の重要な部分を衝撃から守るのだ。建物の二、三階程度の高さであれば、怪我をすることなく着地できる。特別警備隊は、ＳＥＡＬｓに範を取りパラシュートでの降下訓練も行なっている。

恐らく、そこまでの衝撃はないはずだった。だが、その衝撃を勝機とするためには、衝撃を受けた直後に、迅速に動けることが必要だった。

実際、合図の銃声直後に襲ってきた衝撃に、彼らは対処することができた。逆に、突如船底爆破の衝撃を受けた船員は、肉体的、精神的に大きなダメージを負っているはずだった。五点着地から立ち上がると、第一、第二小隊は、それぞれ右舷側、左舷側に分かれて突進した。

船尾楼からの撃ち下ろしは脅威だったが、第四船倉に近い船尾側は、船首部以上の衝撃を受けている。何の準備も行なっていない船員たちは、立ち上がるまで、ある程度の時間を要するだろう。その間に、船尾楼に接近してしまえば、撃ち下ろすことは難しくなる。そう見込んでの行動だった。

見込みどおり、第三船倉脇に到着するまで、船橋を含む船尾楼からは一発も撃ってこなかった。さすがに、先頭を走る隊員が第三船倉を越えようとすると、船橋付近から散発的な銃撃が始まった。だが、負傷者もいるのか、それまでのような勢いはなかった。

「下から銃声がするそうです」

玉井は、大矢一尉の指揮する第一小隊に後続していた。第一小隊の主力は、第三船倉のハッチに身を隠している。第四船倉に先行した一部の隊員が大矢に報告してきたらしい。内容を聞くと、第四船倉の中から銃声がするという。爆破を行なった三杉自身か、第四小隊の一部が第四船倉付近で戦闘になっているようだった。どうやら、船尾楼からの攻撃が弱まった理由は、爆発の衝撃だけではなかったようだ。

玉井は、陸戦の経験はあっても、この場では、指揮権のない客にすぎない。大矢や尾身一尉の指揮を見ているだけだ。それでも、ぼやきは漏れる。

「八四(はちよん)があれば良かったですねぇ。ここまで接近できれば、船橋を外すこともない」

八四ミリ無反動砲として陸自が使用しているカールグスタフがあれば、装甲を強化され、重機関銃M2でも撃ち抜けないため苦戦させられた船橋への攻撃も、容易だったろう。戦車の装甲さえ撃ち抜くことのできる個人携行火器だ。

それでも、両小隊の主力が前進し、かれらを狙うため、船橋の窓際に接近せざるをえなくなった船員は、少しずつ撃ち倒されていた。船首に留まり、MSG90を持つ隊員が狙撃しているのだ。おかげで、半数が牽制のために小銃を連射する中、半数が第四船倉脇まで前進した。

「勝負はついたかな」

第四船倉は、船尾楼の直前だ。そこまで達した小隊を撃ち下ろすには、船橋から身を乗り出すくらいでないと有効な射撃はできない。特警隊の狙撃手は、揺れる船上から、他の艦艇上にいる者を狙撃できると聞かされていた。大型船、しかも同じ船に乗っている船員が身を晒していれば、外すことはないだろう。それに、下から撃ち上げなければならないにしても、そこまで接近していれば両小隊からの火力にも晒される。

上をとっていることの地の利がなくなれば、人民軍が混じっているとはいえ、船員が主体では特警隊の敵ではなかった。

第四船倉のハッチまで到達した主力は、船倉内に向けて誰何(すいか)していた。誰何に敵対行動を示してきたのだろう。小銃を連射すると、両小隊は、一気に船尾楼に突撃して行った。

玉井は、一応船橋からの射撃があることを警戒しつつ第四船倉まで前進し、開いたハッチからのぞき込んだ。本来、バラ積み貨物船の船倉には、積み荷以外なにもないはずだ。だが、『ワイズマイト』の船倉には、キャットウォークが設けられていた。その上には、折り重なるように多くの船員が倒れている。一人だけ、特殊機雷の浮く海水からそのキャットウォークに上がろうとしている人影があった。

玉井のほぼ真下。ウエットスーツ姿なので、船員でないことはあきらかだった。

「無事ですか?」

　玉井が、声をかけると、彼は玉井を見上げてきた。真っ黒に汚れた顔に、驚いたような目が光っている。彼は、片手を軽く上げて見せたが、無事とは言いがたいようだ。だが、命に別状があるようには見えなかった。

　そうであれば、任務が優先だった。

「データは無事ですか?」

「予備端末らしきものは、ここです」

　そう言った声は、やはり三杉のものだった。彼が指さしていたのは、流入し、鉱石粉を巻き上げたドロ水だった。

「たぶん、ダメです」

「メインの端末は?」

「戦闘指揮所(CIC)にあります。シャットダウンしました。データは大丈夫なはずです」

　それを聞き、玉井の行き先も決まった。

「ごくろうさまでした」

　そう声をかけ、玉井も船尾楼に向かおうとした。

「待った。玉井さん。拳銃を持ってたら、貸してくれ」

　怪訝に思って、再度下を見下ろすと、彼はナイフを掲(かか)げて見せていた。

「今は、これしかない」

船員の小銃を拾えばいいのにとは思ったが、船員が倒れている場所まで行くにも不安なのだろう。玉井は、護身用に持ってきていたP220を取り出した。特警隊が持っているのはP226だが、P220は、マガジンがシングルカラムになっているだけで、他は大差ない。それに、標準の拳銃だったP220を撃ったこともあるだろう。

「落としますよ」

三杉は、それを受け取ると、キャットウォーク上にへたり込んでいた。どうやら、動く気力もないようだ。玉井は、今度こそ船尾楼に向けて歩き出した。

二月七日　〇七時三五分

三杉は、玉井から受け取った拳銃を確認すると、深呼吸して息を整えた。連続した戦闘で、肉体的にも精神的にも激しく消耗していた。特に、血液は酸素不足、二酸化炭素過多となっている。

しばらくすると、呼吸は落ち着いた。船尾楼に突入した第一、第二小隊を支援することも考えたが、むしろここに留まったほうがよいと判断し、動く準備だけ整えた。一人で動けば、複数の船員と遭遇した場合に危険だったし、連携行動を取っている第一、第二小隊と鉢合わせた際に友軍相撃の危険があった。単独、しかも負傷した身では、むやみに動かないほうが良かった。何より、船倉の中には水があった。危険が及べば、海中に逃げ込めばよいのだ。

撃たれた傷を確認すると、予想外に深手だった。左腕の肉が衝撃で裂け、右腕も二の腕の痛みが酷くなっていた。骨が折れているかもしれない。左の脇腹は、多少の肉がえぐれていたが、内臓には達していないようだ。今までは、命の危険にさらされた興奮状態だったため、アドレナリンが出て、さほどの痛みを感じなかったのだろう。落ち着くにしたがって、ずきずきと痛み出した。これでは、船員が落とした小銃を拾ったところで、まともに戦闘などできはしない。やはり、ここで待つことが正解だった。

体感で三分以上は経過しただろうか。廊下を船倉近くまで接近してくる物音が聞こえ始めた。浸水の音など、雑音が酷かったが、彼らが極力音を立てずに動いていることは分かった。耳を澄ますと、かすかに「クリア」と言う声が聞こえた。特別警備隊が船内確認を行なっている可能性が高かったが油断はできない。P220のスライドを引き、シングルアクションで即座に撃てる準備をして、立ち上がった。座り込んでいた場所は、もともと、ドアからは遮蔽された場所だ。爆破の衝撃で落ちてきたと思われる防舷物の陰だった。使われた形跡のない新品で、この船の航海用ではなく、特殊機雷の予備部品のようだ。

いよいよ、足音が近づいてきた。船倉に設けられたドアの向こうに到着したようだ。ドアは、船員が開け放ったままだった。

「誰か？」

誰何（すいか）する声が響いた。ここに、三杉がいる可能性が高いことを認識して、突入して確認するまえに、誰何してきたようだ。興奮状態だからといって、互いに撃ち合うほど錬度は低くないが、安全策を採ってきたようだ。すでに船内の制圧は、相当進んでいるのだろう。

「フォース・アルファ」

三杉が、自らの識別符号を答えると、セカンド・チャーリーだと言った声の主、第二小隊の第二分隊長は、警戒をしつつ船倉に入ってきた。三杉は、P220のデコッキングレバーを下げ、ハンマーをハーフ位置に落とす。

「負傷の状況は？」

「両腕がダメだが、命に別状はない」

「担架（たんか）はいりますか？」

「いや、いらん。それより、戦闘指揮所（CIC）はどうなっている？」

「一小隊が確保しました。ブリッジを含め、船尾楼は一小隊が確保済みです。四小隊は、小隊長とフォース・デルタだけが不明でした。他は無事です」

「孤田一曹、フォース・デルタは、船首のリブに向かったはずだ。確認してくれ、到達していないようなら至急捜索を」

三杉がそう告げると、すぐさま確認してくれた。ブリッジを確保し、船内電話を使ってコミュニケーションをとっているようだ。鋼鉄で作られた船内は、内部で無線が通じない。通信系統の確立は、こうした大型艦船を押さえる上では重要だった。

「確認が取れました。リブに収容されているそうです。大きな怪我はないとのこと」

それを聞いて、やっと安心できた。三杉は、呟くように独りごちた。

「任務は達成できたんだろうか？」

「玉井二佐が確認中です。外的な損傷は見られないので、恐らく大丈夫だろうとのことでした」

「そうか。良かった」

新妻の顔が脳裏（のうり）に浮かんだ。そして、自然と別の顔が浮かんでくる。

「あいつにも胸を張れるな。もう嫌な顔はさせねぇぞ」

エピローグ　横須賀

二月一一日　一一時〇〇分

検査が終わると、四〇代半ばと見える女性看護師が、ストレッチャーをCTの横に移動させてきた。

「もう歩いて病室に戻れると思いますが」

大越の言葉に、看護師はにっこりとほほえんだ。

「患者は、スタッフの指示に従って下さい」

言い方は丁寧だったが、笑顔にも言葉にも、妥協の余地は一切なかった。自衛隊病院は、防衛省が設置運営する病院だ。スタッフは全員が自衛官。大越の目の前にいる看護師も二曹か一曹クラスの女性海上自衛官のはずだ。ここが病院である以上、彼女らの指示は絶対だった。ここで歩いて戻るなどとわがままを言うのは、掃海の現場で勝手に動き回る部外者のようなものだった。大越は、大人しくストレッチャーに身を移すと体の力を抜いた。看護師がストレッチャーを押してCT室から廊下に出る。

「炎症は治まってきましたけど、大越さんは、見かけ以上に重症なんですよ。歩いて病室に戻るなんて、もっての外です」

　鼓膜と内耳の損傷、それに減圧症は覚悟していたが、それだけではなかった。爆薬は少量だったが、深度が深かったため、肺挫傷を起こしていた。それぞれの症状は、それほど酷くなかったものの、胸と頭部を中心として全身に炎症が生じ、一時はかなりの高熱が出ていた。消炎剤と抗生剤、それに解熱剤を大量に投与された。

　診てくれた医師が言うには、現代医療が受けられるから助かるものの、昔だったら死亡していた可能性のほうが高いそうだ。

　ストレッチャーを入れられるエレベーターで最上階の四階に上がった。

「今日は、聞き取り調査ではありませんが、このあと、情報本部の方がいらっしゃるそうです」

「采女三佐ですか？」

「名前は覚えてません。でも、一佐の方だそうですよ」

　采女が来るのなら理解できた。しかし、聞き取り調査でもなく、一佐が何をしに来るのだろうかと訝しんだ。

　病室の入り口には、一般の病院と同じように、患者の名札が付けられている。六人部屋なので、六人分の名札が掛けられるようになっているが、今かかっている名札は二つだけている。

だ。大越のものと、三杉のものだった。聞き取り調査があるため、他の患者とは分けられ

部屋に入ると、入り口のすぐ左が大越のベッドだった。看護師が、ベッドの横にストレッチャーを押し入れてくれる。

「あ、手伝います」

部屋の右奥から声をかけてきたのは紗雪だ。右奥のベッドには三杉がいた。同じ事案の関係者とはいえ、別々の調査があるため、部屋は同じでも、ベッドは離されている。三杉も朝から検査があったはずだが、先に戻っていたようだ。紗雪と看護師に手伝ってもらい、ストレッチャーからベッドに体を移動させた。

「まだいたのか?」

「お兄ちゃんが戻ってくるのを待ってたのよ。まだ大変でしょ?」

「もう大したことはない」

そう答えると、ストレッチャーを押してきた看護師が口を挟んだ。

「できれば、あと数日はお願いしますね」

江田島の官舎に住んでいる紗雪は、仕事を休み、三杉の看護のため、大越の官舎に泊まり込んでいた。秋江と交代で、大越と三杉の面倒を見てくれている。特に、両手が使えない三杉は、世話をしてくれる人間がいないと何もできなかった。

三杉は、両腕と脇腹の銃創に、多数の打撲、そして大越と同じように肺挫傷を負っていた。その肺挫傷は軽いものだったが、爆破の衝撃波で肋骨も折っているらしい。外見上は、大越よりも重症だ。しかし、軽い肺挫傷以外は外傷が多く、本人は至って元気だった。

「重体だな」

包帯で包まれた両手を布団の上に出した三杉が、嫌らしい笑顔で言った。

「自分で飯も食えないくせに、人のことが言えるのか？」

皮肉を返すと、紗雪はあきれたような顔で言う。

「何だか偉い人がくるらしいから、私は帰るよ」

先ほど聞いた情報本部の一佐のことだろう。紗雪が三杉のベッド脇で荷物を手に取ると、スーツ姿の三人が病室に入って来た。後ろに続いているうちの一人は知っている。采女三佐だった。

「失礼します」

三人を目に留めた紗雪が、刺々しい視線で会釈する。

「紗雪！」

すかさずそれを咎めたが、紗雪は、そそくさと部屋を出て行ってしまった。

「今の女性は？」

先頭の一佐らしい人物が問いかけて来た。

「私の妹で、三杉一尉の妻です」

「それでは、睨(にら)まれても仕方ないな」

「申し訳ありません」

謝罪の言葉は、三杉とかぶってしまった。

「聞き取りではないと聞いたのですが、何のご用でしょうか?」

そう言ったのは、三杉だ。

「聞き取りは、それぞれの部隊の仕事だ。私が来たのは、単なる見舞いだよ。立場上、見舞うことが必要な立場ではないのだが、一言言いたくてね。情報本部で、統合情報部の部長を拝命している樺山だ」

樺山は、玉井二佐と采女も紹介してくれた。

「二人とも、よくやってくれた」

なんとも言葉の返しようがなく、大越は会釈をするに留めた。

「我々の仕事は、情報を集め分析することだが、昔から日本はそれをうまく使うことが苦手だ。幸い、今回はうまく活用することができた。それは君らの活躍があったからだ」

樺山は、玉井と采女に視線を向けた。

「ありきたりな見舞いの品だが、受け取ってくれ。花は、後で妹さんに飾ってもらうといい」

「ありがとうございます」

一佐から見舞いの品などもらうと、恐縮せざるをえない。しかも、直属上司ではなく、別の部隊のお偉いさんだ。

「本日未明、最後に残っていた特殊機雷の安全化作業を終え、回収が完了した」

樺山の言葉に、三杉が「そりゃよかった」と答えた。大越は、目の合った采女に肯いて言う。

「本当に……気が気ではありませんでした。我々には、どうにもできないので……」

大越は横須賀に急いだ『ひらど』で、三杉は厚木までUS－2で、横須賀までSH－60で運ばれた。その後は治療を受けつつ、それぞれに聞き取り調査を受けたが、心配させまいという配慮がされたのか、特殊機雷の掃討状況については、教えてもらえなかったのだ。

しかし、三人は、大越の言葉に、怪訝な顔を見せた。

「機雷掃討には時間がかかったが、処理が終わってないというだけで、危険はなかったぞ」

樺山の言葉は、意味不明だった。三杉と共に目をしばたたいた。

「なんだ、二人とも聞かされていなかったのか？」

そう言うと、采女が説明してくれた。『ワイズマイト』を確保し、ドキュメント類を無傷で押さえることができた上、船内にあった無線機も確保できたため、浮遊している特殊機雷に送信するための周波数が確認できたという。えびの送信所と複数の潜水艦を動員し、妨害電波を送り続けることで、北朝鮮本国からの沈降信号送信を阻害したそうだ。それによって、特殊機雷は太平洋上に流れ出してはいたものの、沈降させられる危険性はなくなっていた。それに、特殊機雷からの信号を捉えることはできたため、位置も把握できていた。

「本朝まで処理ができていなかったのは、『あわじ』が最初に発見し、沈んでしまっていたものだ。こちらも、音響コマンドの周波数が判明していたので、水中スピーカーで妨害していた。そのため、コマンドを送信されることは防いでいたが、沈んだ場所が深かった上、錘のワイヤーを切断して浮上させた場合に、自動的に発射されないかどうかが問題だった」

「どう処理したんですか？」

大越が問いかけると、采女が疲れた声で答えた。

「新島に上げた特殊機雷を解体し、解析した結果、自動的に発射されることはないと分かった。それに位置も詳細に判明していたため、メーカーの協力も得て、何とかS－10で係維索を切断して浮上させた。それが昨日だ。で、安全化と回収の完了が、本日未明になったというわけだ」

黒潮の中でS－10を使うのは困難だったのだろうが、メーカーがなにがしか工夫してくれたようだ。これでやっと安心することができた。

「終わったんですね」

大越がそう言うと、樺山は肯いて玉井と采女に声をかけた。

「何かあるか？」

二人は、それぞれに感謝の言葉を口にして立ち上がった。本当に、単なる見舞いだけで早々に立ち去るようだ。玉井も采女も、柔らかい笑顔を見せていた。

「それにしても」

樺山も腰をあげた。最後に何を言い出すのかと思っていると、少々ピントのずれた褒め言葉だった。

「君らは、本当に水の中が得意だな。それに、機転も利くようだ。曳航していた特殊機雷が突然沈んだ時の対処も見事だったし、素手で戦わざるをえない状況になれば、相手を海中に引きずり込むんだからな」

樺山の賞賛のうち、自分がやったことは、すぐに理解できた。しかし、三杉の活躍については、この言葉が初めてだった。三杉の行動は、樺山にとっては機転に見えたのだろう。だが、それは少しも機転などではなかった。

「それは、こいつの常套手段です。機転じゃありません」

「常套手段？」

三杉は、何を言われるのか察しているようで、しきりに話すなとジェスチャーしていた。

「こいつとは、海曹時代からのつきあいですが、街に飲みに行ってトラブルになると、話をつけようと言って、河原とか海とか、とにかく水のあるところに誘い出すんです。で、多勢に無勢だったり、ガタイのいいのとか武道の心得のある奴がいて不利な状況だと、組み付いて水の中に引きずり込むんです。水の中に入ってしまえば、負けることはありませんから」

三杉は、よく相手を溺れる寸前に追い込んでいた。聞いた話では、トラウマになってしまった相手もいたという。

「機転ではなく、鍛えたワザだったか」

樺山は、ベッドを離れ、病室の出入り口にむかっていた。その顔には、笑みがあった。

「まあ、君も立派な幹部自衛官だ。しかも、新婚だそうじゃないか。ゴロつきは、もう卒業しないとな」

横たわったまま、黙礼して三人を見送ると、三杉が視線を尖らせてきた。

「昔のことを言わなくてもいいだろ！」

「別に、隠す必要もないはずだ。あの一佐だって、笑ってたじゃないか」

「そりゃそうだが、わざわざ落とさなくてもいいだろ」

　三杉を落としたつもりはない。

「誤解を解いただけだ。それに、上司でもないんだ。機転だと誤解したままだったとしても、人事でプラス査定されることもない」

「そりゃそうだが……」

　大越が正論を並べると、三杉が乏しいボキャブラリーでしどろもどろになるのは、昔と変わらなかった。懐かしい記憶が蘇ってくる。

「覚えているか？」

「何をだよ！」

　口論で形勢不利となると、やたら大声になるのも変わっていない。

「幹候校への入校前、『たかしま』で話した時のことだ。特警隊に行くつもりだって言っていた」

「ああ……覚えてるさ」

「あの時、ＥＯＤよりも、もっと武士らしい道に進みたいって言ってただろ」

「まあな」

「どうやら、銃の道でもなかったみたいだが、武士らしい道に進めたんじゃないか？」

「確かにな……でも」

何が「でも」なのか分からない。三杉の頭の中でも整理できていないのかもしれない。

大越は、そのまま三杉の言葉を待った。

「なんていうか、武士道ってのは、そうじゃないって気がしたよ」

口数は多くても、言葉が巧みな男ではない。何を言いたいのか分からなかった。それを指摘しなくても、三杉にも、言いたいことが伝わっていないことは分かるだろう。大越は、ただ視線を落とした三杉を見つめていた。

「俺は武士を目指した。お前は、ＥＯＤだって言ってたろ」

「ああ」

武士を目指したわけでもない自分のことに話が飛ぶ。やはり三杉の言葉では分からなかった。

「減圧症に肺挫傷、それに耳」

三杉の言った病名は、大越のものだ。三杉は、包帯に包まれた両腕を上げて言葉を継ぐ。

「俺のは派手だし、水中じゃなかったら、死んでたかもしれない。だが、症状はお前のほうが重症だろ」

「まあ、確かにな。助かったのは、現代医療のおかげだそうだ」

そう言うと、三杉は肯いた。

「お前、死ぬとは思わなかったか？」

「思わないはずがないだろ。リスクを認識しないまま動くのは、プロじゃない。爆発する危険だってあったしな」

三杉は、再び肯いた。

「そうだ。俺たちは、死ぬってリスクを認識して、それに向かっている」

三杉は、窓の外を見ていた。視線の先は横須賀港だろう。

「それが『葉隠』の〝死ぬ事〟ってことなんだと思う。まあ古文の成績は悪かったし、そういう解釈でいいのかどうかは分からねぇけど、そうなんじゃないかって思ったよ」

大越にも『葉隠』の解釈の正否なんて分からない。しかし、何となく三杉の言いたいことは理解できた気がした。

「秋江や紗雪が幸せに暮らしたり、紗雪のように虐められる子供が出ないように、そう思ったら、死ぬ可能性はあっても、やるべきことは分かった。それが〝死ぬ事〟ってことなのかもな」

三杉は、三度肯いた。港から大越に向けられた顔は、かすかに笑みを浮かべている。

「だから、お前も武士なんだよ。剣や銃を使わなくても、お前も武士だ」

思わず、大越の頬が緩んだ。武士かどうかは知らない。ただ、やはり同じ仲間なのだと思えて嬉しかった。

大越は、左の拳を握って、三杉に差し出す。部屋の対角線だ。もちろん届くはずはない。だが、三杉にも意図は伝わる。包帯に包まれた左腕を上げた。そして、互いにぶつける動作をする。

三杉は、口角(こうかく)を上げ、まさに悪童と呼ぶべき笑顔だった。多分、自分も同じ顔をしているのだろう。

謝辞

本書を執筆するにあたり、退役海将、元海上自衛隊幹部学校長、元掃海隊群司令であられる福本出様に、機雷敷設戦及び機雷戦について、多大なアドバイスをいただきました。

また、株式会社ぷれすの鈴木千春様には、掃海部隊に関する多くの資料をいただきました。

お二方のご協力がなければ、本書の執筆は不可能だったでしょう。ここに、改めて感謝の意を表します。

――著者

（この作品は、令和二年十二月、『機巧のテロリスト』と題し、小社から単行本として刊行されたものを改題し、大幅に加筆改稿しました）

機巧のテロリスト

一〇〇字書評

切り取り線

購買動機（新聞、雑誌名を記入するか、あるいは○をつけてください）	
□（　　　　　　　　　　　）の広告を見て	
□（　　　　　　　　　　　）の書評を見て	
□ 知人のすすめで	□ タイトルに惹かれて
□ カバーが良かったから	□ 内容が面白そうだから
□ 好きな作家だから	□ 好きな分野の本だから

・最近、最も感銘を受けた作品名をお書き下さい

・あなたのお好きな作家名をお書き下さい

・その他、ご要望がありましたらお書き下さい

住所	〒				
氏名		職業		年齢	
Eメール	※携帯には配信できません		新刊情報等のメール配信を 希望する・しない		

この本の感想を、編集部までお寄せいただけたらありがたく存じます。今後の企画の参考にさせていただきます。Eメールでも結構です。

いただいた「一〇〇字書評」は、新聞・雑誌等に紹介させていただくことがあります。その場合はお礼として特製図書カードを差し上げます。

前ページの原稿用紙に書評をお書きの上、切り取り、左記までお送り下さい。宛先の住所は不要です。

なお、ご記入いただいたお名前、ご住所等は、書評紹介の事前了解、謝礼のお届けのためだけに利用し、そのほかの目的のために利用することはありません。

〒一〇一-八七〇一
祥伝社文庫編集長　清水寿明
電話　〇三（三二六五）二〇八〇

祥伝社ホームページの「ブックレビュー」からも、書き込めます。
www.shodensha.co.jp/
bookreview

祥伝社文庫

機巧(きこう)のテロリスト　北(きた)のSLBMを阻止(そし)せよ

令和 5 年 12 月 20 日　初版第 1 刷発行

著　者　数多久遠(あまたくおん)

発行者　辻　浩明

発行所　祥伝社(しょうでんしゃ)

東京都千代田区神田神保町 3-3
〒 101-8701
電話　03（3265）2081（販売部）
電話　03（3265）2080（編集部）
電話　03（3265）3622（業務部）
www.shodensha.co.jp

印刷所　萩原印刷
製本所　ナショナル製本
カバーフォーマットデザイン　芥 陽子

本書の無断複写は著作権法上での例外を除き禁じられています。また、代行業者など購入者以外の第三者による電子データ化及び電子書籍化は、たとえ個人や家庭内での利用でも著作権法違反です。
造本には十分注意しておりますが、万一、落丁・乱丁などの不良品がありましたら、「業務部」あてにお送り下さい。送料小社負担にてお取り替えいたします。ただし、古書店で購入されたものについてはお取り替え出来ません。

Printed in Japan ©2023, Kuon Amata　ISBN978-4-396-35026-0 C0193

祥伝社文庫　今月の新刊

門田泰明
重役たちの勲章
俺こそが次期社長だ！　信じられるのは己のみ。頂点を目指してのし上がる男たちの闘い。強烈な熱量、迫力で贈る傑作ビジネスサスペンス！

数多久遠
機巧のテロリスト
北のSLBMを阻止せよ
核ミサイルが四〇発黒潮に――日本を狙う悪魔の作戦か？　海自機雷処分ダイバー、特別警備隊が緊急出動する迫真の軍事アクション！

夏見正隆
TACネームアリス
デビル501突入せよ（上）
アンノウンを撃墜せよ！　台湾諜報部からの情報によるスクランブル――。F15を駆る女性パイロットは山陰沖で謎の無人機と遭う。

夏見正隆
TACネームアリス
デビル501突入せよ（下）
F35Bが敵地に進入する！　世界の命運は二機の最新鋭戦闘機に託された。対ステルス機に特化した、高性能防空網が待つ海へ。